Du côté de chez Jean, Julliard, 1959; coll. Folio, 1978.

Un amour pour rien, Julliard, 1960; coll. Folio, 1978.

Au revoir et merci, Julliard, 1966; coll. Folio, 1976.

La Gloire de l'Empire, 1971.

Au plaisir de Dieu, 1974.

Le Vagabond qui passe sous une ombrelle trouée, 1978.

Dieu, sa vie, son œuvre, 1980.

Discours de réception à l'Académie française de Marguerite Yourcenar et réponse de Jean d'Ormesson, 1981, épuisé.

Discours de réception à l'Académie française de Michel Mohrt et réponse de Jean d'Ormesson, 1987.

Album Chateaubriand, Bibliothèque de la Pléiade, 1988, épuisé.

Garçon de quoi écrire, entretiens avec François Sureau, 1989.

Histoire du Juif errant, 1990.

La Douane de mer, 1993.

Presque rien sur presque tout, 1996.

Casimir mène la grande vie, 1997.

Le Rapport Gabriel, 1999.

C'était bien, 2003.

Aux Éditions Robert Laffont

Voyez comme on danse, 2001.

Et toi mon cœur pourquoi bats-tu, 2003.

Une fête en larmes, 2005.

La Création du monde, 2006.

La vie ne suffit pas, Bouquins, 2007.

Qu'ai-je donc fait, 2008.

Suite de la bibliographie en fin de volume

Du même auteur

Aux Éditions Gallimard

Du côté de chez Jean, Julliard 1959, épuisé. Folio, 1978.

Un amour pour rien, Julliard, 1960, épuisé. Folio, 1978.

Au revoir et merci, Julliard, 1966, épuisé. Folio, 1976.

La Gloire de l'Empire, 1971.

Au plaisir de Dieu, 1974.

Le vagabond qui passe sous une ombrelle trouée, 1978.

Dieu, sa vie, son œuvre, 1980.

Discours de réception à l'Académie française de Marguerite Yourcenar et réponse de Jean d'Ormesson, 1981, épuisé.

Discours de réception à l'Académie française de Michel Mohrt et réponse de Jean d'Ormesson, 1987.

Album Chateaubriand, Bibliothèque de la Pléiade, 1988, épuisé.

Garçon de quoi écrire, entretiens avec François Sureau, 1989.

Histoire du Juif errant, 1990.

La Douane de mer, 1993.

Presque rien sur presque tout, 1996.

Casimir mène la grande vie, 1997.

Le Rapport Gabriel, 1999.

C'était bien, 2003.

Aux Éditions Robert Laffont

Voyez comme on danse, 2001.

Et toi mon cœur pourquoi bats-tu, 2003.

Une fête en larmes, 2005.

La Création du monde, 2006.

La vie ne suffit pas, Bouquins, 2007.

Qu'ai-je donc fait, 2008.

Suite de la bibliographie en fin de volume

Saveur du temps

Jean d'Ormesson

de l'Académie française

Saveur du temps

Chroniques

Éditions Héloïse d'Ormesson

Il a été tiré de l'édition originale de cet ouvrage
trente exemplaires
sur vélin pur chiffon des papeteries Arjowiggins
numérotés de 1 à 30.

www.editions-heloisedormesson.com

ISBN 978-2-35087-114-1

Sommaire

Malaise dans la culture 15

Le tourbillon du monde 49

Loués soient nos seigneurs, hier... 63

... et aujourd'hui 121

Des repères éblouissants 145

Le cabinet des antiques 179

Vagabondages littéraires 197

L'écume des jours 231

Fanfreluches 283

Horizons 301

Avant-propos

J'ai hésité, je l'avoue, à publier ce livre. Il y a déjà de longues années, un premier recueil d'articles où se mêlaient politique et littérature avait été accueilli avec indulgence : c'était *Jean qui grogne et Jean qui rit*. Il y a à peine plus de deux ans, je donnais à ma fille Héloïse qui venait de lancer, avec Gilles Cohen-Solal, sa maison d'édition, un deuxième recueil de chroniques consacrées surtout à un certain nombre d'écrivains, à quelques films, à des voyages, à des souvenirs d'enfance et de jeunesse : *Odeur du temps*. Fallait-il tenter une troisième expérience ?

Les risques étaient grands. *Odeur du temps* avait été reçu par la critique et par le public avec autant d'amitié que *Jean qui grogne et Jean qui rit*. Il me semblait que proposer une troisième série d'articles, c'était tenter le diable. Les journaux, la radio, la télévision, à qui je dois beaucoup, en avaient peut-être, et je peux les comprendre, un peu par-dessus le dos de mes exhibitions. Et il n'était pas impossible que les lecteurs eux-mêmes commencent à se lasser.

Dans les deux préfaces à mes recueils précédents, j'avais beaucoup parlé d'Hérodote et de Xénophon, des merveilleuses *Choses vues* d'Hugo, poète de génie, romancier de génie et journaliste de génie, de Kessel, de Mauriac et des rapports entre journalisme et littérature. J'avais cité Oscar Wilde – « Le journalisme est illisible et la littérature n'est pas lue » –, André Gide – « J'appelle journalisme ce qui sera moins intéressant demain qu'aujourd'hui » – et Péguy – « Rien n'est plus vieux que le journal de ce matin, et Homère est toujours jeune ». La répétition est un des écueils majeurs qui menacent l'écrivain. Le sujet me paraissait épuisé.

Je me disais aussi que la comparaison était inévitable entre mes deux premiers recueils et le troisième. J'entendais déjà les murmures courtois des lecteurs – et des lectrices – et les avanies de mes confrères : « La vieillesse est un naufrage » ou « Il y a un moment où il faut savoir quitter la table… »

L'affection et le goût du risque ont eu raison de ces scrupules.

L'affection d'abord. Dans les circonstances difficiles que chacun connaît – la crise, bien sûr, et, à l'intérieur de la crise, la concurrence toujours plus vive entre l'édition et la télévision, puis surtout Internet qui menace non seulement l'imprimé mais le petit écran lui-même –, j'ai vu avec fierté le succès constant de l'entreprise de ma fille. À force de travail et de fidélité à ses ambitions, sa maison d'édition devenait de plus en plus « une petite qui a tout d'une grande ». J'avais gardé le meilleur souvenir de ma collaboration avec toute l'équipe des éditions Héloïse d'Ormesson. J'ai cédé au désir de renouveler l'expérience.

Le goût du risque ensuite. Les textes ici réunis couvrent une période de temps plus longue encore que les chroniques du recueil précédent. *Odeur du temps* courait sur une trentaine d'années. *Saveur du temps* s'étend sur soixante ans. Le lecteur y trouvera le premier article que j'aie jamais publié : dans *Le Monde*, en 1948. Je le remercie avec soixante et un ans de retard. Et un article paru il y a à peine trois mois dans *Le Figaro*, qui m'a toujours accueilli avec une générosité dont je lui suis reconnaissant.

Reste le problème le plus sérieux : ces différentes chroniques valaient-elles la peine d'être exhumées et livrées au jugement des critiques et du public ? Ce n'est pas à moi d'en décider, mais je prends le risque avec une espèce d'allégresse.

Je n'ai pas honte de ce que j'ai écrit. Je me suis souvent trompé. Certains textes sont plus faibles que d'autres. Quelques-uns, pourtant, qui datent de près d'un demi-siècle, abordent des problèmes qui se posent encore aujourd'hui. Et je suis heureux d'avoir pu rendre hommage, une fois encore, à des écrivains, à des livres, à des hommes et à des femmes de notre temps que j'ai admirés et aimés.

Ce qu'est ce livre au fond, c'est un exercice d'admiration – tempérée, ici ou là, par l'inquiétude ou l'ironie. Admiration pour les hommes, admiration pour leurs œuvres, admiration pour la beauté du monde. Dans une époque plus portée à la dérision qu'à l'admiration, voilà un défi un peu audacieux. Je le relève sans trop de crainte. Nous vivons une période suffisamment préoccupante pour que, de temps en temps, nous essayions de viser un peu plus haut et de rendre à l'espérance des couleurs trop souvent défraîchies.

Malaise dans la culture

Commençons par l'inquiétude. Depuis les sombres journées du printemps radieux de 1940, les Français s'interrogent sur leur situation et sur leur avenir, sur leur langue qui se délite, sur leur littérature en roue libre, sur leur art, sur leur façon de vivre. Ils ont cessé d'être de bonne humeur. Ils risquent de devenir moins drôles, moins insouciants, moins charmants qu'ils ne l'ont été longtemps aux yeux des étrangers. Les mots déclin et décadence rôdent à l'arrière-plan. À quoi nous est-il encore possible de croire ? Et que nous est-il permis d'espérer ?

La crise du roman

La crise de la littérature et plus particulièrement du roman, dont chacun parle aujourd'hui avec insistance mais dans le vague, vient d'abord sans doute de l'absence de grands écrivains. Cette absence contraste singulièrement avec la profusion et l'éclat des années 1920 et 1930. Dans un dictionnaire des auteurs de l'entre-deux-guerres, la seule lettre M – privilégiée, j'en conviens – fournissait Mauriac, Maurois, Montherlant, Morand, Maurras, Malraux et Martin du Gard – sans parler des Charles Morgan et des Somerset Maugham. Plusieurs d'entre eux doivent venir, de nos jours encore, à la rescousse de Michel Mohrt, que j'estime beaucoup, et qui vient de fournir à l'Académie française une belle occasion de discernement et d'équité, mais dont les compagnons en M ne sont pas si nombreux, même en comptant Moravia. J'ai bien peur que l'alphabet entier ne mène aux mêmes conclusions. On pourrait s'arrêter là et constater que le talent est tout de même une denrée assez rare. Mais il est peut-être utile d'aller un peu plus loin et d'esquisser à grands traits une espèce de sociologie élémentaire de la littérature.

La première constatation est si banale qu'il est important de la faire : la littérature est d'abord menacée par deux mouvements corrélatifs et opposés et également catastrophiques d'appauvrissement et de surabondance. Si – un peu en termes électoraux – on n'examine plus seulement la quantité absolue des réussites, mais leur proportion par rapport à l'ensemble des écrits, la déception se transforme en horreur. Le nombre de bons livres est très faible sur le nombre de livres imprimés, et le nombre des livres imprimés est infime sur le nombre de manuscrits refusés. Tout cela est très désolant et l'esprit chavire un peu devant tant d'encre inutile et tant de papier insipide. L'invention de l'imprimerie n'est pas, à cet égard, une grande date dans l'histoire de la culture et de l'esprit humain. L'abandon de toute forme de mémoire, la mise sur le même plan de l'excellent et du très médiocre, et surtout l'envahissement, le déferlement de la matière imprimée devraient faire prononcer avec beaucoup de réserve le nom de Gutenberg.

Le flot pratiquement ininterrompu des ouvrages imprimés, renforcé stupidement à la saison des prix, comme le métro aux heures de pointe, déroute, affole et dégoûte non seulement le grand public égaré mais les critiques épuisés et écœurés.

Dans cette avalanche de titres où presque rien n'est très bon, le public ne peut que se fier aveuglément à un petit nombre d'administrateurs délégués à qui est confiée la corvée de feuilleter les dossiers : ces petits fonctionnaires écrasés par la tâche – ce sont les critiques –, ces malheureux font ce qu'ils peuvent, souvent avec conscience et parfois même avec quelque talent. Il est bien évident que, même génie et talent mis à part, la critique d'aujourd'hui n'a que le nom de commun avec ce qu'elle pouvait être dans tout l'éclat du XIXe siècle, de Sainte-Beuve à Brunetière et Lemaître, puis à Faguet et Doumic, puis à Kemp et Henriot et Thiébaut. Il n'est plus question d'étudier une œuvre, des tendances, une époque ; il ne peut plus s'agir que d'élever une digue contre les flots qui battent et d'agiter un vague tamis moins dans le vain espoir de dénicher un joyau que pour rejeter le verre trop grossier et les plus épaisses scories.

La critique primitivement destinée à mettre en valeur le meilleur finit ainsi à son tour par devenir une espèce de littérature du deuxième degré, avec le même rythme à la fois frénétique et languissant, avec la même grisaille que viennent parfois percer l'arrogance et l'éclat de jeunes gens insolents, grâce à Dieu pressés d'arriver.

Un lecteur d'*Arts* vient d'écrire : « Une chose étonne aujourd'hui : c'est le nombre de très jeunes gens qui s'installent dans la critique – cet art difficile, fait surtout de sang-froid, d'érudition et d'usage de la vie – et qui pérorent comme de très vieux perroquets sur les hautes branches. » Mais qui donc de sérieux, de savant, d'équitable irait se taper le fatras effroyable de ce qu'il est convenu d'appeler « la production courante » et qui se traîne lamentablement ? Il y faut de la santé et une fameuse dose d'enthousiasme. Qui donc s'attellerait à des travaux estimables sur cette matière sans consistance ? Les jeunes critiques d'aujourd'hui sont comme ces jeunes gens qui écrivent sur le cinéma avant de faire leur premier film : ils font leurs armes dans le mépris. La critique n'est plus que la mesure insolente de la faiblesse des autres, prélude à la contribution personnelle au flot terrifiant de l'universelle production.

Alors, devant l'inflation littéraire et l'inefficacité critique, surgissent les dernières armes et les suprêmes pensées : le Goncourt, le Femina, le Renaudot, l'Interallié et autres Médicis. Chaque année, on vient vous dire : « Ah ! la méchante année ! Presque rien n'est bon. » Et puis, quelques jours avant le palmarès, nous apprenons, tout heureux, que six ou huit livres émergent et que leurs mérites se tiennent de près. Et puis enfin le Goncourt se vend à 200 000 exemplaires et aucun des autres livres ne dépasse 10 ou 12 000. Il y a quelque chose de scandaleux dans la conjonction de ces deux faits : quelques jours avant le prix, aucun livre ne se détache ; quelques secondes après le prix, la vente du lauréat est automatiquement établie d'après des lois statistiques qui ne relèvent certes en rien des critères – disons démocratiques – de la littérature ni des goûts personnels de lecteurs qui semblent évidemment n'avoir pas atteint l'âge de raison du choix romanesque.

L'argument d'après lequel notre époque de propagande exige impérieusement une espèce de fête nationale de la littérature et une distribution des prix capable de ramener à la première page des quotidiens la littérature reléguée à la page 8 ou 12 est certainement assez fort. Mais il se situe de toute évidence sur le plan de la sociologie publicitaire et non de la littérature. Je ne dirais pas tellement que les choix des Goncourt ne sont pas justes ; je dirais plutôt que la soumission aveugle des lecteurs n'est pas, pour la littérature ni pour eux-mêmes, un signe profond de santé, d'intérêt vrai et de curiosité personnelle.

Tout cela fait que la littérature oscille aujourd'hui entre l'inflation maigre d'une surproduction médiocre et le choix plus ou moins arbitraire, exclusif et pratiquement aveugle d'un très petit nombre de superproductions appelées automatiquement à un succès de type publicitaire relevant de la manifestation sociologique plus que de l'événement littéraire. Surproduction et superproduction : la littérature ne fait pas exception aux règles générales de l'époque qui sont d'abord l'embouteillage et le culte de la vedette, celui-ci étant apparemment le contraire, mais en réalité la conséquence de celui-là. Dénoncer le mal ne sert d'ailleurs pas à grand-chose, sinon à contribuer assez inutilement à l'accroissement du volume de la littérature dénoncée. Mieux vaut, pour la santé mentale et l'équilibre moral, se dire que l'excès finira bien par se tuer lui-même, que les révélations d'aujourd'hui seront très vite les vieilles lunes de demain et qu'il n'y a de beaux jours que pour le vrai talent.

Arts, 5 décembre 1962

Il y a encore de bons livres

Beaucoup se plaignent, ici ou là, d'une autre espèce d'inflation : celle qui noie les bons livres sous l'abondance des mauvais. « La mauvaise monnaie chasse la bonne », édicte la loi de Gresham. Les mauvais livres aussi font du tort aux bons livres. Comment s'y reconnaître dans cette avalanche de romans, de souvenirs, de biographies, d'essais qui s'abat sur nos têtes ? Voici que paraissent coup sur coup plusieurs ouvrages qui ont pour trait commun d'être des livres sur des livres et qui nous aideront peut-être à y voir un peu plus clair. Sans doute ajoutent-ils eux-mêmes à la masse de l'imprimé. Mais ils le font avec talent, avec intelligence, souvent avec drôlerie et ils peuvent nous servir de guides dans les labyrinthes de la littérature.

Ce qu'il y a de bien avec Jean Dutourd, c'est qu'il aime la littérature et qu'il en parle avec simplicité, sans la moindre affectation, sans aucun souci de plaire ou de déplaire. *Contre les dégoûts de la vie*[1] est un recueil d'articles courts parus surtout dans *Le Point* et de préfaces à des ouvrages qui vont de Proust à Bouvard. Dutourd a lu presque tout, de la comtesse de Ségur et des *Pieds Nickelés* à Balzac et à Dickens. Il est d'accord avec Alain qui disait que les romanciers lui avaient plus appris que les philosophes. Contre un Bernard-Henri Lévy qui écrivait récemment dans *Le Figaro* que ce n'étaient pas des livres qu'il tirait l'essentiel, il ajoute que les romans lui ont plus apporté que la vie elle-même. Quels romans ? Non pas ceux des contemporains qui n'ont rien à lui apprendre puisqu'ils regardent le même monde que lui – « et certainement, précise-t-il, avec de moins bons yeux ». Mais ceux de « ces gens très difficiles à approcher, détenteurs d'un savoir étrange et donc primordial, connus seulement de quelques privilégiés » et dont il nous livre les secrets avec une sorte de gourmandise. *Le Capitaine Corcoran* ou les *Mémoires de Fanny Hill*, *La Bannière bleue* ou les *Mémoires* de Saint-Simon le retiennent tour à tour. Il leur consacre une page ou deux, jamais plus, et la lecture de ces notules laisse une impression délicieuse de fraîcheur et de liberté.

1. Jean Dutourd, *Contre les dégoûts de la vie*, Flammarion.

C'est à un exercice du même genre, et pourtant bien différent, que se livre un Philippe Sollers, avec une intelligence aiguë, dans sa *Théorie des exceptions*[2]. « Théorie », dans ce titre, a le sens classique de procession, de défilé, de fête. Et « exceptions » renvoie à cette règle primordiale de la littérature qui est de ne pas en avoir. « Écrire, dit Kafka, cité par Sollers, c'est bondir hors du rang des meurtriers. » Sollers ne parle pas, comme Dutourd, d'*Aimé de sa concierge* de Chavette ni de Liane de Pougy. Il parle des mutants, des « individus extrêmes », de Sade, de Dostoïevski, de Joyce, de Faulkner. Il y a des ponts entre Dutourd et Sollers : Saint-Simon ou Proust, par exemple. Et il est bien intéressant de comparer la lecture de l'un à la lecture de l'autre. Un dialogue à la télévision sur la littérature entre Dutourd et Sollers serait un spectacle merveilleux. L'un parlerait de Lacan et l'autre d'Anatole France, de Samuel Butler et de Louis-Sébastien Mercier. J'imagine que, peut-être, après s'être engueulés, ils s'entendraient assez bien.

Les horizons littéraires opposés qu'incarnent, avec le même amour de la littérature, un Dutourd et un Sollers, un petit livre insolent les croque à toute allure : *Portraits de l'écrivain d'aujourd'hui*[3]. Deviner qui se cache derrière le pseudonyme de Pline, adopté par l'auteur – les invocations romaines sont à la mode ces temps-ci : nous avons vu déjà un célèbre Caton, un Spartacus et quelques autres –, est le jeu à la mode, en ce moment, à Paris. Besson, l'auteur de *Dara*, couronné récemment par l'Académie française et qui

2. Philippe Sollers, *Théorie des exceptions*, Gallimard, « Folio essais ».
3. Pline, *Portraits de l'écrivain d'aujourd'hui*, Julliard.

écrit dans *L'Humanité*? Ou ce vaurien de Neuhoff, professionnel d'une moquerie qu'il manie avec talent ? Ou peut-être Sollers lui-même ? Ou plutôt un de ces éditeurs qui connaissent si bien les coulisses de notre littérature ? En une centaine de pages à peine, Pline dresse en tout cas avec brio une sorte de typologie des lettres contemporaines. Une douzaine de types apparaissent depuis « le grand écrivain contemporain » qui s'appelle Marcel Pontignac et qui prend toutes les poses du grand homme d'aujourd'hui jusqu'à « l'avant-gardiste sur le retour » – variante gâteux, variante aigre ou variante cynique avec retournement spectaculaire. En passant par quelques portraits de femmes « auteuses » ou « autrices » – je ne sais pas quel est le choix définitif de nos militantes – et par le débutant tendu et cruel dévoré par un impatient besoin de pureté.

On dirait que la *Lettre ouverte à ceux qui sont passés du col Mao au Rotary*[4] de Guy Hocquenghem a été écrite tout exprès pour servir d'illustration et de travaux pratiques à tel ou tel chapitre du pamphlet de Pline. On y trouve pêle-mêle toute la série désormais classique des règlements de comptes entre disciples de Mao, anciens de Mai 68, gauchistes désabusés, idéologues saisis par le réalisme. Tout le livre semble tourner autour de la prophétie lancée par Jouhandeau aux combattants des barricades de Mai 68 : « Rentrez chez vous ! Dans dix ans, vous serez tous notaires… » Ou encore de l'apostrophe furieuse du Prix Nobel Czeslaw Milosz qui

4. Guy Hocquenghem, *Lettre ouverte à ceux qui sont passés du col Mao au Rotary*, Albin Michel.

traitait ses étudiants révoltés de fils dégénérés de la bourgeoisie privilégiée.

Je ne dirai ici qu'un mot d'un petit ouvrage d'un de nos plus grands écrivains qui mérite des pages et des pages et qui nous livre ses motifs de relire et d'aimer quelques-uns de ses pairs. L'ouvrage s'appelle *Exercices d'admiration*[5] et l'auteur, Cioran. D'origine roumaine comme Ionesco ou Eliade – dont la mort récente est une perte considérable –, Cioran a choisi de s'exprimer dans une langue qu'il vénère et honore : le français. Auteur de livres superbes et sombres, tels que *Précis de décomposition*, Cioran est encore peu connu du grand public. C'est qu'il recherche l'obscurité et qu'il craint comme la peste une reconnaissance où il voit, pour un écrivain, la malédiction majeure. On finit par se demander s'il n'aurait pas dû hésiter à proclamer ouvertement son admiration pour un Borges ou pour un Caillois puisqu'il n'y a que le silence pour servir un écrivain. On se réjouira simplement qu'il ait accordé aux autres l'honneur légitime qu'il refuse avec grandeur pour lui-même.

En guise de conclusion à ce rapide survol de quelques livres sur les livres – la littérature en abyme, pour parler comme les pédants –, on parcourra avec amusement le recueil de Pascal Vercken qui rassemble un certain nombre de débuts de romans – ce qu'il est convenu d'appeler des *incipit*. Le titre ? *Longtemps, je me suis couché de bonne heure*[6]...

Le Figaro Magazine, 16 mai 1986

5. Cioran, *Exercice d'admiration*, Gallimard.
6. Pascal Vercken, *Longtemps, je me suis couché de bonne heure*, ERG Pascal Vercken.

JOURNALISME ET LITTÉRATURE

Entre le journalisme et la littérature, les liens sont innombrables. Victor Hugo, dans *Choses vues*, est un reporter prodigieux. Il nous fait assister, comme si nous y étions, à la mort de Balzac ou de Chateaubriand, au procès de ministres accusés d'escroqueries, à l'arrestation d'un duc et pair soupçonné d'avoir assassiné sa femme par amour pour une gouvernante, aux convulsions fiévreuses du peuple de Paris. Zola doit plus à un seul article – le fameux « J'accuse », refusé par *Le Figaro* et publié par *L'Aurore* – une gloire éclatante qu'à la masse des *Rougon-Macquart*.

Kessel est un envoyé spécial qui se mue en écrivain, ou peut-être un écrivain doué plus que personne pour le reportage et le journalisme. Il y a eu des écrivains pour se révéler journalistes, bien avant les journaux : Hérodote ou Xénophon, Pausanias ou Pline le Jeune nous apprennent une foule de choses sur les événements de leur temps et sur les pays étrangers. L'exemple le plus frappant d'un écrivain qui a trouvé dans le journalisme un mode d'expression qui semblait fait pour lui est fourni par Mauriac. Mauriac s'est cru poète, puis dramaturge, puis romancier, puis mémorialiste – et il a été tout cela. Mais il a été aussi, et peut-être surtout, notamment au *Figaro*, un journaliste de génie.

Tout au long de sa longue carrière – la plus longue de la presse française –, *Le Figaro* a été mêlé intimement à l'histoire de notre littérature. Chacun sait que Marcel Proust, avant de s'enfermer pour terminer son œuvre et pour gagner de justesse sa course contre la mort, envoyait des chroniques au *Figaro*. De Maupassant à Claudel et à Valéry, de Maurras à Maurois ou à Lacretelle, d'André Siegfried à Raymond Aron, la liste est interminable des poètes et des romanciers, des historiens, des hommes de théâtre qui ont collaboré au journal de Villemessant et de Pierre Brisson. Deux auteurs dont on lit encore les pièces avec amusement ont été successivement directeurs du journal : Alfred Capus et Robert de Flers.

Beaucoup d'entre nous se souviennent encore, à la première page du *Figaro*, de ces chroniques éblouissantes où Gérard Bauer, sous le nom de Guermantes, parlait de Florence ou de Venise, de ses rencontres avec des comédiennes ou des canards du bois de Boulogne.

Je crois bien que je me rappelle moi-même des passages entiers d'articles de Thierry Maulnier ou de François Mauriac au lendemain de la fin de la guerre – il y a quelque quarante ans : « Solitude, solitude de la force. L'embrasement de l'orgueilleux empire suffit à éclairer le monde d'une lumière de matin… » ou : « C'est à quoi je songe, vieux lièvre tapi entre deux règes de ma vigne et qui respire, au soir d'un automne brûlant, l'odeur des pressoirs ruisselants… »

Tout cela me tournait dans la tête lorsque je fus élu directeur du *Figaro*. J'avais été un peu douché par la lecture d'une biographie de Capus. Elle se terminait par ces mots qui tombaient comme un couperet : « Il devient directeur du *Figaro* et cesse d'écrire. » À peu près à la même époque, chaque fois que nous nous voyions, Paul Morand venait vers moi de sa démarche déhanchée : « D'abord, pas de pornographie ! Et surtout, pas de journalisme ! »

En ce temps-là, heureusement, *Le Figaro* était installé au rond-point des Champs-Élysées. La première fois que je pénétrai dans le grand bureau ovale qui allait être le mien, tout un cortège d'écrivains m'accompagnait en esprit. Je m'avançai vers le balcon qui donnait sur l'avenue. La vue s'étendait de la Concorde à l'Étoile. Je crois qu'une espèce de griserie s'est emparée de moi. Elle n'était faite, grâce à Dieu ! ni d'orgueil – il n'y avait pas de quoi –, ni de vanité, ni de goût de pouvoir. C'était un vertige romanesque. Je pensais à Proust et à ses jeux de mémoire. Je pensais à Balzac et au défi à la ville lancé par son héros. Je pensais à Jules Romains et à tous les prestiges de cette immense conspiration, pénétrée de comique et de mystification, qui se nouait, là, en bas, sous mes yeux, dans ce grouillement de plaisirs, d'intérêts et d'ambitions.

Un journal est comme ces lieux élevés – tours, collines ou clochers – qui étaient si chers à Stendhal. C'est un observatoire à passions. Vous y regardez les autres. Les autres vous y regardent. Il n'est pas très surprenant que *Le Figaro* n'ait jamais cessé d'attirer les historiens, les poètes, les romanciers.

Le Figaro, 20 mars 1986

LIVRE ET TÉLÉVISION

Après *Caractères*, *Ex-Libris* ? Après *Ex-Libris*, *Océaniques* ? La télévision ne veut plus de culture, la télévision ne veut plus de livres. Vous rappelez-vous le battage fait autour de la culture à la télévision et du « mieux disant culturel » ? Même animé de bonnes intentions, le vocabulaire, déjà, n'annonçait rien de bon. Voici où mène le jargon : on ne brûle pas encore les livres, mais on les étouffe sous le silence.

La censure, aujourd'hui, est vomie par tout le monde. Et, en effet, ce ne sont pas les livres d'adversaires, ce ne sont pas les idées séditieuses que l'on condamne au bûcher de l'oubli : ce sont tous les livres et toutes les idées. Et pourquoi les condamne-t-on ? Pour la raison la plus simple : parce qu'ils n'attirent pas assez de public, parce qu'ils n'entraînent pas assez de publicité, parce qu'ils ne rapportent pas assez d'argent. La dictature de l'audimat, c'est la dictature de l'argent. C'est l'argent contre la culture.

Qui est responsable ? Ni Rapp, ni Poivre d'Arvor, ni Boutang.

Il faut leur tirer notre chapeau. Ils ont fait ce qu'ils ont pu, avec générosité, avec conscience, avec talent. Ce qui est en cause, c'est le système.

Et le plus inouï, c'est que le service public donne le mauvais exemple.

On pouvait croire naïvement que le service public avait une vocation culturelle, éducative, formatrice, quelque chose, peut-être, qui ressemblerait à une mission. Nous nous trompions très fort. Le service public s'aligne sur la vulgarité générale. La République n'a pas besoin d'écrivains.

Pour la culture française, pour l'image de la France, pour toute cette branche de l'économie qui est liée aux livres, pour les rapports entre la culture et le pouvoir, les jours que nous vivons sont des jours désastreux. Dans des circonstances comme celles-là, tout le monde, naturellement, a une pensée derrière la tête : Pivot ! Heureusement qu'il est là. S'il vous plaît, ne mettez pas Pivot dans les heures du petit matin, entre deux films érotiques.

Il faut donner une chance aux livres nouveaux, aux écrivains de vingt ans, à tous ceux qui ont encore le courage de rêver aujourd'hui d'un chef-d'œuvre inconnu. Plus encore qu'à tous ceux qui ont défendu le livre à la télévision, c'est à ces jeunes gens que je pense. Ne les désespérons pas.

Le Figaro, 10 décembre 1992

N'ÉTOUFFEZ PAS LA CULTURE

Je reviens de Tunisie. C'est un beau pays, plein de souvenirs du passé, où les restes phéniciens et romains, mêlés à la culture arabe, offrent sous le soleil et le long de notre mer commune des ressources inépuisables aux touristes venus du Nord. Ils se promènent à Sidi Bou Saïd, où les maisons sont blanc et bleu, à Hammamet, à Djerba, sur le site de Carthage où revit le souvenir de Saint Louis et de Flaubert, parmi les ruines majestueuses d'El Djem ou de Dougga. Ils visitent la mosquée de Kairouan et les châteaux forts, appelés *ribat*, chargés jadis de défendre le pays contre la menace byzantine. Ils descendent jusqu'aux oasis de Tozeur ou de Nefta. Ils rêvent sur les Phéniciens, les Romains, les Vandales, les Byzantins, les Arabes, les Normands, les Turcs qui se sont succédé sur ces terres où vécurent Hannibal, Apulée, Tertullien, saint Augustin et tant d'autres.

Entre l'Algérie et la Libye, la Tunisie semble privilégiée. L'intégrisme musulman y est moins fort qu'ailleurs. La vie politique y est plus calme. Aujourd'hui écarté du pouvoir et promis d'avance à des obsèques solennelles dans le mausolée somptueux qu'il s'est édifié à Monastir, où il est né il y a quatre-vingt-dix ans, le président Bourguiba a démocratisé l'enseignement, laïcisé la justice et l'appareil d'État. Le gouvernement musclé, appuyé sur l'armée, qui lui a succédé tient les rênes d'une main ferme.

La langue officielle est l'arabe, mais le français, obligatoire à l'école, est encore largement répandu. La culture française est dominante à l'université. Ou elle l'était. Tous les intellectuels, tous les universitaires que j'ai pu rencontrer après avoir été reçu par le ministre de la Culture, tous ceux qui sont attachés à l'héritage français si vivant dans ce pays m'ont fait part de leur trouble et de leur inquiétude. Une menace rôde sur les relations culturelles entre la Tunisie et la France.

Cette menace est liée aux restrictions imposées à la délivrance des visas à destination de la France. J'ai naturellement exposé à mes interlocuteurs les difficultés conjoncturelles de la France. Je crois qu'ils les comprennent. La situation de l'emploi chez nous ne permet pas une large ouverture des frontières. Tous les pays du monde sont obligés de se défendre contre un envahissement qui entraîne des problèmes insurmontables. La France ne fait pas exception. Du coup, le problème qui se pose est celui des échanges nécessaires entre universitaires et intellectuels.

C'est une question très vaste et très difficile. Disons, en quelques mots, que la France a une longue tradition d'accueil à laquelle il est impossible qu'elle ne reste pas fidèle. Il ne s'agit pas seulement d'un point d'honneur. Il s'agit de notre intérêt le plus strict. Si nous nous fermons trop radicalement à nos amis de l'étranger, les Allemands, les Anglais, les Américains se précipiteront pour prendre notre place. Il est très légitime de chercher à défendre ce qui fait notre spécificité. La fameuse « exception culturelle » n'a, après tout, pas d'autre sens. Mais il faut, en même temps, trouver le moyen de maintenir le flot vivant des échanges culturels.

Je crains qu'aujourd'hui un universitaire, un avocat, un médecin, désireux de venir en France pour poursuivre des travaux qui bénéficieront à la France autant qu'à la Tunisie, ne soit obligé de faire la queue dans la rue, devant nos consulats, avec des chances de succès assez minces. Et je crois savoir que ce qui se passe en Tunisie se passe aussi dans bon nombre d'autres pays. C'est un problème sérieux qu'il faut tâcher de régler.

Encore une fois, il n'est pas question d'ouvrir largement nos frontières à une immigration permanente. Mais de permettre à ceux qui constituent le meilleur rempart contre l'extrémisme et contre l'intolérance de maintenir leurs liens avec nous. Il serait désastreux de décourager et de rejeter ceux qui mettent tant d'espoir dans la culture française.

C'est pourquoi je lance un cri d'alarme : n'étouffez pas la culture, laissez-la respirer, rétablissez, dans la limite bien entendu des règlements nécessaires, le courant des échanges entre les autres et nous ! Gardons-nous de rejeter en bloc ceux qui veulent apprendre chez nous et se servir de notre langue. Gardons-nous surtout de les blesser ou de les humilier.

Témoignons aux meilleurs d'entre eux, à ceux qui sont attachés à la tolérance et au libéralisme, la considération qu'ils méritent. Car ils ont besoin de nous. Et nous avons besoin d'eux.

Le Figaro Magazine, 16 octobre 1993

« The Glory that was France »

Longtemps, la France a régné sur le monde par sa culture et sa langue. On pourrait fixer la date de naissance d'une langue française triomphante et sûre d'elle-même : ordonnance de Villers-Cotterêts, édictée par François Ier en 1539. L'ordonnance imposait l'usage du français à la place du latin dans tous les actes officiels. Il y avait sept cents ans – depuis le traité de Verdun en 843 et la célèbre *Cantilène de sainte Eulalie* quelques années plus tard – que le français avait émergé du latin. Mais l'ordonnance de 1539 est comme la sonnerie du clairon qui rassemble les troupes éparses d'une langue encore balbutiante : quatre ou cinq ans plus tôt, c'est *Pantagruel* et *Gargantua* ; dix ans plus tard, c'est *Défense et illustration de la langue française*, manifeste littéraire publié sous le nom de Du Bellay et qui expose le programme des poètes qui constitueront la Pléiade. Le train de l'hégémonie culturelle française en Europe et sur le monde entier est lancé. Sous les acclamations des foules, il parcourra quatre cents ans presque jour pour jour et sans la moindre trace de fatigue.

Trois trajets se dérouleront dans des paysages d'une beauté, d'un charme, d'une grandeur sans égal. D'abord l'âge classique, qui s'ouvre en fanfare, un siècle après Villers-Cotterêts, avec *Le Cid* de Corneille puis, dans le domaine politique, avec les traités de Westphalie. Inutile de citer des noms : de Racine ou de La Fontaine à Montesquieu ou Voltaire, c'est une avalanche de génies. Ce trajet-là se termine peut-être avec le fameux *Discours sur l'universalité de la langue française* de Rivarol. Ensuite le romantisme, ses dérivés, ses bâtards. De Chateaubriand et de Hugo à Baudelaire et à Verlaine, c'est un torrent qui n'a rien à envier au premier. Enfin, il y a une troisième époque dont l'éclat, loin de se ternir avec le temps, semble chaque jour se confirmer : l'entre-deux-guerres. Sur vingt ans, entre 1918 et 1939 – quatre cents ans exactement après l'édit de Villers-Cotterêts –, la richesse de la littérature et de la culture françaises a quelque chose d'éblouissant : Proust, Gide, Valéry, Claudel, Aragon, Giraudoux, Jules Romains, Martin du Gard, Malraux, Mauriac, Montherlant, Bernanos, Céline, Giono, Colette, Saint-John Perse, Larbaud, le jeune Sartre de *La Nausée* et du *Mur*, tant d'autres… N'en jetez plus. La cour est pleine.

L'âge classique s'enracine dans le long siècle de Louis XIV. Le romantisme naît de la Révolution, exportée par Napoléon au bout de ses fusils. L'entre-deux-guerres sort de la victoire de la IIIe République sur les empires centraux. On dirait que, comme pour la littérature grecque ou romaine, comme pour la littérature anglaise, comme pour la littérature espagnole, la culture française est portée par une constellation politique et économique qui la commande et la soutient. En 1940, la

France s'effondre. Le général de Gaulle la ressuscite et lui assure encore quelques années de grandeur qui s'incarne surtout – qu'importe! – dans ses adversaires politiques, au premier rang desquels brillent un Sartre ou un Aragon. Il semble pourtant que quelque chose soit cassé dans la formidable machine culturelle qui avait produit le classicisme, puis le romantisme et ses filiales, puis l'entre-deux-guerres et ses éblouissements. Une usure. Une fatigue. Comme un essoufflement.

Ah! Marguerite Yourcenar, Julien Gracq, Cioran et plusieurs autres grands vivants sont encore des noms assez éclatants. Mais après eux? C'est un grand débat de savoir si nos contemporains sont les égaux de leurs prédécesseurs. Rien n'est plus difficile que de juger sa propre époque. La porter aux nues est absurde. La jeter aux orties ne vaut guère mieux.

Ce qu'il est peut-être permis de dire, c'est que l'hégémonie culturelle de la France appartient désormais au passé – moins par je ne sais quelle indignité de la culture française que par la montée souvent foudroyante des cultures extérieures. La littérature japonaise, la littérature sud-américaine, la littérature américaine, évidemment, concurrencent désormais la littérature française. La place des livres français aux États-Unis tend, hélas! vers zéro.

J'ai parlé ici surtout de la littérature. On pourrait dire, je crois, la même chose du théâtre, du cinéma, de la peinture, de l'art en général. Sur les marchés de l'art, les places de Londres et de New York rivalisent avec Paris. Il n'est pas sûr que les Claudel, les Giraudoux, les Jules Romains, les Anouilh aient été remplacés sur les scènes françaises. Comme le cinéma italien, le cinéma français a été éblouissant dans les années de notre deuxième après-guerre. Mais aujourd'hui ? Le fameux remue-ménage de l'exception culturelle traduit la situation d'un cinéma sur la défensive qui, pour un certain nombre de raisons – notamment financières et industrielles –, a besoin d'être protégé. L'immense cinéma italien est mort. Le cinéma français essaie de survivre.

Ces différents éléments permettent à des observateurs étrangers, qui ne portent pas toujours notre pays dans leur cœur, d'annoncer à cor et à cri, à grand renfort de trompe, le déclin de la France et de sa culture. « *The Glory that was France* » titrait récemment *Newsweek* en opposant l'éclatante culture française d'hier à celle d'aujourd'hui, écrasée plus qu'aucune autre par le poids du passé et en train de mourir.

Le grand débat sur la langue et – qu'on soit pour, qu'on soit contre – le dépôt de la loi Toubon apparaissent, dans cette perspective, comme une sorte de ligne Maginot plus ou moins illusoire : nous voulons défendre notre langue parce qu'elle est atteinte comme notre culture et que son destin nous fait peur. Une culture dominatrice n'a pas besoin de décrets : elle s'impose par ses œuvres.

On juge un arbre sur ses fruits. Où en sont les fruits de la culture française ? Où sont les œuvres qui l'illustrent ? Chacun de nous citerait sans peine des livres, des films, des chansons, des tableaux, des pièces de théâtre, des œuvres musicales qui font honneur à notre temps. Mais leur ensemble donne-t-il cette impression de force et d'abondance, de cohérence contradictoire, de richesse et de bonheur que procuraient les grandes époques de notre culture passée ? La réponse est douteuse.

Si la réponse est douteuse, quels en sont les motifs ? Cette question-là est plus rude encore que toutes les autres. Peut-être le règne des médias, peut-être l'hypertrophie de l'intelligence critique, peut-être un essoufflement de l'imagination créatrice, peut-être un conformisme jusque dans l'anticonformisme ? Il n'est pas exclu que le génie créateur souffle avec plus de force sur des cultures plus jeunes, moins rongées par le doute et par le poids du passé. La roue de la culture tourne comme la roue de l'histoire.

Personne ne niera l'existence d'une culture française qui est vivante. Mais personne ne soutiendra que cette culture domine encore la planète comme elle l'a dominée entre les traités de Westphalie et la chute de la IIIe République. Personne ne jugerait que la culture française ait encore à donner au monde les leçons magistrales qu'elle lui a prodiguées tout au long de quatre siècles. Nous n'avons plus de Descartes, nous n'avons plus de Racine, nous n'avons plus de Voltaire, nous n'avons plus de Hugo.

Voilà le débat. Mais aussitôt surgit une autre question, annexe : y a-t-il ailleurs des Chateaubriand, des Flaubert, ou des Proust ? Rien n'est moins sûr. Ce n'est peut-être pas tant la culture française, c'est la culture tout court, c'est l'idée même de culture qui est sans doute en cause.

Tout le monde sait que les maîtres à penser, les modèles universels appartiennent au passé. En dépit ou à cause de son unification, le monde est entré dans un âge multipolaire où aucun pouvoir culturel ne règne plus sans conteste. Politiquement et militairement, les États-Unis sont la seule grande puissance aux dimensions de la planète.

Mais les tensions, les oppositions, les contradictions, l'esprit de contestation et de révolte, les espérances de renouvellement surgissent d'un peu partout. Il n'y a plus d'hégémonie de la culture française parce qu'il n'y a plus nulle part d'hégémonie culturelle. L'hégémonie anglo-saxonne ne peut en aucun cas être une hégémonie culturelle comme l'était l'hégémonie française au temps de Frédéric II ou de la Grande Catherine. C'est une hégémonie économique. Entre cette hégémonie économique et les aspirations culturelles en Europe, en Asie, en Afrique, en Amérique latine, les heurts sont inévitables, et ils sont nombreux.

Dans cet univers multipolaire, le destin de la culture française n'est pas, ne peut pas être de se refermer sur elle-même. Au temps même de son hégémonie, elle aspirait à l'universel. Aujourd'hui où son hégémonie appartient au passé, sa chance de salut est encore et toujours dans ses liens avec l'universel.

La francophonie ne doit pas être une astuce subalterne pour faire survivre artificiellement une culture menacée. Elle doit être une sorte de lieu géométrique non d'une culture du passé, mais des cultures de l'avenir. L'ouverture, la tolérance, l'imagination, le métissage culturel, cher à Michel Serres : autant de perspectives pour une culture qui, loin de pleurer sur le lait répandu, ferait mieux d'investir dans l'avenir.

Par une chance de l'histoire, la culture française est liée d'un côté à la tradition et de l'autre à la Révolution. Elle est l'héritière de Louis XIV et de la Convention nationale, de Chateaubriand et du surréalisme, des Guermantes de Marcel Proust et des communistes d'Aragon. Elle n'a aucune raison d'avoir peur de l'avenir. Elle devrait s'appuyer sur son passé pour mieux préparer l'avenir. Au Brésil et dans les pays arabes, en Roumanie et au Japon, le français recule sans doute devant l'anglais. Mais la culture française ne représente pas seulement un grand souvenir : elle nourrit aussi une grande attente.

Les droits de l'homme sont français. La tolérance est française. L'ironie est française, et le panache est français. Tant que le mot de culture représentera quelque chose pour tous ces pays neufs où le futur est en train de bouillir, il faut que la culture française, qui charrie tant de passé, se confonde aussi avec l'avenir.

La culture française ne doit pas s'appeler nostalgie : elle doit s'appeler espérance. C'est une tâche immense. Elle n'est pas impossible. Elle réclame seulement des moyens, beaucoup d'efforts et surtout de la confiance en nous, de la foi, un peu d'enthousiasme – et, à défaut de génie, peut-être un peu de talent.

Le Figaro, 1er août 1994

Déclin de la France ?

Que se passe-t-il aujourd'hui ? Inutile de fermer les yeux, de se cacher derrière le petit doigt de la subtilité ou de l'ironie. Apparemment, tout va mal. Hier si puissante et si riche, la France est ruinée. Elle ne parvient plus à faire face à ses obligations. Son unité est menacée par les communautarismes. Les réformes sont nécessaires et elles sont presque impossibles. Les Français ont le sentiment de glisser du premier rang au deuxième ou au troisième. Héritier de Raymond Aron, le plus lucide et le plus respecté des intellectuels français de la seconde moitié du siècle passé, Nicolas Baverez est le prophète du déclin français[1]. Être français aujourd'hui, c'est être découragé.

Derrière tous les problèmes qui se pressent en rangs serrés, il est permis de soutenir que tout le mal vient de l'image que nous nous faisons à la fois de notre passé et de notre avenir. Ce n'est pas assez dire que nous ne sommes plus fiers de notre passé : nous l'ignorons superbement. Chacun de nous a pu entendre des concurrents à nos fameux jeux télévisés situer avec allégresse Louis XIV avant François Ier ou indiquer qu'à leur avis Napoléon a été couronné empereur à Rome en l'an 800. Ce qu'a fait la France et ce qui a fait la France ne nous intéresse plus. Nous sortons de n'importe quoi, nous venons de n'importe où. Notre passé est un mystère profond.

Qui n'a plus de passé n'a pas non plus d'avenir. Une grande partie de nos maux vient de l'effondrement de la notion d'espérance. « La première catégorie de la conscience historique, écrit Hegel, ce n'est pas le souvenir : c'est l'annonce, l'attente, la promesse. » L'histoire ne promet plus rien aux Français.

Ils ont renoncé à l'espérance. La religion était une espérance. La révolution était une espérance. La grandeur était une espérance. À un niveau beaucoup plus bas, la prospérité était une espérance. Tout cela ne fonctionne plus très bien.

1. Nicolas Baverez, *La France qui tombe*, Perrin.

Pendant des siècles et des siècles, tout au long du Moyen Âge, presque jusqu'à la Révolution, les Français, résignés, ont pensé que demain ressemblerait à hier. Avec la Renaissance, avec les Lumières surtout, avec la Révolution encore plus et avec le marxisme, ils ont pensé que demain serait meilleur qu'aujourd'hui. Hugo est le chantre de cette attente de l'Aurore : « Hier était un monstre et demain sera l'ange. » Tout a changé. Ce qui mine aujourd'hui le moral des Français, c'est la conviction que, pour la première fois depuis un temps immémorial, demain sera pire qu'aujourd'hui.

Le monde entier est malade, bien sûr. Malade du nucléaire, malade de la crainte du réchauffement ou du refroidissement, on ne sait pas, malade de la torture, malade peut-être du progrès, non qu'il ait échoué, mais parce qu'il a trop bien réussi. Mais certains sont plus atteints que d'autres. Peut-être, et il faut s'en réjouir, les enfants des Chinois et les enfants des Indiens vivront-ils mieux que leurs parents. Mais nos enfants vivront moins bien que nous.

Du coup, voilà un demi-siècle, ou peut-être un peu plus, que le Français, si gai, si charmant, si insouciant et si drôle, est devenu pessimiste. Et chaque année qui passe, il le devient un peu plus. On assure qu'il ne croit plus à ses hommes politiques. Comment y croirait-il ? Il ne croit plus à rien. Peut-être, avec crainte et tremblement, avec chagrin parfois, mais au moins avec enthousiasme – le seul enthousiasme français de nos jours –, à son équipe de football, à Zidane et aux Bleus qui constituent désormais l'unique ciment de la nation. Le patriotisme est devenu sportif. En dehors du ballon rond et de la télévision, qui les rabaisse souvent, il n'y a plus rien pour rassembler les Français et les élever un peu au-dessus d'eux-mêmes. Ils avaient aimé la guerre, l'amour, la gloire, la poésie, les jeux de mots, l'insolence. Ils se contentent d'être devenus grognons.

Être français aujourd'hui, à tous les niveaux de la société, dans ses compartiments les plus divers, du nord au sud et d'ouest en est, c'est être d'abord un râleur. Cocteau, en son temps, donnait déjà du Français une jolie définition : « C'est un Italien de mauvaise humeur. » Le Français est mécontent, et il est malheureux. Ne vous étonnez pas que sa littérature, son théâtre, son cinéma, son art soient de plus en plus sombres. Ne vous étonnez pas qu'il vote à chaque coup contre le pouvoir en place.

Que nous reste-t-il ? Nous avons perdu notre gaieté. Nous avons perdu notre grandeur. Non seulement nous avons perdu notre Empire, mais nous ne sommes même plus très fiers d'en avoir eu naguère un. Un dirigeant israélien soutenait l'autre jour en privé que dans le cas, heureusement improbable, d'un conflit entre Israël et la France, quelque six millions d'habitants contre soixante millions, l'armée israélienne l'emporterait en huit jours. Oui, bien sûr, nous avons encore des points forts. Tous les chiffres fournis par Nicolas Baverez à l'appui de ses thèses ont été durement contestés. Où vit-on mieux qu'en France ? Notre système de santé est le meilleur du monde. Le TGV et l'Airbus sont des merveilles qu'on nous envie. L'entreprise française est hautement concurrentielle. Tous les étrangers n'ont qu'un rêve, c'est de venir chez nous. Et nous, quand nous rentrons chez nous, le bonheur nous emporte. La question est de savoir si nous sommes sur une pente ascendante ou descendante. Bien peu oseront soutenir que la France de demain sera plus riche, plus grande, plus puissante que celle d'hier.

Dans ce paysage désolé, à la question : « Qu'est-ce qu'être français aujourd'hui ? » il y a une réponse classique, fournie avec un ensemble touchant par la quasi-totalité de nos intellectuels. La réponse est celle-ci : « Ma patrie, c'est ma langue. » Et, de Pascal à Aragon, de Ronsard et de Racine à Verlaine et à Claudel, notre langue française, en effet, à beaucoup de titres a notre amour et a notre gratitude. Nous ne lui mesurerons ni notre attachement ni notre enthousiasme, mais nous nous interrogerons sur son avenir.

Le hasard fait que j'ai eu en même temps entre les mains quelques exemplaires de devoirs rédigés vers le début du siècle dernier par des écoliers de sept ou huit ans et un récent numéro de l'excellente revue *Le Débat*[2]. Les dissertations d'avant la Première Guerre sont naïves et charmantes. Dans *Le Débat*, un article de deux enseignants, Michel Leroux et Mireille Grange, d'ailleurs sévèrement attaqué par une réponse de Mme la Directrice de l'évaluation et de la prospective au ministère de l'Éducation nationale, qui nie tout déclin de l'instruction publique mais concède pourtant « un palier », présente l'ensemble des copies rédigées sur un thème donné (Bob, son chien, la découverte d'un trésor) par leurs élèves de sixième. L'extrait suivant suffit à donner une idée de ces récits : « banbou : banbou net il ne revint pas, alort il vat le chercher, celce ninute il adercu un batar alonge Bob le leve mele batard se reconcha aussi tôt il avait un patte brisé

2. *Le Débat*, n° 128, janvier-février 2004, Gallimard.

il était jéne bob le porta 10 minites il retroves les trotriester du chiens apre il reprar 10 ninutes plus tard il retrouve son acie acote dune toite en fer sete le tresor. » Les autres textes sont de la même farine. Un ou deux seulement offrent un semblant de sens.

Un désastre de cet ordre est beaucoup plus grave que l'invasion, tant dénoncée, de la langue française par des mots anglo-saxons. C'est de l'intérieur que vient le danger. Si, à son tour, notre langue elle-même s'effondre, qui était notre patrie, que nous reste-t-il, à nous autres, pauvres Français d'aujourd'hui ?

Faut-il jeter le manche après la cognée ? Et se laisser aller au désespoir ? Les Français sont habitués aux désastres et ils s'en sont toujours relevés. Ils se sont relevés d'Azincourt, ils se sont relevés de Trafalgar, ils se sont relevés de Waterloo, ils se sont relevés de Sedan, ils se sont relevés de mai 40. Que faut-il pour qu'ils se relèvent de la situation peu enviable où ils se trouvent aujourd'hui ? Il semble qu'il faille leur rendre d'abord ce qui leur manque le plus, c'est-à-dire l'espérance. Et il n'y a pas d'espérance s'il n'y a pas de souvenir.

Être français aujourd'hui, ce devrait être d'abord être fier de la France. Et pour en être fier, mieux vaudrait la connaître. Si les enfants n'apprennent plus à l'école le passé de la France, sa grandeur et sa langue, alors, en effet, il n'y a plus d'espérance.

L'essentiel, tout le monde le sait obscurément, c'est la langue. Il est naturel que le corse, le basque, le breton, l'alsacien soient enseignés à qui le souhaite. Mais la langue de la République est le français. Le français est une langue de culture qui a marqué de son empreinte toute l'histoire récente des hommes et de leur pensée. Elle est notre force et notre orgueil. Il faut se remettre à l'apprendre aux Français.

La place de la langue française dans l'Europe est un problème difficile dont *Le Figaro* s'est fait l'écho. Comment défendrions-nous le français hors de nos frontières si nous ne le défendons pas chez nous ? Le problème fondamental est là. La tâche la plus urgente est de sauver notre langue du naufrage. On me pardonnera la naïve simplicité du propos : être français aujourd'hui, c'est savoir parler, écrire et comprendre le français.

Être français aujourd'hui, c'est aussi, sans doute, vouloir être français. C'est appartenir à une collectivité dont on est fier parce qu'on la connaît. Si on ne la connaît pas, pourquoi vouloir la perpétuer ? L'avenir n'a de sens que parce qu'il sort d'un passé. Être français aujourd'hui, c'est être fidèle au passé pour mieux dominer un avenir qui sera tout autre chose.

Le monde a plus changé sous nos yeux qu'au cours de tous les siècles écoulés. Dans de grandes difficultés, l'Europe est en train de se faire. L'avenir des Français n'est en aucun cas dans un repli sur eux-mêmes qui se révélerait vite désastreux. Il est, selon nos traditions les plus constantes, dans l'ouverture sur les autres. Les problèmes qui nous assaillent seront très difficiles à régler dans le cadre européen. Ils sont insolubles dans le cadre d'un pays soudain moins grand et moins puissant qu'hier, qui a peur de se retrouver moins prospère et qui est devenu ennemi de lui-même.

Qu'est-ce qu'être français aujourd'hui ? La réponse est entre les mains des Français. Ou bien ils tournent le dos à la fois à leur passé et à leur avenir et ils se laissent emporter par la facilité et l'oubli, se refermant sur leurs chagrins, laissant leur langue se défaire, se disputant entre eux, se coupant de leurs voisins. Ou bien ils se souviennent de la gloire et du bonheur d'être français, ils enseignent à leurs enfants leur passé et leur langue, et ils entrent avec audace, avec d'autres qui viennent d'ailleurs et qui font le même choix, dans un avenir nouveau, digne enfin de leur passé. « *Stirb und werde* », disait Goethe. Il faut mourir pour renaître. Il faut savoir mourir pour devenir ce qu'on est. Il y a plus de chances d'être fidèle à la grandeur de la France et au bonheur des Français en Europe que hors de l'Europe. On rêve d'une Europe qui, à défaut d'être française comme au temps des conquêtes qui finissent toujours mal, porterait la marque d'une France digne de son grand nom.

Le Figaro, 12 juillet 2004

Le tourbillon du monde

Depuis les Grecs et les Latins, l'écrivain a toujours entretenu des rapports ambigus avec la Cité. Tantôt il se mêle des affaires publiques, tantôt il se replie sur lui-même et sur ses rêves hors du temps. La Fontaine ne s'occupait pas beaucoup des événements de son époque, mais Racine devient historiographe du roi. Hugo est la conscience de son temps et l'incarnation du mage qui trace sa voie à l'histoire. Mais Mallarmé est étranger à tout ce qui ne relève pas de la poésie pure.

De nos jours, l'écrivain ne se nourrit pas seulement de ce que lui offre le monde autour de lui. Il est aussi sollicité à tout bout de champ. Il doit donner son avis sur la politique, sur l'économie, sur les rapports sociaux, sur les mœurs. Il aurait tort de s'en plaindre. Il semble que la France soit le dernier pays à porter encore tant d'intérêt à ses malheureux écrivains.

Fin de la tour d'ivoire

Dans ces derniers jours d'un été qui s'incline déjà vers l'automne et où le soleil ramasse ses forces pour le bouquet final, ah ! comme on aimerait parler de livres et de visages de jeunes filles, de films, de promenades en forêt ou au bord de la mer, d'îles grecques, de temples sur des promontoires, d'aventures charmantes et folles dans l'Italie de Stendhal ou dans l'Inde des défunts rajahs ! Nous partirions, vous et moi, comme dans le poème d'Hugo, dont le cher Ionesco dit tant de mal avec tant de drôlerie dans ses irrésistibles *Hugoliades*[1] :

> *Si tu veux, faisons un rêve.*
> *Montons sur deux palefrois.*
> *Tu m'emmènes, je t'enlève.*
> *L'oiseau chante dans les bois.*

Nous retournerions à Grenade évoquer un instant Blanca dans *Les Aventures du dernier Abencérage* et Natalie de Noailles du temps où la folie n'avait pas encore frappé la pauvre

1. Eugène Ionesco, *Hugoliades*, Gallimard.

Mouche de son aile meurtrière. Nous nous répéterions les formules enchanteresses et cruelles de ses amants successifs, qui se détestaient naturellement – Molé notant chez Chateaubriand avec une intelligence impitoyable la « capacité de s'émouvoir sans jamais rien ressentir », Chateaubriand répliquant par un portrait féroce : « Il est riche, il est médiocre, bas avec la puissance, arrogant avec la faiblesse, il a une antichambre chez sa belle-mère où il insulte les solliciteurs et une antichambre chez les ministres où il va se faire insulter. » Nous irions visiter la Florence de Savonarole où, sous la plume de Serge Bramly[2], un Grec mystérieux, fuyant devant les envahisseurs turcs, Théophile Ordanes, mi-filou, mi-érudit, copie les classiques grecs menacés par le bûcher et finit par les inventer. Nous reviendrions à Paris pour écouter Dominique Desanti ressusciter Sacha Guitry[3], ses attitudes, ses mots, et pour rire, parmi tant d'autres, à la scène de *Nono* entre la noceuse héréditaire et son séducteur quadragénaire :

Nono : *C'est très juste.*
Lui : *Ce que je dis ?*
Nono : *Non. Ce que tu me donnes.*

Nous reviendrions à Venise où, par un jeu de poupées russes, un cinéma en plein air projette *Senso* et ses admirables images vénitiennes sur le campo San Stefano, où, dans l'isola San Giorgio, en face de la Salute et de la place Saint-Marc, une exposition de Canaletto propose des vues de l'isola en

2. Serge Bramly, *La Danse du loup*, Belfond.
3. Dominique Desanti, *Sacha Guitry. Cinquante ans de spectacle*, Grasset.

face de la Salute et de la place Saint-Marc, où les fameuses régates font défiler dans le Grand Canal, tout semblable à ce qu'il était sous Carpaccio et Guardi, un doge, une dogaresse et des procurateurs sortis vivants d'un passé presque identique au présent. Nous pousserions à pied jusqu'à l'antique palais Dario dont l'arrière peut-être nous retiendrait plus encore que la façade somptueuse. Parce que, en souvenir de Morand qui le ressuscite dans ses *Venises*, nous y verrions gravés quatre vers d'Henri de Régnier, grand Vénitien devant l'Éternel :

Car, transparente et délicate,
Comme l'œuvre de ses fuseaux,
Venise ressemble à l'agate
Avec ses veines de canaux.

Nous parlerions de tout cela, pêle-mêle, et de beaucoup d'autres choses encore, et de n'importe quoi. Ni de l'argent, ni de la guerre, ni de l'innommable politique dont tout le monde a jusque-là. Mais de l'été, et des mots, et du bonheur qu'il est encore permis d'espérer quand le jour se lève le matin sur autre chose que des deuils, des larmes, des manœuvres d'ambition et des promesses de catastrophes. On se promènerait avec Pierre Sipriot en compagnie de Montherlant et de son étonnante grand-mère à qui le jeune Henry, mobilisé pendant la Grande Guerre, avoue tout uniment sa double envie de se planquer et de passer pourtant pour un héros. En compagnie de notre bonne marquise – je veux dire Mme de Sévigné – mise en scène avec talent par Roger

Duchène[4] et dont le style et les personnages justifient tout à coup le jugement surprenant et à peine paradoxal de Marcel Proust qui parle quelque part du « côté Dostoïevski » de Mme de Sévigné. En compagnie des chouans[5], chers à Jean-François Chiappe, ou de Rimbaud[6], dépeint par Pierre Petitfis qui avait consacré jadis une autre belle étude à Verlaine. En compagnie de François Villon, voleur, assassin, immense poète célébré à juste titre par Jean Favier[7] et qui s'adresse à la Vierge à travers une vieille femme agenouillée devant l'autel :

Dame du ciel, régente terrienne,
Empérière des infernaux palus,
Recevez-moi, votre humble chrétienne,
Que comprinse soit entre vos élus
Ce non obstant qu'onques rien ne valus,

après avoir mis en garde ceux qu'il appelle les « enfants perdus » contre leur vie trop semblable à la sienne :

Beaux enfants, vous perdez la plus
Belle rose de vos chapeaux…

Oui, nous aurions pu peut-être trouver un peu de plaisir à des hommes et des femmes, à des paysages, à des sentiments qui, par leur grandeur ou leurs souvenirs, par leur excitation ou leur paix, rendent ce monde supportable et quelquefois

4. Roger Duchène, *Madame de Sévigné ou la chance d'être femme*, Fayard.
5. Jean-François Chiappe, *Les Chouans*, Perrin.
6. Pierre Petitfis, *Rimbaud*, Julliard.
7. Jean Favier, *François Villon*, Fayard.

sublime. Nous n'avons, après tout, que quelques années à passer dans ce mystère qu'est la vie. Autant l'éclairer par un peu de beauté, de passion, d'amusement. C'est ce que j'appelle la culture. La culture n'est sûrement pas un exercice d'archives, une affectation de sérieux, une invitation à suivre des sentiers fléchés d'avance, avec obligation de rire là et d'admirer ici. C'est d'abord un plaisir. À chacun de le prendre où il veut. Les uns en lisant Jules Renard et les autres Corneille. Les uns en se promenant parmi des ruines et les autres en écoutant du jazz ou des chansons de Delmet, d'Édith Piaf, de Guy Béart. Les uns en s'agitant à la façon de l'Occident quand il s'emparait de l'Orient et les autres en rêvant du rien à la façon de l'Orient avant le déferlement de l'Occident. Il y a cent mille fleurs le long des cent mille routes qui convergent vers la culture. On pourrait presque dire que tous les chemins mènent à la culture – à l'exception d'un seul : celui que des imbéciles ou des tyrans veulent imposer du dehors.

Voilà, je le sais bien, ce qu'il faudrait essayer de faire dans cette « Chronique du temps qui passe ». Que ne le faites-vous ? me dira-t-on. C'est qu'il y a des urgences. Il y aurait une histoire bien intéressante à écrire : ce serait celle de l'intellectuel français depuis le milieu du XIXe siècle. Elle est toute faite d'alternances d'engagement et de tour d'ivoire. À Théophile Gautier qui écrit déjà au lendemain de la révolution de 1848 :

Sans prendre garde à l'ouragan
Qui fouettait nos vitres fermées,
Moi, j'ai fait Émaux et Camées,

répond Jean Giraudoux :

Veux-tu connaître le monde ?
Ferme les yeux, Rosemonde.

Mais de Zola à Sartre, de Barrès à Brasillach, d'Hugo à Malraux, les événements du temps imposent au poète, au romancier, au philosophe, à l'artiste, de se mêler, parfois jusqu'à la mort incluse, au tourbillon des jours. Plus que jamais, nous vivons une telle époque. Il est tout à fait illusoire aujourd'hui pour un intellectuel de s'imaginer à l'écart des tempêtes. Nous sommes liés au monde. Ce qui se passe en Pologne, en Israël, en Iran, en Chine aura des conséquences demain sur notre vie quotidienne. Il y a quelque chose de désolant dans cette présence écrasante et constante de la politique. Mais le moyen de s'y dérober ?

Le Figaro Magazine, 18 septembre 1982

LES FOURMIS DE SÉLINONTE

Je reviens de Sicile. J'y ai retrouvé, sous le ciel le plus pur, entre les vignes et les orangers, les traces toujours vivantes de ces conquêtes successives qui font de l'île triangulaire – la « Trinacria des Anciens » – le plus prodigieux carrefour de civilisations. J'ai couru, en quelques jours, en quelques heures, du théâtre grec de Taormina au cloître arabe et normand de l'abbaye de Monreale, du tombeau de Frédéric II dans la cathédrale de Palerme au sarcophage romain d'Agrigente qui, quinze cents ans avant Racine, fait revivre devant nous, dans des lignes exquises et fortes, l'histoire des tourments de Phèdre et que Goethe aimait tant.

Les Grecs, les Carthaginois, les Romains, les Vandales, les Ostrogoths, les Byzantins, les Arabes, les Normands, les Allemands de Barberousse, les Français d'Anjou, les princes d'Aragon, les Bourbons, les S.S. à tête de mort et les Américains se sont succédé sur cette terre brûlée de soleil entre l'Europe et l'Afrique : ce n'était que pour inscrire quelques noms de plus sur ces plaques de marbre où la gloire du passé s'offre dédaigneusement à l'ignorance affairée des touristes jaillis, le temps d'un Coca-Cola, de leurs cars climatisés.

Le soir tombait sur Sélinonte. La saison commençait à peine. J'étais seul. Dans les ruines de la cité fabuleuse qui tirait son nom du persil sauvage – *selinon* en grec –, je n'entendais que le bruit de mes pas et l'écho monotone du ressac sur la grève. J'avais mis deux heures en voiture pour venir de Ségeste. C'était la haine de Ségeste qui avait détruit Sélinonte. Contre Sélinonte, fédérée avec Syracuse et avec Agrigente, Ségeste avait ameuté les Athéniens d'abord, puis les Carthaginois. Malgré ses murailles énormes, malgré ses richesses, malgré l'aide de ses dieux auxquels elle avait élevé les temples qui la font survivre encore, Sélinonte assiégée fut vaincue – et détruite. Ségeste triomphait. Elle allait durer cinq cents ans. Et puis les Vandales et les Sarrasins allaient la détruire à son tour. Ainsi naissent et meurent les empires : Ségeste contre Sélinonte, Rome contre Carthage, les Normands contre l'Islam, l'Amérique contre Hitler. D'une centaine de kilomètres à quelques dizaines de milliers, la conquête, la révolte, la bataille s'enflaient jusqu'aux limites de la Terre. Demain, peut-être, ce serait la guerre des mondes.

Je m'étais assis sur une vieille colonne, abattue depuis des siècles et des siècles. À mes pieds, deux rangées interminables de fourmis s'enchevêtraient dans un désordre apparent et une animation qui relevaient d'un autre univers : c'était l'infiniment petit après l'infiniment grand. Un vieil homme s'approcha. Il avait une casquette crasseuse sur la tête et de la dignité dans l'allure : « Vous regardez les fourmis ? me dit-il. Ce sont de petites bêtes bien intéressantes. »

Et, dans les ruines de la ville écroulée, il se mit à me parler, avec beaucoup de science, des mœurs étranges des fourmis. C'était le gardien des amphores cinéraires de la nécropole antique. Dans un des paysages les plus émouvants de l'histoire, ce qu'il aimait, c'était ses fourmis. Il me proposa pour 30 000 lires un vase grec manifestement faux. Je lui en offris 500 lires qu'il accepta avec empressement.

Le voyage en Sicile, la transparence du ciel, les civilisations disparues, les fourmis entre les colonnes, le vieil escroc si charmant avec sa philosophie souriante : sur le chemin du retour, descendant de l'Acropole, je me surpris, je ne sais pourquoi, en train de penser à Guermantes.

Je me disais que lui seul, qui avait si bien parlé des temples, des moralistes et des canards du bois de Boulogne, aurait pu évoquer avec grâce cette terre des fourmis, des philosophes et des artistes. Il savait tirer d'un rien, d'un mot, d'une conversation avec un chauffeur de taxi, comme un écho du destin des empires. Je me disais qu'il aurait aimé peut-être ces fourmis de Sélinonte et qu'il aurait su – lui – les éclairer de cette mélancolie radieuse que pendant tant d'années, parmi les deuils et les catastrophes, nous allions chercher, le lundi matin, dans ces chroniques éblouissantes où la baguette d'un talent sans rival faisait surgir d'une promenade, d'un spectacle, du sourire d'une ballerine, tout un monde évanoui.

Le Figaro, 26 juin 1969

Loués soient nos seigneurs, hier...

Voici nos maîtres et nos amis qui ne vous surprendront pas : Ronsard, Chateaubriand, le Montherlant de Service inutile *et du* Maître de Santiago, *Borges, Mauriac...*

Trois personnages moins connus mais bien attachants se sont glissés parmi eux : le marquis de Custine, dont la vie agitée se déroule à l'ombre de Chateaubriand et qui avait tout compris de la Russie il y a déjà un siècle et demi ; Pierre Louÿs, gendre de Heredia, beau-frère d'Henri de Régnier, ami de Gide et de Valéry – qui croit dur comme fer que Corneille est l'auteur des grandes comédies de Molière ; Victoria Ocampo, d'une beauté foudroyante, amie intime de Borges, de Drieu la Rochelle et de Roger Caillois.

Et un inconnu total, ignoré même, c'est tout dire, de Fumaroli et de Combescot, et d'ailleurs de tous les autres, et à qui je dois un plaisir d'autant plus vif qu'il était inattendu : Nicolas Fromaget.

Ronsard

Comme Beethoven, Ronsard était sourd. Il est devenu sourd très tôt, dès l'âge de dix-sept ans, et pour lui cette infirmité a été décisive. C'était un jeune homme très beau, très gai, apparenté à la reine d'Angleterre, il était fait pour avoir une vie futile et brillante, et il s'est jeté dans les livres. J'aime imaginer sa rencontre, alors qu'il avait une vingtaine d'années, dans quelque auberge des bords de Loire, avec un autre jeune homme un peu dur d'oreille, Joachim du Bellay. C'est très sympathique, ces deux fous de poésie qui se rencontrent. Ils montent à Paris, deviennent les élèves de l'helléniste Dorat, dans un collège de la montagne Sainte-Geneviève.

Avec d'autres camarades qui pensent comme eux que le français est capable de produire des chefs-d'œuvre qui égaleraient ceux des Anciens, ils créent la « Brigade », qui va devenir la Pléiade. Ils se penchent sur les livres, vont se promener dans la campagne à Arcueil. Les auteurs grecs, les roses, le vin, les femmes, voilà ce qui occupe le premier plan. Derrière, il y a l'histoire, la religion, où Ronsard aurait pu briller aussi. Car il y a un Ronsard historien avec son épopée *La Franciade*, un Ronsard orateur avec ses *Odes*, un Ronsard prêcheur de tolérance qui essaie de réconcilier les factions opposées. Mais la grandeur de Ronsard vient du « petit Ronsard », celui qui écrit des sonnets amoureux.

C'est d'abord un jeu, un exercice rhétorique : Cassandre, inspiratrice des *Amours de Cassandre*, est une fille de banquier italien âgée de treize ans qu'il a vue en tout et pour tout une heure dans sa vie danser le branle dans un bal ! C'est un mélange de la Laure de Pétrarque et d'Yvonne de Galais, une figure mythologique. Marie, son deuxième amour, était une paysanne de Bourgueuil nommée Marie Dupin, tôt mariée à un hobereau, et qu'il mélange dans ses poèmes avec Marie de Clèves, maîtresse d'Henri III. Enfin, c'est la reine qui lui a demandé de consoler Hélène de Surgères, dont le fiancé avait été tué à la guerre, et dont il tombe ensuite amoureux. Aucun de ces trois amours ne semble l'avoir payé de retour. C'est la condition de la littérature. Je le dis contre moi-même, qui suis un écrivain du bonheur.

Ce qui est à peine croyable, c'est que Ronsard a été oublié pendant deux siècles. On lui reprochait son « faste pédantesque », sa façon de mignardiser, alors que, quand la mythologie ne l'étouffe pas, il trouve des accents d'une grande simplicité, où passe un souffle puissant, notamment dans ses admirables poèmes de vieillesse. Et qu'on ne dise pas que ce sont les romantiques qui ont inventé le sentiment de la nature ! Je me suis aperçu que Ronsard est l'écrivain à qui j'ai consacré le plus de pages dans mon *Autre histoire de la littérature française*.

Je le place au tout premier rang, parmi les plus grands, aux côtés d'Hugo, Baudelaire, Apollinaire et Aragon.

Le Point, 21-28 décembre 2006

CONNAISSEZ-VOUS NICOLAS FROMAGET ?

Dans le flot des livres de la rentrée, j'ai découvert une perle : un ouvrage du XVIIIe siècle depuis longtemps oublié et que les éditions Anacharsis, à Toulouse, volontiers tournées vers l'exotisme et les rencontres entre cultures, ont le mérite de republier avec une postface de Jacques Domenech, professeur à l'université de Nice et spécialiste du siècle des Lumières. Le titre ? *Le Cousin de Mahomet*[1]. L'auteur ? Nicolas Fromaget.

Nicolas Fromaget, dont j'ignorais jusqu'au nom, est un illustre inconnu. Nous ne savons presque rien de lui. Nous ne connaissons ni sa date ni son lieu de naissance. Jusqu'à son prénom qui est douteux : son nom est souvent suivi d'un N. qui peut aussi bien signifier Nicolas que remplacer, selon la mode du temps, notre X. d'aujourd'hui. Il meurt probablement en 1759. Il a été le collaborateur, ou peut-être le nègre, de Lesage, l'auteur de *Gil Blas de Santillane*.

Avouons-le tout de suite : plus d'une fois, au cours de ma lecture, je me suis demandé si le personnage si obscur

1. Nicolas Fromaget, *Le Cousin de Mahomet*, Éditions Anacharsis.

de Fromaget n'était pas inventé et s'il ne s'agissait pas d'un faux et d'une imposture dans le genre de « l'affaire Rimbaud » et de *La Chasse spirituelle.* Plusieurs conversations, notamment avec l'éditeur et avec le professeur Domenech, m'ont convaincu de l'authenticité de cet ouvrage, à la fois si représentatif de son époque et si moderne à beaucoup d'égards.

Le Cousin de Mahomet est l'histoire d'un jeune Français qui renonce à sa famille et à ses études pour une vie d'aventures. Il se retrouve esclave à Istanbul, c'est-à-dire à Constantinople, sous le nom de Parisien l'Écolier. De belle allure et armé seulement d'un flageolet d'où il tire des sons harmonieux, il va passer d'un maître à l'autre et exercer des ravages au sein des harems turcs et du sérail du grand seigneur. Au cœur du siècle des Lumières, après *Les Lettres persanes* de Montesquieu, après la traduction des *Mille et Une Nuits* par Galland, après les récits de Tavernier et de Thévenot sur leurs expéditions en Orient, un an après *Mahomet ou le fanatisme,* la pièce fameuse de Voltaire, mais avant *L'Ingénu* et *Candide* et avant *Jacques le Fataliste* de Diderot, *Le Cousin de Mahomet* est un roman exotique, orientaliste, picaresque et libertin.

Ce roman si longtemps méconnu, malgré plusieurs publications en français et en traduction anglaise, je l'ai lu avec surprise, avec intérêt, avec un constant amusement. Parisien l'Écolier, notre héros, surmonte les épreuves les plus cruelles, se fait battre comme plâtre, échappe au pal, au bûcher, à la noyade et cueille les femmes sans se lasser grâce à sa bonne mine et à son flageolet. De Zambak à Chéra et à

Ménekcké, de Mirzala, sœur du sultan, à la belle Nédoüa, descendante du Prophète – d'où le titre de l'ouvrage –, c'est un carrousel perpétuel, un peu répétitif selon les lois du genre, et toujours plein d'une invention et d'une grâce singulières. À l'image d'un siècle qui combine préoccupations amoureuses et curiosité scientifique, notamment à l'égard d'un Orient récemment découvert, ces aventures libertines s'inscrivent dans le décor d'une Constantinople musulmane dont les mœurs et le langage, évidemment familiers à l'auteur, sont rendus avec exactitude. Une question ne peut manquer de se poser : Nicolas Fromaget s'est-il, oui ou non, rendu lui-même à Constantinople ? Le lecteur ne sera pas surpris d'apprendre qu'à cette question non plus aucune réponse décisive ne peut être fournie.

Ce qui est sûr, en revanche, c'est que l'auteur dispose d'informations précises et que le livre tout entier constitue une satire de l'islam. Mais, comme Montesquieu et Voltaire, Fromaget s'avance masqué : les attaques contre les croyances des autres portent avec la même force contre les nôtres propres. Vendu, racheté, battu, soigné, le jeune Parisien l'Écolier entretient d'ailleurs avec les musulmans des relations ambiguës : il s'oppose souvent à des maîtres cruels et à des bourreaux, mais il découvre aussi à Constantinople des Turcs vertueux et aimables qui en remontrent aux chrétiens en matière de générosité et de charité.

Avec *Le Cousin de Mahomet*, authentique manifeste du siècle des Lumières, Nicolas Fromaget s'inscrit, obscurément mais brillamment, dans le grand courant de tolérance subversive, de libération sexuelle et d'ouverture idéologique qu'illustreront plus tard, avec plus de bonheur, un Voltaire et un Diderot.

Le Figaro, 22 novembre 2007

Chateaubriand : un style pour l'éternité

Personne n'est obligé d'admirer Chateaubriand. Karl Marx ne met pas très haut « ce fabricant de belle littérature qui allie de la façon la plus répugnante le scepticisme distingué et le voltairianisme du XVIIIe siècle au sentimentalisme distingué et au romantisme du XIXe ». À l'autre bout de l'éventail, le très catholique Louis Veuillot n'est pas plus indulgent : « Vainqueur avant d'être affermi, appelé peut-être à s'élever au rang des Pères de l'Église, il s'embourba dans sa gloire et ne devint qu'un homme de lettres. La frivolité de l'esprit le retint misérablement rattaché aux erreurs et aux besognes de ce bas monde. » Et Gide : « Mon penchant naturel me portait vers Chateaubriand ; je décidai de lui préférer Stendhal, qui m'instruisit bien davantage. »

Qu'on l'aime ou qu'on ne l'aime pas, l'auteur, sinon de *Génie du christianisme* ou des *Martyrs*, du moins des *Mémoires d'outre-tombe* et de *La Vie de Rancé* est très présent parmi nous. À la grande époque des Levaillant, des Marie-Jeanne Durry, des Herriot, des Maurois ont succédé les travaux dignes d'estime des Sedouy et Jean-Paul Clément.

Après s'être occupé de Mme de Staël et de Proust, Ghislain de Diesbach vient de nous donner une biographie du vicomte à beaucoup de titres bien intéressante. Pierre Riberette poursuit son gigantesque travail sur la *Correspondance* de Chateaubriand. Animée par des dévouements inlassables, la Société des amis de Chateaubriand est plus vivante que jamais. Grâce au conseil régional et au conseil général dont elle dépend, la Maison de Chateaubriand à La Vallée-aux-Loups attire un public de plus en plus nombreux. Avec Hugo et Flaubert, Chateaubriand reste la figure non seulement fondatrice, mais emblématique du siècle passé. La formule de Faguet, « Chateaubriand est la plus grande date de l'histoire littéraire de la France depuis la Pléiade », reste vraie. Pourquoi ? D'abord, peut-être parce que, au sens classique du mot, il a beaucoup d'esprit. Il y a des génies idiots. Chateaubriand est un génie intelligent. Il faut relire, à la fin des *Mémoires d'outre-tombe*, les pages sur l'avenir de l'humanité : « La trop grande disproportion des conditions et des fortunes a pu se supporter tant qu'elle a été cachée ; mais aussitôt que cette disproportion a été généralement aperçue, le coup mortel a été porté. Essayez de persuader le pauvre, lorsqu'il saura bien lire et ne croira plus, lorsqu'il possédera la même instruction que vous, essayez de le persuader qu'il doit se soumettre à toutes les privations, tandis que son voisin possède mille fois le superflu : pour dernière ressource, il vous faudra le tuer. » Ou : « Supposez les bras condamnés au repos en raison de la multiplicité et de la variété des machines : que ferez-vous du genre humain désoccupé ? Que ferez-vous des passions oisives en même temps que de l'intelligence ? »

Cette profondeur de vue est servie par un sens prodigieux et étonnamment moderne de la formule. Il faudrait tout citer. Il parle de Barrère comme d'un « troubadour de la guillotine » ; de Retz comme d'un « Lovelace tordu et batailleur, vieil acrobate mitré » ; du vieux Corneille comme d'une « tête chauve qui plane au-dessus de tout ». Saint-Simon « écrivait à la diable pour l'immortalité ». De lui-même, il raconte : « J'ai quitté le pouvoir en rugissant. » Pour montrer que l'Ancien Régime était déjà mort en 1789, il a cette trouvaille inouïe : « La Révolution était finie lorsqu'elle éclata. »

Il faut aller vite. À ces bonheurs d'écriture qui le rendent jeune à jamais, il joint une vie en cascades. Les femmes deviennent folles d'amour et lui meurent dans les bras. Une passion immortelle met de l'ordre dans ce désordre. Les honneurs lui pleuvent sur la tête et il les méprise sincèrement, avec un cœur d'enfant. Un critique qui lui est hostile, Henri Guillemin, finit par craquer, à la fin d'un ouvrage qui n'est qu'un acte d'accusation, quand il représente le héros dans l'ancienne berline de voyage de Talleyrand en train de jouer d'un instrument qui venait d'être inventé en Autriche sous le nom de *handaoline* : l'accordéon.

Chateaubriand n'est pas de ces hommes de lettres qui ne fréquentent que les hommes de lettres. Mais, plus que personne, il est un chef d'école. Il restaure la cathédrale gothique, il rouvre la vieille nature fermée, il invente cette mélancolie moderne qui n'a pas fini de nous bercer. Il est le fils, ingrat, de Rousseau ; catholique et monarchiste, il est le frère ennemi de Robespierre ; il est le père d'Hugo et de toute la petite troupe ; il compte parmi ses descendants et Barrès et Aragon.

Les idées ne lui manquent pas. Les projets fous non plus. Ni les amours. Ni les ambitions. Mais ce qui compte avant tout pour le changer en une statue qui traverse tous les temps et notre contemporain, c'est l'usage qu'il fait des mots. Personne n'a joué comme lui du langage et des mots. « Le style de M. de Chateaubriand, disait Pauline de Beaumont, me fait éprouver une sorte de frémissement d'amour ; il joue du clavecin sur toutes mes fibres. »

Tout le monde connaît le coup des « orages désirés » et celui de la « lune qui répand sur les chênes et sur le rivage antique des mers son grand secret de mélancolie ». Il est aussi capable d'être plus familier. Sur le chemin qui le ramène de Prague, Chateaubriand rencontre une jeune hotteuse : « Elle avait les jambes et les pieds nus ; sa jupe était courte, son corset déchiré ; elle marchait courbée et les bras croisés. Sa jolie tête échevelée se collait contre la hotte. Ses yeux étaient noirs, sa bouche s'entrouvrait pour respirer. Elle donnait envie de lui dire des roses. »

Au soir de sa vie, il écrit à Jean-Jacques Ampère : « Je ne sais, Monsieur, dans quelle échelle cette lettre vous rencontrera ; si j'avais à choisir le lieu, je désirerais que ma réponse à vos lignes affectueuses de Rome vous rencontrât à Athènes : vous auriez changé de ruines, moi je n'aurais pas changé de pensées. Au-delà d'Athènes, il n'y a plus rien pour moi. Faites bien mes adieux au mont Hymette où j'ai laissé des abeilles ; au cap Sounion où j'ai entendu des grillons ; et au Pirée où la vague venait mourir à mes pieds dans le tombeau de

Thémistocle. Mais vous n'aurez retrouvé ni une feuille des oliviers ni un grain des raisins que j'ai vus dans l'Attique. Je regrette jusqu'à l'herbe de mon temps : je n'ai pas eu la force de faire vivre une bruyère. »

Charmant, insupportable, passionné, novateur, inlassablement imité et pourtant inimitable, Chateaubriand est vivant parmi nous parce qu'il est d'abord un style.

Le Figaro, 19 octobre 1995

Correspondances vers l'outre-tombe

Il pouvait être franchement mufle. Avant de mourir dans ses bras à Rome, « désespérée et ravie », Pauline de Beaumont l'avait appris à ses dépens. Elle l'avait soutenu de son amour tout au long de l'achèvement de *Génie du christianisme*, éloge de la religion rédigé par le poète catholique dans un lit adultère. À peine le succès de l'ouvrage assuré, Pauline avait été larguée au profit de Delphine de Custine, qui était plus jeune et plus belle.

Delphine elle-même, qui habitait le château de Fervaques, près de Lisieux, allait subir les sarcasmes du redoutable Enchanteur. « Je regrette Fervaques, les carpes et vous, lui écrit Chateaubriand. Avez-vous autant envie de me revoir ? Tâchez donc de faire niveler le billard, d'arracher l'herbe pour qu'on voie les brochets, d'engraisser les veaux, de faire pondre aux poules des œufs moins gris et plus frais. Quand tout cela sera fait, vous m'avertirez et je verrai s'il est possible de me rendre à Fervaques. Bonjour, grand merci, joie et santé. »

La destinataire de ce factum n'est pas tout à fait sans ressource. Elle lui répond tout à trac : « J'ai reçu votre lettre. J'ai été pénétrée je vous laisse à penser de quels sentiments… » Tout le billet de celle que « le Génie » appelle « Grognon » n'est qu'une longue lamentation où alternent plaintes et reproches. Le plus stupéfiant est la réponse de René à la réponse de Delphine : « Votre lettre m'a charmé. Vous êtes une aimable personne. Je fais un troisième livre. Je mange du melon, j'enrage et je me porte bien. » L'indifférence n'est pas seulement menée aux limites de l'insolence. Je soupçonne le cher menteur d'avoir poussé la désinvolture jusqu'à ne pas ouvrir la lettre à laquelle il répond. Il n'aimait pas beaucoup cet art épistolaire où il excelle.

Que de messages exquis auront pourtant reçus tant de « Madames » – selon la formule de Céleste, l'épouse légitime et lointaine – de ce séducteur qui ne craignait pas le harem, qui n'était peut-être pas bon à aimer et qui aurait pu reprendre à son compte le mot de Byron : « Personne depuis la guerre de Troie n'a été aussi enlevé que moi » ! À Delphine encore : « Eh bien ! Vous voilà donc bien triste ? Et pourquoi ? Parce que vos oiseaux sont morts ? Eh ! qu'est-ce qui ne meurt pas ? Parce que mes merles se sont envolés ? Vous savez que tout s'envole, à commencer par nos jours. » À Delphine toujours : « Ah ! mon Dieu, quand voudrez-vous donc me croire et quand aurez-vous le sens commun ! Bonjour. J'aime à vous aimer. C'est Mme de Sévigné qui dit cela. » Bien des années plus tard, à Hortense Allart, beaucoup plus jeune que lui, qui sera son dernier amour : « Aimez-moi toujours un peu de souvenir. Je ne devrais pas me fier beaucoup au temps qui m'a toujours trompé ; mais je lui pardonne comme à vous. Je suis si heureux que vous me portiez encore un peu d'intérêt qu'il faut que je vous en remercie à genoux. Laissez-moi appuyer, ne fût-ce qu'en rêve, ma vie contre la vôtre. »

Quelques degrés plus haut, tout le monde connaît la grande lettre de Rome à Juliette Récamier, en 1829, reprise et retouchée aux fins de publication dans les *Mémoires d'outre-tombe* : « Je commence cette lettre le mercredi saint au soir, au sortir de la chapelle Sixtine, après avoir assisté à *Ténèbres* et entendu chanter le *Miserere*. [...] Que n'étiez-vous là avec moi ! J'aime jusqu'à ces cierges dont la lumière étouffée laisse échapper une fumée blanche, image d'une vie subitement éteinte. C'est une belle chose que Rome pour tout oublier, mépriser tout et mourir... »

Les lettres de Chateaubriand ne sont pas adressées exclusivement à des femmes qui lui plaisent, comme Pauline, Delphine ou Hortense, comme Natalie de Noailles ou Cordélia de Castellane, comme Juliette Récamier, la femme de sa vie, ou à des admiratrices à qui il plaît et dont il essaie de tempérer les ardeurs comme Claire de Duras. Quelques-unes des plus belles sont envoyées à des hommes. À Jean-Jacques Ampère, le fils du grand Ampère : « À votre âge, Monsieur, il faut soigner sa vie ; au mien, il faut soigner sa mort. L'avenir au-delà de la tombe est la jeunesse des hommes à cheveux blancs ; je veux user de cette seconde jeunesse un peu mieux que je n'ai fait de la première. »

D'innombrables lettres littéraires ou politiques sont écrites par le secrétaire du cardinal Fesch à Rome – la fameuse lettre à Fontanes sur la campagne romaine qui a fait pâlir des générations d'écoliers –, par le voyageur à Venise ou en Espagne, par l'ambassadeur à Londres ou à Rome, par le ministre des Affaires étrangères de Louis XVIII. À l'époque de sa guerre d'Espagne, il rédigera de sa main jusqu'à une soixantaine de lettres par jour. Une foule d'autres messages seront dictés à ses différents collaborateurs – depuis son ami le comte de Marcellus jusqu'à Hyacinthe Pilorge, son secrétaire. Beaucoup de reproches peuvent être adressés à Chateaubriand, qui était plus souvent qu'à son tour insupportable et menteur. Outre le détail, qui ne saurait être passé sous silence, qu'il avait du génie, il était « bon garçon », selon le mot de Joubert, et il n'était pas paresseux.

Il était si peu paresseux que le torrent de dépêches, d'instructions, de rapports rédigés par le poète devenu ministre a donné du fil à retordre à M. Pierre Riberette et à Mme Agnès Kettler, qui ont dédié leur vie aux lettres de Chateaubriand. Consacré aux années 1824-1827, le tome VII de la *Correspondance générale* vient de paraître chez Gallimard, quinze ans après la publication du tome V, qui allait jusqu'au 31 décembre 1822. En toute logique, le tome VI (1823-1824) aurait dû succéder au tome V : il est remis à une date ultérieure et ne verra le jour qu'après le tome VII. Pourquoi cette longue interruption ? Pourquoi cette inversion ? Parce que le 1er janvier 1823, Chateaubriand prend ses fonctions de ministre des Affaires étrangères et que, jusqu'à son renvoi, en juin 1824, le flot énorme de sa correspondance diplomatique et administrative se mêle à sa correspondance privée, littéraire et sentimentale. Chacun sait que Chateaubriand, qui n'a jamais cessé de se mettre en parallèle avec Napoléon, attachait une importance considérable à sa carrière politique. Mais ce qui nous retient aujourd'hui, c'est moins le ministre et le diplomate que l'écrivain de génie et même que l'homme privé. L'irruption dans la *Correspondance* d'une masse accablante de dépêches qui aurait menacé l'unité et l'équilibre de la publication a fait hésiter M. Riberette et ses collaborateurs. On peut les comprendre. Un choix difficile s'imposait – j'imagine la stupeur attristée du ministre… – entre des lettres d'un intérêt très inégal. Il prend du temps.

Le présent tome VII s'ouvre le 6 juin 1824. Notre héros vient d'être démis de ses fonctions au gouvernement. Le lendemain, 7 juin, ivre de fureur d'avoir été congédié comme s'il avait « volé la montre du roi sur la cheminée » – « Il fut si furieux, raconte Mme de Boigne un peu plus tard, à l'occasion d'une autre colère, qu'il en pensa étouffer ; il fallut lui mettre un collier de sangsues, et, cela ne suffisant pas, on lui en posa d'autres aux tempes. Le lendemain, la bile était passée dans le sang et il était vert comme un lézard » –, Chateaubriand écrit à Cordélia de Castellane : « Je ne suis plus ministre. Je vous verrai toujours à deux heures. »

Chassé du ministère d'où il avait mené sa guerre d'Espagne, il se met aussitôt à attaquer avec violence le gouvernement dont il ne fait plus partie. Il retrouve ses belles amies – moins Delphine de Custine : elle meurt à Bex en juillet 1826 pendant qu'il séjourne à Lausanne. Il voit passer le cercueil sous ses fenêtres et il parle de Delphine à Cordélia sans attendrissement excessif. Ce qu'il perd d'un côté, il le regagne d'un autre : un même jour, le 24 novembre 1827, il entame une nouvelle correspondance avec Mme de Vichet et avec la jeune Léontine de Villeneuve, la fameuse « Occitanienne ». Et ceux qui s'imaginaient avec suffisance tout savoir des « Madames » du vicomte sont un peu vexés de voir apparaître dans son Bottin amoureux un nom nouveau pour eux, révélé il y a quelques années à peine : une certaine Mme de Pierreclau, jusqu'alors inconnue au bataillon. Chateaubriand lui-même semble ne l'aborder qu'avec hésitation : il écorche régulièrement l'orthographe du nom de sa nouvelle conquête.

La fin de sa carrière ministérielle marque surtout le retour de Chateaubriand au travail d'écriture : « Je suis enchaîné à mon travail… », « Je travaille à me tuer… », « Je travaille du matin au soir… » Bienheureuse humiliation ! À quelque chose malheur est bon. Les plus grands se trompent souvent sur ce qu'ils font. Tout ce qui est enlevé au Chateaubriand politique qui se monte volontiers la tête et qui nous est assez indifférent sera rendu au centuple à l'œuvre de l'Enchanteur et à ses lecteurs enchantés.

Quelle est la place, au sein de l'œuvre, de cette correspondance sur laquelle nous nous jetons avec avidité ? Elle est précieuse pour tous les admirateurs de Chateaubriand, elle est indispensable à une meilleure connaissance de sa vie tumultueuse et contradictoire. Mais, à la différence des lettres de Mme de Sévigné ou de la correspondance de Flaubert, elle constitue moins une œuvre en elle-même qu'une sorte de complément ou d'annexe irremplaçable. Les lettres de Mme de Sévigné, que la grand-mère du narrateur de *La*

Recherche et son auteur lui-même lisaient avec passion, dessinent un jardin de fraîcheur et de vivacité où le lecteur se promène avec délices. Et nombre de bons esprits soutiennent que sa correspondance, si pleine de naturel et d'invention qu'il est impossible de la lâcher quand on l'a commencée, est le chef-d'œuvre de Flaubert.

Les lettres de Chateaubriand ne sont pas son chef-d'œuvre. Nous ne lisons pas à la suite les lettres du vicomte comme celles de la marquise. Nous ne sommes pas entraînés par elles comme nous sommes entraînés par celles de Flaubert – ou même de George Sand. Nous les lisons avec intérêt et avec bonheur parce qu'elles nous fournissent une foule d'informations sur leur auteur. Mais le chef-d'œuvre qui fait leur prix et auquel elles ne cessent de renvoyer, c'est les *Mémoires d'outre-tombe*.

C'est là que, magnifiées par le style, emportées par le génie, fiction, politique, histoire, poésie, littérature, vie sentimentale et privée, nostalgie et action s'unissent en une œuvre d'art sans égale. C'est elle qui assure à son auteur la place qui est la sienne : au premier rang à coup sûr ; et sans doute le premier. Les lettres de Chateaubriand doivent être lues à l'ombre de ce monument qu'elles contribuent à éclairer. Et c'est déjà beaucoup.

Le Figaro littéraire, 18 novembre 2004

LE POÈTE ET L'EMPEREUR SOUS LES YEUX DU SAVANT

Spécialiste de la rhétorique et de la conversation, éminent connaisseur des XVIIe et XVIIIe siècles, auteur d'un beau

La Fontaine, Marc Fumaroli s'est tourné vers Chateaubriand, à qui il a consacré son cours au Collège de France. Personne ne connaît mieux que lui les rapports de Rousseau et de Chateaubriand, ni l'*Essai sur les révolutions*, ni les romans américains du jeune Chateaubriand pleins d'orages désirés, de couchers du soleil sur le Meschacebé et des secrets de la lune : *Atala* ou *René*, fragments triomphaux de l'immense roman des Natchez. Voici qu'il aborde le chef-d'œuvre du vicomte réactionnaire qui a engendré la révolution romantique d'Hugo à Barrès et à Aragon, en passant par Baudelaire et par Lautréamont – chef-d'œuvre non seulement de notre littérature mais de la littérature universelle : les *Mémoires d'outre-tombe*.

Il les aborde sous un angle particulier. Comme il y a, selon ses propres mots, une cathédrale gothique dans la forêt de colonnes de la mosquée de Cordoue, il y a une *Vie de Napoléon* au cœur des *Mémoires d'outre-tombe*. Entre les dix-huit premiers livres des *Mémoires* et les dix-huit derniers figurent six livres – les livres XIX à XXIV – consacrés à l'Empereur qui fut l'ennemi du poète. Ce sont ces livres que nous présente Fumaroli.

C'est un sujet superbe et une aventure romanesque au sein des tumultes de l'histoire. Une aventure magnifiée par le génie à la fois du héros de l'histoire et de l'auteur du roman. Fumaroli ne manque pas de souligner que « la vocation spirituelle de l'un et la vocation temporelle de l'autre [...] ont fait d'eux dans leur siècle le dernier avatar d'un couple archétype propre à l'Occident européen ». Marc Fumaroli cite Orphée et Aristée, Cicéron et César, Virgile et Auguste, Jésus et Pilate, Chrysostome et Théodose, Fénelon et Louis XIV. Il aurait pu citer Aristote et Alexandre. Il ne cite pas Malraux et de Gaulle.

Ce qu'il y a de plus frappant dans le couple Napoléon-Chateaubriand, c'est qu'il est uni par une franche hostilité. Mais, par un retournement immédiat, le mépris mutuel y est tout fait d'admiration et la haine y est de l'amour.

Le *Génie du christianisme* est dédié à Bonaparte. Et le parallélisme de la démarche de l'écrivain émigré et du général révolutionnaire est éclatant. Jusque dans le rapport dans un esprit bien différent, il est vrai, pour l'un et pour l'autre avec la religion.

Achevé dans le lit d'une maîtresse, Pauline de Beaumont, le *Génie du christianisme*, apologie de la chasteté et du mariage chrétien, paraît quelques jours à peine avant le jour de Pâques 1802 qui voit la réouverture des églises catholiques et le prodigieux *Te Deum* de Notre-Dame de Paris. Le Premier consul y assiste, entouré de ses généraux, de ses colonels, de ses capitaines et des lieutenants qui ont entre seize et vingt-cinq ans. Les églises sont fermées depuis près de dix ans et aucun n'a la moindre idée de ce que peut être une messe. Mais au premier rang, sur deux fauteuils, trônent deux personnages qui ont beaucoup de raisons de bien connaître l'Église catholique et romaine : Talleyrand, évêque ; Fouché, séminariste.

Chateaubriand est catholique avec une foi souvent contradictoire, mais sincère. Bonaparte est catholique par opportunisme politique. Le Premier consul cynique envoie à Rome, par calcul, le poète catholique et ambitieux ; Chateaubriand sert de secrétaire à un personnage étonnant, corse, avare, collectionneur de grand talent, oncle de Bonaparte : le cardinal Fesch, qui représente la France auprès du Saint-Père. La rupture entre Bonaparte et Chateaubriand intervient avec l'exécution du duc d'Enghien : elle ouvre à l'un le chemin de l'Empire ; elle jette l'autre dans une opposition dont il ne sortira qu'avec le retour des Bourbons qui le traiteront plus mal que l'Empereur.

Les Bourbons, à qui Chateaubriand restera attaché avec une obstination exemplaire, donneront l'image de la mesquinerie. L'hostilité mutuelle entre le poète et l'Empereur est une bataille de géants. Ils se haïssent, mais ils se respectent. Ils se méprisent, mais ils s'admirent. C'est cette ambiguïté permanente qui fait la grandeur de leurs relations. Quand s'effondre le despotisme impérial, détesté par tous les intellectuels de l'époque et qu'il n'a cessé de combattre, Chateaubriand peut s'écrier : « Après Napoléon, néant. »

« Retomber de Bonaparte et de l'Empire à ce qui les a suivis, c'est tomber de la réalité dans le néant, du sommet d'une montagne dans un gouffre. Tout n'est-il pas terminé avec Napoléon ? Aurais-je dû parler d'autre chose ? De qui et de quoi peut-il être question, après un pareil homme ? [...] Comment nommer Louis XVIII en face de l'Empereur ? Je rougis en pensant qu'il me faut nasillonner à cette heure d'une foule d'infimes créatures dont je fais partie, êtres douteux et nocturnes que nous fûmes d'une scène dont le large soleil avait disparu. »

La dernière phrase donne une bonne idée du style de Chateaubriand dans son évocation de Napoléon et dans les *Mémoires* en général. Et « nasillonner » est un chef-d'œuvre à soi tout seul.

Le drame de Chateaubriand est qu'il a servi avec fidélité des Bourbons à qui il était très supérieur et qu'il méprisait en secret et qu'il a combattu un empereur en qui il sentait un égal dans le génie et qu'il ne parvenait pas à haïr comme il le fallait. Au service inutile des Bourbons qui se ruent dans l'échec et dans l'ingratitude répond une aversion impossible pour un usurpateur qui occupe tout l'horizon.

Sur cette contradiction, comme sur beaucoup d'autres – « c'est un épicurien qui a l'imagination catholique », disait de lui Sainte-Beuve –, il a construit sa vie et son œuvre.

« Chateaubriand, écrit Fumaroli, n'a jamais cessé d'être un émigré, rejeté ou laissé à l'écart du centre de la scène historique. Il n'a jamais eu prise directe sur les événements. Il a appartenu à un parti d'émigrés, et qui le restèrent, même lorsqu'ils furent seuls à croire, en 1814 et 1815, aux apparences d'un retour de fortune aux commandes de la France. » Personne n'est plus conscient que Chateaubriand de ce porte-à-faux historique. À l'intérieur même des ultras, isolés dans une Restauration légitimiste qui servira de transition entre le despotisme impérial et l'orléanisme démocratique et bâtard, il est lui-même isolé par son génie divinatoire et poétique et par son goût inné pour la liberté. Le mélange est explosif et le voue à l'échec. Sur cet échec patent de son œuvre politique, il élèvera la statue impérissable des *Mémoires d'outre-tombe*.

La partie des *Mémoires* consacrée à Napoléon s'ouvre sur une phrase célèbre : « La jeunesse est une chose charmante ; elle part au commencement de la vie couronnée de fleurs comme la flotte athénienne pour aller conquérir la Sicile et les délicieuses campagnes d'Enna. » Elle s'achève sur un chant profond : « À la fin de chaque grande époque, on entend quelque voix dolente des regrets du passé, et qui sonne le couvre-feu [...]. Que ne pourrais-je pas dire à mon tour, témoin oculaire que je suis de deux ou trois mondes écoulés ? [...] Pourquoi ai-je survécu au siècle et aux hommes à qui j'appartenais par la date de ma vie ? Pourquoi ne suis-je pas tombé avec mes contemporains, les derniers d'une race épuisée ? Pourquoi suis-je demeuré seul à chercher leurs os dans les ténèbres et la poussière d'une catacombe remplie ? Je me décourage de durer. Ah ! si du moins j'avais l'insouciance d'un de ces vieux Arabes de rivage, que j'ai rencontrés en Afrique ! Assis, les jambes croisées sur une petite natte de corde, la tête enveloppée dans leurs burnous, [...] bercés du murmure de la vague, ils entr'oublient leur existence et chantent à voix basse une chanson de la mer : ils vont mourir. »

Le moins qu'on puisse dire est que le vicomte, lui, n'entr'oublie jamais son existence : il ne cesse de la mettre en parallèle avec la formidable aventure de l'Empereur.

Et c'est un double roman sans pareil, plein du bruit de l'histoire et de la fureur des passions. Les beautés tragiques ne manquent pas, des grandes tueries victorieuses et des rêves de gloire de l'Empereur – « c'étaient des cantates sans fin dans la tête de Napoléon » – jusqu'à l'incendie de Moscou, commencement de la fin : « Les acclamations cessent ; on descend muets vers la ville ; aucune députation ne sort des portes pour présenter les clés dans un bassin d'argent. Le mouvement de la vie était suspendu dans la grande cité. Moscou chancelait silencieuse devant l'étranger : trois jours après, elle avait disparu ; la Circassienne du Nord, la belle fiancée s'était couchée sur son bûcher funèbre. »

Le comique même ne fait pas défaut. Il faut lire l'invraisemblable conversation entre Bonaparte et les muphtis ou imams Suleiman, Ibrahim et Muhamed à l'ombre de la pyramide de Chéops :

Bonaparte : *Dieu est grand et ses œuvres sont merveilleuses. Voici un grand ouvrage de main d'homme ! Quel était le but de celui qui fit construire cette pyramide ?*

Suleiman : *C'était un puissant roi d'Égypte dont on croit que le nom était Chéops. Il voulait empêcher que des sacrilèges ne vinssent troubler le repos de sa cendre.*

Bonaparte : *Le grand Cyrus se fit enterrer en plein air, pour que son corps retournât aux éléments : penses-tu qu'il ne fit pas mieux ? Le penses-tu ?*

Suleiman (s'inclinant) : *Gloire à Dieu à qui toute gloire est due !*

Bonaparte : *Gloire à Allah ! Il n'y a point d'autre Dieu que Dieu, Mohamed est son prophète, et je suis de ses amis.*

Il y a un personnage qui est sans cesse présent entre le poète et l'Empereur et de plus en plus à mesure que s'approche la fin : c'est Dieu. À la différence de Napoléon, Chateaubriand le prend au sérieux.

L'Empereur lutte contre le Pape, il l'arrache à Rome, il le détient en France. L'erreur de Napoléon, d'après Chateaubriand, c'est de s'imaginer qu'il n'y a d'avenir « que sur la terre ». Bonaparte « était toutes les misères et les grandeurs de l'homme ». Il était tout l'homme mais seulement l'homme.

Chateaubriand ne croit pas au Destin, comme l'Empereur ; il croit à la Providence : « Dieu seul connaît la cause de ces mutations liées à des mystères de l'avenir ; il est pour les hommes des vérités cachées dans la profondeur des temps ; elles ne se manifestent qu'à l'aide des siècles, comme il y a des étoiles si éloignées de la terre que leur lumière n'est pas encore parvenue jusqu'à nous. »

Plus encore que la lutte entre la gloire du conquérant et la gloire de l'écrivain, plus que l'affrontement entre les rigueurs du despotisme et le goût de la liberté, plus que la bataille entre le Poète et l'Empereur, menée avec une admiration mutuelle qui se dissimulait derrière l'hostilité, ce que représentent peut-être les rapports tumultueux et ambigus entre Napoléon Bonaparte et le vicomte de Chateaubriand, c'est le dialogue passionné entre celui qui croyait au ciel et celui qui n'y croyait pas.

Le Figaro littéraire, 1er avril 1999

Astolphe de Custine, le devin marquis

Le matin du 28 octobre 1824, dans un fossé aux portes de Paris, du côté de Saint-Denis, un cocher qui passait par là découvrit, étendu sur le sol, un jeune homme d'une trentaine d'années apparemment sans vie et dépouillé de tous ses vêtements. Des traces de coups étaient visibles sur toutes les parties de son corps entièrement nu. Il semblait avoir été attaqué par des inconnus qui, après lui être tombés dessus, lui avaient dérobé ses habits. Il n'était pas mort : il gémissait, il reprenait ses esprits, il murmurait une adresse. Le cocher enleva sa houppelande, la jeta sur le malheureux et le ramena chez lui.

Le jeune homme dépouillé et meurtri eut l'imprudence de porter plainte. L'agresseur et ses complices se livrèrent d'eux-mêmes à la police. La vérité fut découverte aussitôt. La victime avait donné rendez-vous, dans une banlieue écartée, à un hussard ou à un dragon qui n'avait accepté la rencontre que pour lui infliger un châtiment. Le militaire et ses camarades portaient l'uniforme d'un corps d'élite : ils ne furent pas poursuivis. Le jeune homme s'appelait Astolphe de Custine.

Astolphe de Custine, dont le nom est encore ignoré de la plupart des dictionnaires courants, appartenait à une famille illustre. Il était le petit-fils du général de Custine qui avait commandé l'armée du Rhin et le fils d'Armand de Custine et de Delphine de Sabran qui descendait de Saint Louis. Timide, hardie, très blonde, Delphine de Custine avait vu monter à l'échafaud son beau-père, son mari et son amant, Alexandre de Beauharnais, avant de multiplier les liaisons avec Fouché, avec Boissy d'Anglas, avec le général Miranda, avec le précepteur de son fils, avec tant d'autres et de devenir surtout la maîtresse de Chateaubriand.

Plus ou moins ouvertement soupçonné d'impuissance, Astolphe lui-même, avant de préférer les dragons, avait été fiancé à la fille du général Moreau, à la fille de Mme de Staël, à la fille de la duchesse de Duras qui, elle aussi, aimait tant

Chateaubriand, et qui, pour venger sa fille, écrira *Olivier*, histoire d'un Babilan « amoureux platonique par nature », imitée, quelques années plus tard, par Stendhal dans *Armance*. Astolphe avait fini par se marier et par avoir un enfant. Sa femme meurt un an avant l'aventure de 1824, son fils et Delphine, sa mère, deux ans après. Par fidélité à sa mère, Chateaubriand ne cesse de le soutenir. Il intervient même auprès du roi pour lui obtenir la pairie. L'affaire échoue après le scandale : « Ce n'est pas ainsi qu'on devient père », laisse tomber Louis XVIII, qui ne manquait pas d'esprit.

Banni de la société de la Restauration, le jeune marquis de Custine n'a plus d'autre ressource que de se chercher un autre milieu. Il se jette dans les voyages et dans la littérature.

Malgré plusieurs romans – *Aloys*, *Le monde comme il est*, *Ethel* – et une tragédie – *Béatrix Cenci*, sombre histoire d'inceste et de parricide –, Astolphe de Custine serait resté totalement inconnu s'il n'était parti pour la Russie. Il en ramena trente-six lettres qui furent publiées sous le titre *La Russie en 1839*[1].

La destinée de l'ouvrage est singulière et instructive : après un succès foudroyant – dû en partie aux attaques violentes de toutes les autorités russes –, il est presque complètement oublié et occulté à l'époque du rapprochement franco-russe avant d'être redécouvert au lendemain de la Seconde Guerre. Publié partiellement chez Gallimard, dans la collection « Folio », avec une préface de Pierre Nora, il vient d'être réédité intégralement par Actes Sud avec une préface d'Hélène Carrère d'Encausse et des notes et une postface de Michel Parfenov.

1. Astolphe de Custine, *La Russie en 1839*, Actes Sud.

« J'allais en Russie pour y chercher des arguments contre le gouvernement représentatif, j'en reviens partisan des constitutions. » Tout est dans cette phrase de l'avant-propos. Élevé à l'ombre de l'auteur du *Génie du christianisme* qui était l'amant de sa mère, il n'est pas exclu que Custine ait souhaité rivaliser avec Tocqueville, neveu de Chateaubriand, dont *La Démocratie en Amérique* avait connu un triomphe en 1835. Comme Chateaubriand, Tocqueville pressent la victoire inévitable de la démocratie. Custine, lui, aristocrate catholique et homosexuel, part pour la Russie avec l'idée de chanter la monarchie et le conservatisme russes. Mais il n'y trouve que despotisme, oppression, servitude et cruauté. Les *Lettres* de Custine sont l'histoire d'un renversement des perspectives et des convictions. Parti conservateur, il rentre en France libéral.

La politique constitue la toile de fond des *Lettres* sur la Russie. Si elles ont joui d'un renouveau d'intérêt dans la seconde moitié du siècle écoulé, c'est que les vues de l'auteur sur Ivan le Terrible ou sur Pierre le Grand et sur leurs successeurs semblent annoncer l'URSS de Lénine, de Staline, des procès de Moscou, du goulag. « On peut dire des Russes, grands et petits, écrit Custine, qu'ils sont ivres d'esclavage. » Ou : « Le régime politique de la Russie ne résisterait pas vingt ans à la libre communication avec l'Occident de l'Europe. » Et encore : « En Russie, quiconque lève un coin du voile est à jamais perdu [...]. La vie sociale en ce pays est une conspiration permanente contre la vérité. »

À chaque instant, éclate chez Custine une capacité de prévision stupéfiante : « Ou la Russie n'accomplira pas ce qui nous paraît sa destinée, ou Moscou redeviendra quelque jour la capitale de l'Empire. » Quand il s'écrie, dans le résumé, à la fin de son ouvrage : « Depuis que j'ai vécu sous la discipline terrible qui soumet la population de tout un empire à la règle militaire, je vous l'avoue, j'aime encore mieux un peu de désordre qui annonce la force qu'un ordre parfait qui coûte la vie [...]. La Russie nous a montré que le despotisme n'est jamais si redoutable que lorsqu'il prétend faire du bien, car alors il croit excuser ses actes les plus révoltants par ses intentions : et le mal qui se donne pour remède n'a plus de bornes », le lecteur contemporain est tenté de reconnaître le régime stalinien dans cette description déjà vieille d'un siècle et demi.

Au-delà des considérations politiques qui ont fait sa gloire – encore un peu méconnue –, il y a quelque chose, chez Custine, qui n'a guère été souligné : ses qualités d'écrivain. S'il pousse parfois le bouchon un peu loin – par exemple : « Les Slaves sont des Arabes blonds » (!) –, ses *Lettres* sont toutes pleines de mouvement, de naturel, d'anecdotes, de portraits.

Les descriptions du beau Polonais Gurowski, dont il demande en vain la grâce, celle du sinistre baron Ungern de Steinberg ou celle du prince Kozlovski sont inoubliables. Et chacune, à nouveau, nous renvoie, non pas seulement au passé, mais, ce qui est plus rare, à l'avenir.

Michel Parfenov rappelle à juste titre l'autre baron Ungern-Steinberg, sombre héros du roman de Vladimir Pozner, *Le Mors aux dents*, qui combattra l'Armée rouge « à coups de canif planté dans les oreilles, à coups de baguettes assenés sur les parties génitales ». Et le prince Kozlovski, vieux diplomate très gros, affolé de noblesse, d'une politesse un peu brusque, qui semble bien appartenir, selon la formule de Proust, à « la race sur qui pèse une malédiction et qui doit vivre dans le mensonge et le parjure », annonce de loin, selon Yves Florenne, l'illustre figure du baron de Charlus.

Un peu à la façon de Proust avec les rats ou avec les jeunes filles qui crachent sur le portrait de leur père, Custine apparaît dans ses *Lettres* comme fasciné par la cruauté. Il la dénonce, bien sûr, mais il la décrit aussi avec complaisance et une sorte de volupté.

Le doux marquis de Custine n'est pas si loin du « divin » marquis de Sade. Il faut lire, dans *La Russie en 1839*, le récit des crimes d'Ivan le Terrible – « Il ordonne qu'on dépèce les membres, mais avec art et sans attaquer le tronc... » – ou l'atroce histoire de Thelenef : « On lui coupa les pieds et les mains, et quand ce tronc mutilé fut presque épuisé de sang on le laissa mourir en souffletant la tête de ses propres mains et en étouffant les hurlements de la bouche avec un de ses pieds. » Ces scènes de Grand Guignol parviennent à faire vaciller les convictions antirévolutionnaires du marquis de Custine : « Les femmes du faubourg de Caen mangeant le cœur de M. de Belzunce sur le pont de Vauxelles étaient des modèles d'humanité auprès des spectateurs tranquilles de la mort de Thelenef. »

Une vaste information, l'abondance des anecdotes, la vérité des détails font de Custine un historien de premier ordre. Sa perspicacité et la justesse de ses vues le changent sans cesse en prophète. Il est aussi, et peut-être d'abord, un écrivain qui n'en finit jamais de tenir son lecteur en haleine. Reportage et prémonition, *La Russie en 1839* offre, par-dessus le marché, un exercice littéraire qui réussit, à force de talent, à donner à la réalité tous les charmes du roman.

Le Figaro littéraire, 17 mars 2005

Pierre Louÿs : ombres et lumières d'un poète libertin

Pierre Louÿs était poète et romancier, pornographe et érudit. Moins célèbre, de très loin, qu'André Gide et Valéry, il a été leur ami intime et a partagé leurs ambitions. Parce qu'il a été l'amant de Marie de Régnier, fille de José-Maria de Heredia, et qu'il a épousé Louise, la sœur de Marie, sa vie suscite aujourd'hui plus de curiosité que son œuvre. Poursuivant les travaux de Robert Fleury, de Giorgio Mirandola et de plusieurs autres, une biographie exhaustive remet en pleine lumière l'auteur d'*Aphrodite* et des *Chansons de Bilitis.* Et la parution d'un pan de son *Journal (1888-1890)* ressuscite un adolescent qui rêve de gloire et de femmes dès les bancs de l'école.

Pierre Louÿs – qui était le demi-frère (et peut-être le fils...) de Georges Louis, ambassadeur à Saint-Pétersbourg, et qui s'appelait Pierre Félix Louis avant de s'inventer un « y » surmonté d'un tréma – aimait la poésie avant même d'écrire des poèmes et les femmes avant même de les connaître. « Quand j'aurai écrit cent fois, s'écrie-t-il à dix-sept ans, que les femmes me rendent fou et que l'ambition me rend ivre, à quoi cela m'avancera-t-il ? » Élève brillant, seules l'intéressaient les passions de l'amour et celle de la littérature. Jean-Paul Goujon reprend à juste titre en le lui appliquant le beau mot de Larbaud : « Des études ; pas de carrière. »

Les études, il les a poursuivies toute sa vie, finissant par devenir un érudit chez qui une intuition poétique s'unissait au savoir. À la fin de sa vie, dans un état de santé déjà délabré, ses lectures encyclopédiques et son sens inné de la poésie l'amèneront à une découverte troublante à laquelle il s'attachera corps et âme et qui donnera lieu à d'interminables querelles : la plupart des pièces de Molière, et d'abord *Amphitryon*, *Le Misanthrope*, *Tartuffe*, *Don Juan*, seraient, au moins en partie, de la main de Corneille. La thèse est discutable. Tout ce que dit Louÿs, en tout cas, des vers de Corneille – qu'il a toujours aimé et mis loin au-dessus de Racine – est d'une intelligence et d'une sensibilité poétique merveilleuses.

Le goût de Louÿs pour les recherches savantes s'est plus d'une fois retourné contre lui. Il avait du mal, sinon à écrire, du moins à publier. À peine s'attelait-il à une tâche littéraire qu'un autre problème venait l'intéresser et le solliciter. Indifférent à l'argent et se faisant une très haute idée de la littérature, il répugnait à toute forme de publicité ou de compromission. « La situation de maître en littérature est à la portée de tout le monde, écrivait-il. Il suffit de s'admirer soi-même [...] et de prendre la vie au sérieux. » Il ne prenait pas au sérieux une existence que ses amis Gide et Valéry géraient bien mieux que lui.

Les rapports de Louÿs, de Gide, de Valéry constituent une page remarquable et émouvante de notre histoire littéraire. Louÿs rencontre Gide à l'École alsacienne, avant même le baccalauréat, et les relations entre ces deux esprits irréconciliables ne seront faites que d'une brouille sans fin, coupée d'intimités passionnées. À dix-neuf ans, à Palavas-les-Flots, Louÿs rencontre Paul Valéry qui avait le même âge. « L'amitié de Pierre Louÿs, dira Valéry, fut une circonstance capitale de ma vie. » Et encore : « C'est lui qui m'a pris au collet pour me jeter aux lettres [...] Pierre a joué dans nos destins un rôle immense. » Louÿs note de son côté dans son *Journal* à propos de Valéry : « Quel talent il a, celui-là ; c'est un vrai. S'il continue, il arrivera plus loin qu'aucun de ceux que j'ai vus aujourd'hui. » Un quatrième personnage, parmi d'autres, se joindra à Louÿs, à Gide, à Valéry adolescents et leur fera lire des vers d'amour :

Demain je vous apporterai
Des roses ou des tubéreuses
Vous prendrez des poses peureuses
Lorsque je vous embrasserai...

C'était Léon Blum.

Entre les revues littéraires – *La Conque* ou *Le Centaure* – et les rencontres avec les écrivains de ce temps – Mallarmé ou Oscar Wilde, Verlaine malade ou Heredia entre ses filles, Leconte de Lisle ou Léon Daudet qui dépeignait Henri de Régnier comme « un cadavre debout, oublié sous la pluie par un assassin distrait », Claude Debussy aussi et beaucoup d'autres encore –, Pierre Louÿs devient célèbre avec une supercherie dans le genre de Mérimée : *Les Chansons de Bilitis, traduites du grec pour la première fois par P.L.* et surtout avec *Aphrodite*, qui atteint le tirage stupéfiant pour l'époque de 31 000 exemplaires vendus dans la seule année 1896. D'un seul coup, il connaissait la gloire et il restait charmant, indécis et malheureux.

Il aimait la beauté, les filles très jeunes, la Grèce et l'Orient. « Je reste convaincu qu'il n'y a pas d'autre sujet que la Beauté, et que la Beauté est faite de la perfection grecque et de la grâce orientale. » Il aimait aussi le canular, où il était passé maître – beaucoup de ses farces prirent pour cible André Gide qui supportait assez mal cet exercice récurrent –, et la pornographie qu'il porta aussi haut qu'un Sade ou un Apollinaire dans un ciel littéraire qui était en même temps un enfer. *Douze Douzains de dialogues ou Petites Scènes amoureuses*, le *Manuel de civilité pour les petites filles à l'usage des maisons d'éducation* et surtout *Trois Filles de leur mère*, où revit, avec Mauricette, Charlotte, Lili et leur mère Teresa, le souvenir lointain des trois sœurs Heredia, sont des chefs-d'œuvre à ne pas mettre entre toutes les mains, mais qu'il est permis – aux âmes fortes – de savourer avec délices. À beaucoup de ses ouvrages il pouvait appliquer ses deux vers :

Sachez-le, ce livre où les femmes font la paire
N'est pas de ceux qu'un fils peut donner à son père.

Il n'est pas exclu que Pierre Louÿs soit le véritable auteur d'un texte célèbre, au confluent du canular, de l'érotisme le plus déchaîné et du culte de la mythologie grecque : la fameuse *Ballade* – ou *Salade* – *mythologique*. « ... Je frappe à sa cambyse. Pan ! Pan ! Atrée ! répondit-elle. Apharée, elle cycrée : "Arcture ! pourquoi viens-tu cythère ?" Égérie, car j'arrivais fort atropos : a léthé anchyse persée en train d'uranie... » Etc. Il y en a comme ça, en plus violent, pour des pages et des pages. Il était en droit de s'écrier : « Je ne peux pas m'habituer à croire que je puisse avoir un intérêt pour les gens sérieux. »

Léger, farceur, affolé de plaisirs, le plus souvent incapable d'aller au bout de ses projets, Pierre Louÿs était pourtant un grand écrivain. *Aphrodite*, qui tombe comme un météore entre Zola et Maeterlinck, « entre le jupon souillé de Nana et la diaphanéité sans corps de Mélisande », est « un roman antique sur la femme et sur la lumière ». Pierre Louÿs, pour qui le rêve est supérieur à la réalité, retrouve étrangement une formule de Proust qui soutenait que l'état d'esprit où l'on invente est très supérieur en littérature à l'état d'esprit où l'on observe : « Je ne suis pas un romancier qui observe et qui décrit ; je suis un poète qui imagine. »

Le poète a du mal à imaginer la suite de son œuvre. Il réussit à achever *La Femme et le Pantin* et *Les Aventures du roi Pausole*. Il peine sur un roman moderne qui ne paraîtra, inachevé, qu'après la mort de l'auteur : *Psyché*. La fin de sa vie est sinistre. « J'aimerais mieux mourir ruiné, désespéré, ayant mes espérances déçues et mes ambitions irréalisées, écrivait-il à dix-sept ans dans son *Journal* de jeunesse, plutôt que de me dire dans mes derniers instants : personne ne m'a aimé, je n'ai aimé personne. » Ses vœux auront été exaucés.

Il avait aimé Marie de Régnier. Follement. Et Marie de Régnier l'avait aimé. Mettant en application l'inscription qui figurait sur la ceinture de Bilitis : « Aime-moi éternellement, mais ne sois pas affligé si je te trompe trois fois par jour », elle l'avait trompé avec le charmant Jean de Tinan.

Mais elle l'avait aimé. Follement, elle aussi. C'est en pensant à elle qu'il a écrit son chef-d'œuvre, *Pervigilium Mortis*, et ces vers, imparfaits sans doute, et pourtant bouleversants :

Plus tard, Ô ma beauté, quand des nuits étrangères
Auront passé sur vous qui ne m'attendrez plus,
Quand d'autres, s'il se peut, amie aux mains légères,
Jaloux de mon prénom, toucheront vos pieds nus,

Souvenez-vous qu'un soir, couchés sur notre couche,
En caressant nos doigts frémissants de s'unir,
Nous avons échangé de la bouche à la bouche
La perle impérissable où dort le Souvenir.

Le Figaro littéraire, 13 juin 2002

Montherlant, un chevalier pour toujours

Je ne suis pas très sûr des sentiments qu'éprouverait Henry de Montherlant s'il pouvait nous voir ce matin – mais le peut-il… Y a-t-il une autre question que cette interrogation passionnée, inutile et obstinée ? – en train de célébrer sa mémoire par la pose de cette plaque sur la maison où, au soir de l'équinoxe de septembre 1972, il se donnait une mort romaine. « L'allocution et l'allocation sont les deux mamelles de la France » : la formule est de Montherlant dans *La Marée du soir*. Qu'il me pardonne de célébrer à mon tour sa grande ombre par ce rite mesquin. Et de ces portes éternelles qu'il a franchies il y a trois ans, et derrière lesquelles, écrit-il, « il n'y a rien » – ou derrière lesquelles, qui sait ? il y a peut-être un Dieu inconnu et caché, et qui attendait, pour le surprendre, le plus grand poète catholique et païen de notre temps, l'auteur de *Port-Royal* et du *Cardinal d'Espagne* –, de ces portes éternelles, qu'il ne murmure pas avec trop de mépris la formidable condamnation du *Maître de Santiago* : « Roule, torrent de l'inutilité ! »

Poussé par ce génie de l'alternance qui n'a jamais cessé de l'habiter, Montherlant aimait pourtant les inscriptions romaines sur le marbre des murs, les inscriptions espagnoles sur le bois des cercueils. C'est un tel hommage que nous lui offrons aujourd'hui, pour notre bonheur plus que pour le sien, pour notre honneur plus que pour le sien. Entré très vivant dans l'immortalité du souvenir, Henry de Montherlant n'a plus besoin de notre aide. Nous avons besoin de son exemple.

Cet exemple est ambigu. C'est celui de la grandeur, bien entendu. Mais c'est aussi celui du plaisir. C'est celui de la noblesse, du courage de l'âme, des plus pures vertus chrétiennes. C'est aussi celui du corps, des sens, du grand bonheur païen. C'est au croisement de ces routes, en général divergentes, que brille d'un éclat sans pareil l'œuvre de Montherlant. Un des rares, un des seuls, le seul peut-être des héritiers de Corneille en notre âge. Il est aussi son contraire. Par l'alternance, par l'équivalence, par le culte de l'antinomie, par l'ironie dans la hauteur, Henry de Montherlant n'est l'homme d'aucune cause, d'aucun Dieu, d'aucun temps – à la rigueur peut-être de celui des Romains, mais en tout cas pas du nôtre. Par la grandeur et la tendresse il est un homme pour l'éternité.

La vie et la mort ont leur place aussi dans cet univers de l'alternance et de l'équivalence auquel Henry de Montherlant a attaché son nom. « Il y a une vigueur du tombeau, écrit-il, et quelques fois je serais tenté de dire : plus je meurs, plus je vis. » Ainsi il vit aujourd'hui parmi nous. Henry de Montherlant n'avait que l'idée qu'il se faisait de lui-même pour se soutenir sur les mers du néant. Jamais chevalier de l'absence n'aura été plus présent à la jeunesse du monde.

« Voici, écrivait-il dans *Service inutile*, ce qu'il me plaît de comprendre : la vie est un songe, mais le bien-faire ne s'y perd pas, quelle que soit son inutilité – inutile pour le corps social, inutile pour notre âme – parce que, ce bien, c'est à nous que nous l'avons fait. C'est nous que nous avons servis, comme c'est nous qui nous sommes donné la couronne, et les seules couronnes qui vaillent quelque chose sont celles qu'on se donne à soi-même. »

Aujourd'hui, Henry de Montherlant, que la marée du soir vous a recouvert tout entier, aujourd'hui que vous êtes allé, à jamais, jouer avec cette poussière dont vous avez fait, tout au long de votre vie, pour votre âme assoiffée, d'admirables châteaux que vous avez vous-même détruits, aujourd'hui, c'est nous qui vous donnons cette mince couronne, gravée dans le marbre, à travers le temps. Ne la repoussez pas.

Romancier, essayiste, dramaturge, poète – écrivain, en tout cas, et créateur littéraire –, vous êtes, par votre amour de la vie et par votre amour de la mort, par votre sens des valeurs les plus hautes et par votre passion pour la jouissance et pour le plaisir, par votre indifférence même, et par vos mépris, au premier rang de ceux qui forment un dernier rempart contre l'éternelle invasion de la laideur, de la bassesse, de l'imbécillité, de l'ennui et de l'esclavage. Laissez-nous vous redire ce matin, en vous les appliquant à vous-même, les merveilleuses répliques de *La Reine morte* :

– *Ah ! il y a une étoile qui s'est éteinte.*

– *Elle se rallumera ailleurs.*

Le Figaro littéraire, 26 avril 1975

UNE BELLE ÉTRANGÈRE, VICTORIA OCAMPO

Un jour d'hiver 1929, à un déjeuner avenue de la Bourdonnais auquel participaient Paul Valéry et Ortega y Gasset, une Argentine d'une quarantaine d'années, de passage à Paris, rencontre un jeune écrivain français de trois ans plus jeune qu'elle et encore presque inconnu.

Elle s'appelle Victoria Ocampo. Elle est l'aînée de six sœurs nées à Buenos Aires dans une famille où la fortune se conjugue à une forte tradition catholique. Élevée avec ses sœurs par deux institutrices, l'une française, l'autre anglaise, elle apprend à lire et à écrire en français. Jeune fille, elle rêve de théâtre et de littérature, et puis elle se résigne, selon les usages de son milieu, à épouser un homme séduisant et cultivé. Très vite, le mariage est un désastre. En 1929, après s'être liée d'amitié littéraire avec Rabindranath Tagore, avec Jules Supervielle, avec Borges, avec Keyserling, elle vit la fin d'une passion de quinze ans pour un jeune et brillant avocat argentin. Elle est surtout grande, très belle, merveilleusement intelligente, et elle s'habille chez Chanel.

Lui, charmant, élégant, déjà un peu chauve, grand séducteur, c'est Pierre Drieu La Rochelle. Il a été marié deux fois, d'abord avec une jeune femme d'origine juive, Colette Jeramec, puis avec Olesia Sienkiewicz, avec qui il ne s'attarde guère. Il a été très lié aux surréalistes, avec qui il a rompu en 1925, et il appartient à ce groupe des écrivains de la N.R.F. et de la maison Gallimard qui fascinent Victoria Ocampo. Il a encore peu écrit, quelques nouvelles, quelques romans –*L'Homme couvert de femmes*, *Une femme à sa fenêtre*–, un ou deux essais, dont *Genève* ou *Moscou*. Il multiplie surtout, avec une sorte d'angoisse et de cynisme désarmants, les aventures sentimentales. Avec une infirmière, pendant la guerre, avec une Américaine qui l'a quitté pour retrouver son mari, avec une jeune Algérienne morte du cancer. Bien plus tard, à la veille de la guerre, elles apparaîtront toutes –sous les noms d'Alice, de Dora, de Pauline– dans son roman *Gilles* où figurera aussi, sous le nom de Beloukia, son plus grand amour après Victoria Ocampo : la femme de Louis Renault, Christiane.

Tout de suite après ce premier déjeuner, Drieu envoya un de ses livres à Victoria Ocampo, accompagné d'un mot où il l'invitait à prendre un verre avec lui dans un bar des

Champs-Élysées. Victoria lui répondit : « Je ne bois jamais de cocktail, mais je prends le thé rue de Rivoli. » Il l'emmena au « Rumpel », écrit Victoria Ocampo, c'est-à-dire chez Rumpelmeyer. Avec cette brutalité tendre qui lui valait tant de succès, il lui dit : « Vous avez un pull-over de déménageur. » C'était un tricot de chez Chanel.

Ils se promenèrent tous les deux, le Narcisse masochiste et la belle étrangère, dans les rues de l'île Saint-Louis et de l'île de la Cité, sur les Champs-Élysées, les quais, les grands boulevards et au bois de Boulogne. Il lui disait : « Tu es la vache la plus belle de la pampa. » Et aussi : « Tu es une eau claire, douce, abondante... où je puis nager, étendre mes quatre membres. » Ils allèrent ensemble à Londres, où elle portait un habit de velours noir et une écharpe grise, puis à Berlin, où ils s'installèrent dans un hôtel près du Tiergarten. Victoria repartait pour l'Argentine où elle fonde, en 1931, la fameuse revue *SUR* (« Le Sud ») qui publiera Borges, Michaux, Malraux, Heidegger, tant d'autres, et qui assurera sa célébrité. Elle aimait Pierre et portait sur lui des jugements tristes et sévères. Elle lui reprochait de toujours tout laisser tomber, sa fourchette au restaurant et la fin de ses romans. Elle lui disait : « Tu es Pierre et sur cette pierre je ne bâtirai pas mon église. » Mais elle lui gardait sa tendresse.

Tout cela, qui m'avait été raconté, il y a trente ou quarante ans, par Roger Caillois qui avait succédé à Drieu dans le cœur de Victoria après que Christiane Renault avait succédé à Victoria dans le cœur de Drieu, figure dans les chapitres que Victoria consacre à Pierre dans le cinquième volume de son autobiographie et que Bartillat vient de publier en français sous le titre *Drieu,* avec une préface de Julien Hervier. « Nous étions tous les deux perdus dans la forêt d'une cruelle époque de transition ; perdus dans notre solitude ; perdus, de manière différente, dans la question sexuelle ; perdus dans notre étrange vocation religieuse sans foi ; perdus dans notre amour de l'absolu et de la vérité absolue : païens mystiques privés de catacombes et de Dieu. Tout cela sur des chemins si opposés qu'à première vue n'émergeaient et ne s'imposaient que nos différences », écrit Victoria, qui se souvient de Dante.

L'époque de transition, la solitude morale, l'amour de l'absolu et les chemins opposés précipiteront Drieu vers le fascisme et le suicide. « Tu perds la tête, Pierrot », lui dira Victoria. Scandée par le sexe, par les livres et par la politique, la vie continuera. Drieu viendra encore retrouver Victoria en Argentine – où il donnera de la pampa une définition merveilleuse : « un vertige horizontal » et où il nouera une nouvelle liaison avec Angelica Ocampo, sœur de Victoria. Une autre sœur, Silvina, avait épousé Adolfo Bioy Casares, auteur de *L'Invention de Morel* et ami de Borges avec qui il rédigera les *Nouveaux Contes de Bustos Domecq.* Drieu se séparera d'Olesia, qui aura une brève liaison avec Lacan, et il écrira sans vergogne à Victoria : « Envoie-moi de l'argent quand tu en auras trop. » Il publiera encore *Le Feu follet*, *La Comédie de Charleroi*, *Rêveuse Bourgeoisie*, *Gilles*, *L'Homme à cheval*, où il met toute son amère tendresse pour Victoria. Il collaborera à *La Gerbe* et à *Révolution nationale.* Il assurera la direction de la N.R.F. sous l'Occupation. Et il sauvera Colette Jeramec, sa première femme, de la déportation. Son texte testamentaire, où il justifie son suicide, il le fera parvenir à quelques amis dont André Malraux et Victoria Ocampo. Et Victoria recevra une dernière lettre de Pierre : « Tu ne sais pas comme est bien ma mort, par une nuit superbe, ma fenêtre grande ouverte sur Paris... »

Le Figaro littéraire, 20 septembre 2007

LA RUE MAIPÙ : BORGES

Avec près de dix millions d'habitants – entre la moitié et le tiers de la population totale de l'Argentine –, Buenos Aires constitue une des agglomérations urbaines les plus étendues du monde. Des gratte-ciel, d'immenses avenues, de grandes places plantées d'arbres y voisinent avec des quartiers informes où s'entassent les plus pauvres. Au cœur de la ville, non loin de l'ambassade de France où l'élégance de Bernard Destremeau succède à toute une lignée de diplomates souvent célèbres, s'élèvent les jacarandas de la plaza San Martín. La rue Maipù se jette dans cette plaza San Martín. C'est là, au sixième étage d'un immeuble déjà ancien, d'apparence très banale et plutôt modeste, que, depuis plus de quarante ans, vit et travaille – les deux verbes, dans son cas, sont à peu près synonymes – un des esprits les plus originaux et les plus forts de notre temps : Jorge Luis Borges.

L'appartement compte trois pièces principales : un salon assez grand, avec une table pour les repas, un dressoir, un divan, quelques bibliothèques et, au mur, une Annonciation peinte par Norah Borges, la sœur de l'écrivain ; la chambre où habitait la mère de Jorge Luis, morte, il y a quelques années à peine, à l'âge de quatre-vingt-dix-neuf ans et dont un grand portrait, aux yeux perçants, juste en face de la porte d'entrée, continue, au-delà de la mort, d'accueillir les visiteurs ; enfin, au milieu, entre les deux autres pièces, la cellule minuscule et quasi monacale où dort, ou fait semblant de dormir, dans un lit étroit, sous une reproduction de Dürer et sous un tigre bleu, l'auteur de *L'Aleph* et de *Fictions*. Quelques volumes à peine, dans une mince bibliothèque : rien que des ouvrages qui concernent l'ancienne littérature scandinave et anglo-saxonne que Jorge Luis Borges connaît mieux que personne. Les livres, il les pratique un par un, il les prend, il les caresse, il en parle avec amour. Mais il ne les lit pas. Voilà longtemps déjà que Borges ne lit plus rien : comme Œdipe, comme Homère, le poète est aveugle.

« Je n'écris pas pour une petite élite dont je n'ai cure ni pour cette entité platonique adulée qu'on surnomme la masse. Je ne crois pas à ces deux abstractions, chères au démagogue. J'écris pour moi, pour mes amis et pour adoucir le cours du temps. » Cette déclaration de Borges, à l'occasion de la publication d'un de ses ouvrages récents, *Le Livre de sable*, cerne assez bien la situation d'un écrivain également éloigné des chapelles, des écoles, des modes intellectuelles et de toute publicité tapageuse et grossière. Ignorée du grand public, introduite en France par un petit groupe d'esprits libres et de traducteurs de talent avec à leur tête Roger Caillois, l'œuvre de Borges, conteur, poète, essayiste, maître incontesté des lettres argentines, commence à susciter, dans le monde entier, une curiosité et une admiration croissantes. Aucun ouvrage de très longue haleine. Mais toute une série de courts récits, de poèmes, de textes denses et parfaits où reparaissent, infiniment subtils et repris de livre en livre, les thèmes spécifiquement borgésiens du masque, du couteau, du miroir, du labyrinthe, du jeu d'échecs, de l'enquête, du secret et de la formule unique qui résume l'univers. Une influence évidente à la fois de la kabbale et des sagas islandaises. Une familiarité avec les œuvres très diverses, et parfois opposées, de Shakespeare, de Gibbon, de Kipling, d'Henry James, de Chesterton, de Wells, d'Edgar Poe, de Swift, de Bernard Shaw, d'Emerson, de Schopenhauer – et avec *Don Quichotte*. La présence presque constante de Buenos Aires, du tango né dans ses bordels et des gauchos de la pampa. Mais, en même temps, un refus catégorique de tout pittoresque bon marché et de tout nationalisme – notamment culturel. Un élan vers la pensée pure et vers l'universel. Un goût concomitant pour une sinuosité toute baroque de la pensée et pour une brève perfection. Tout cela, à l'écart des grands courants du siècle – naturalisme, populisme, marxisme, psychanalyse, surréalisme, nationalisme, catholicisme, militantisme –, fait de Jorge Luis Borges un des auteurs contemporains les plus propres à susciter l'attention, l'intérêt, l'enthousiasme de tous ceux qui cherchent dans la littérature autre chose que des recettes, des routines ou une simple distraction.

Ce poète et conteur argentin, éloigné des honneurs et de tout vacarme, prend chaque jour davantage une stature gigantesque.

Au premier rang des lettres argentines – où brillent, à des titres divers et parmi beaucoup d'autres, un Adolfo Bioy Casares, un Ernesto Sábato, un Julio Cortázar et les deux sœurs Ocampo, Silvina et Victoria, dont j'apprends la mort avec une vraie émotion, à l'instant même où j'allais écrire son nom –, Jorge Luis Borges n'est plus seulement le pionnier d'une littérature exigeante et un peu secrète. Cet auteur de sonnets souvent un peu difficiles et de textes courts où l'imagination se pare de toutes les splendeurs d'une forme rigoureuse et savante est devenu un maître admiré par toutes les jeunesses. Son nom est régulièrement prononcé parmi ceux qui pourraient légitimement prétendre au prix Nobel de littérature. On voit bien, cependant, ce qui peut faire hésiter l'Académie suédoise. Un souffle épique n'est pas absent de ses lignes brèves et serrées. Mais toute l'œuvre de Borges appartient à ce qu'on pourrait appeler le versant sec de la littérature. Pas l'ombre de sentimentalité, d'effusion lyrique, d'humanitarisme appuyé, de sanglots dans la voix. Plusieurs grands écrivains d'aujourd'hui, à travers le monde, ont le Nobel derrière eux. Borges, leur égal, l'a encore devant lui. Il l'aura peut-être toujours devant lui. Il mourra digne, à coup sûr, du Nobel – mais peut-être sans l'avoir reçu.

Beaucoup, en France – trop peu encore, mais beaucoup – connaissent maintenant l'œuvre de Borges. Mais deux traits de son caractère – et souvent confondus – sont peut-être plus ignorés : l'humour et le courage. Chacun sait que Borges, ennemi à la fois du nationalisme, du gauchisme, de la vulgarité et de toute violence, avait pris position avec vigueur contre la dictature de Perón qui l'avait démis de son poste pour lui proposer des fonctions d'inspecteur des poulets, des poules et des lapins dans les marchés municipaux. À plusieurs reprises, dans une Argentine dévorée, non seulement par une inflation de 200, 300, 400 % par an, ou plus, mais par les terrorismes gauchistes ou d'État, des menaces de mort furent adressées à Borges. Un jour qu'on lui annonçait par téléphone son exécution prochaine et celle de sa mère, il répondit : « Rien de plus aisé que de me tuer. Vous connaissez mon téléphone, la rue Maipù, le numéro de ma maison. J'habite au sixième étage. Vous ne pouvez pas vous tromper : une plaque à mon nom est fixée sur la porte. Vous sonnez. J'ouvre. En plus, je suis aveugle. Et rien ne peut mieux servir un écrivain et son œuvre qu'une mort violente. Mais l'affaire sera difficile en ce qui concerne ma mère. Elle a près de cent ans. Si vous voulez l'avoir vivante, il faudra vous dépêcher. »

Dans les années où Perón régnait sur l'Argentine, le dictateur et sa femme Evita jouissaient d'une large popularité. Mais Jorge Luis Borges aussi. On raconte qu'un cortège parcourait Buenos Aires en scandant : « *Evita y Perón, un solo corazón.* » Tout à coup, les manifestants tombent sur un Borges hostile et ouvertement méprisant. Ils l'aperçoivent, ils l'entourent malgré lui, ils l'acclament en dépit de ses idées et ils poursuivent leur chemin en chantant, paradoxe où la poésie l'emporte sur la politique : « *Borges y Perón : un solo corazón.* »

La gloire de l'auteur de *L'Or des tigres* et de l'*Histoire de l'éternité* déborde désormais des frontières de l'Argentine et de l'Amérique du Sud pour se répandre sur l'ensemble de la planète. Depuis le temps où la Suisse, à laquelle il est resté très attaché, l'accueillait comme adolescent, la littérature allemande et surtout la littérature anglo-saxonne ont exercé sur lui une influence plus décisive que la littérature française. Bien des liens pourtant l'unissent à la France qui l'a comblé d'honneurs et à laquelle il a consacré un beau poème peu connu :

Je ne dirai pas le soir ni la lune :
je dirai Verlaine.
Je ne dirai pas la mer ni la cosmogonie :
je dirai le nom de Hugo.
Je ne dirai pas l'amitié :
je dirai Montaigne.
Je ne dirai pas le feu : je dirai Jeanne.
Et les ombres que j'évoque ne diminuent en rien
Une série qui n'a pas de fin.

Je me promenais, il y a quelques jours, avec Jorge Luis Borges parmi les statues de marbre du parc Lezama où l'on retrouve, en plein cœur de Buenos Aires, quelque chose des jardins italiens de Florence ou de Rome. Assises à l'ombre des grands arbres, quelques dames entre deux âges peignaient avec application. L'une d'elles, riante et un peu forte, reconnut le grand aveugle qui, entre une jeune femme très belle de ses amies et moi, s'avançait, hiératique, impassible, suprême, tel que l'ont aperçu, l'an passé, à la Sorbonne et à Beaubourg, des centaines de Parisiens transportés par la ferveur. Elle se leva de son pliant, elle s'approcha, elle salua Borges et elle lui demanda un autographe. « *Bueno* », répondit Borges, avec cette courtoisie un peu lointaine et lasse qui semble surgir de sa nuit. Et il griffonna quelque chose de nécessairement informe sur la feuille qu'on lui tendait. L'admiratrice, qui nous avait entendus nous entretenir en français, sourit, esquissa une révérence que Borges ne pouvait pas voir et murmura assez bas : « Merci, monsieur le poète. »

Le Figaro Magazine, 27 janvier 1979

FRANÇOIS MAURIAC, LA GRÂCE ET LA PASSION

Ah ! quel personnage ! Quel écrivain, bien sûr – mais aussi quel personnage ! On croyait tout savoir de lui, connaître ses tours et ses détours, ses souterrains, ses secrets… Voilà que Jean-Luc Barré, en train de se situer parmi les meilleurs historiens de notre littérature et de notre société, nous offre le premier tome d'une *Biographie intime*[1] de François Mauriac qui a des chances, après tant d'études et de travaux remarquables, d'être à peu près définitive.

L'auteur de *Thérèse Desqueyroux*, du *Désert de l'amour*, du *Bloc-Notes*, des *Mémoires intérieurs* naît, comme tout le monde, mais peut-être un peu plus que tout le monde, chargé de chaînes, d'ancêtres, de traditions, de souvenirs. La famille descend d'un Jacques Mauriac, charpentier de navire, puis maître de bateau vers la fin du XVIIIe. Dès les dernières années de la Restauration, son fils, Jean, fait un beau mariage

1. Jean-Luc Barré, *François Mauriac. Biographie intime*, Tome I, Fayard.

et acquiert sur la rive droite de la Garonne un petit château vinicole qui, propriété de l'Église, avait été mis en vente sous la Révolution au titre des « biens nationaux » : Malagarre – « la mauvaise garenne ».

Le grand-père de François, son père, son oncle Louis sont des bourgeois riches qui unissent à un sens certain de la propriété et à la passion de l'héritage un anticléricalisme plutôt rebelle et iconoclaste. Quand Jean-Paul, son père, meurt d'un abcès au cerveau, François a un an et demi. L'enfant sera élevé par sa mère, Claire, et par sa grand-mère, Irma Coiffard, également fortunées, dévotes, puritaines et conformistes, dans la crainte toute janséniste d'un Dieu implacable qui lit au fond de nos cœurs.

Fluet, chétif, peu physique, d'une émotivité à fleur de peau, persuadé d'être laid et pourtant habité d'un vif besoin d'être aimé, François grandit dans l'obsession du péché et du mal. Et dans l'ombre de ses frères aînés auxquels il restera toujours très lié mais qui le bousculent et le briment – jusqu'à lui déchirer une paupière droite qui ne guérira jamais de sa blessure : Raymond, le rêveur, qui ne sera jamais qu'avoué ; Pierre, le médecin tout acquis à Maurras et à l'Action française ; Jean, qui deviendra abbé et militera au Sillon, le mouvement catholique d'inspiration sociale fondé par Marc Sangnier. Qu'est-ce qui compte pour l'enfant, pour l'adolescent, pour le jeune homme formé par une kyrielle de prêtres et de professeurs parmi lesquels Marcel Drouin, le beau-frère de Gide, qui figurera, sous le nom de Michel Arnauld, dans le groupe des fondateurs de la N.R.F. ? Les livres, naturellement. Chez lui, à l'école, à la librairie Mollat de Bordeaux, à Paris dans le fameux foyer catholique du 104 rue de Vaugirard, où sont passés tant de chercheurs, d'écrivains, d'hommes politiques, il lit avec une passion brûlante Pascal, Racine, Baudelaire, Rimbaud, Gide, Régnier, Claudel, Francis Jammes et tant d'autres qui le marquent à jamais.

Très vite, deux traits de caractère se manifestent chez ce fils de famille bordelaise transporté dans le Paris de toutes les tentations : d'abord, en dépit des doutes et des inquiétudes dont il est accablé, en dépit aussi de l'humilité chrétienne, une soif ardente de gloire littéraire ; ensuite, un déchirement entre les influences contradictoires qui s'exercent avec force sur son tempérament fragile, nerveux et sensible. « Je me sens de plus en plus impuissant à satisfaire les "moi" multiples qui me composent, écrit Mauriac à vingt ans. Ce sont des frères siamois dont les uns veulent aller à droite et les autres à gauche. » Bientôt, en littérature, dans le domaine religieux, en politique, dans la vie privée, François Mauriac va devenir la proie d'une passion qui le ronge et le mine : l'irrésistible penchant – qui le fera parfois taxer de double jeu – à concilier l'inconciliable.

C'est Maurice Barrès qui porte le premier – avec Francis Jammes – le jeune François Mauriac et son recueil de poèmes *Les Mains jointes* sur les fonts baptismaux de la littérature. Après lui avoir écrit : « Vous êtes un jeune poète que j'admire », Barrès lui consacre un long article en forme d'adoubement dans *L'Écho de Paris*. Mais d'autres influences ne tardent pas à s'exercer sur l'apprenti écrivain : Cocteau, Radiguet, Proust et surtout André Gide, « le maître secret » qui règne sur cette N.R.F. où Mauriac, dont la « sensibilité folle » est le caractère dominant, se désole de se sentir ignoré, négligé et peut-être méprisé.

Entre Gide et Mauriac va se jouer un jeu d'enfer. « Vous fûtes toujours pour moi, écrit Mauriac à Gide, ce feu du ciel entre le royaume de Dieu et les nourritures terrestres. » Et il va jusqu'à évoquer le « dégoût des choses divines » que lui donnent parfois « des moralistes, des sociologues, dupeurs ou dupes, avec leurs ailes d'ange et leur sexe honteux ». *Souffrances du chrétien*, où il parle de « la joie charnelle la seule tangible… » et qui horrifie beaucoup de catholiques, paraît dans cette N.R.F. où Gide reproche à l'auteur de *Thérèse Desqueyroux* et du *Désert de l'amour* de s'en tenir à un « compromis rassurant » qui lui permet de rester chrétien sans devoir « brûler » ses livres.

André Gide l'a bien vu : la situation de Mauriac, étiqueté « romancier catholique », est périlleuse et déchirante. « Je suis romancier, je suis catholique : c'est là qu'est le conflit ! Je crois qu'il est heureux pour un romancier d'être catholique, mais je suis sûr aussi qu'il est très dangereux pour un catholique d'être romancier… » Le fond de la pensée de Mauriac, c'est que « la destinée de chacun de nous se ramène à une lutte entre la chair et la grâce ». Son ambition est de « réintégrer la grâce » dans ce « monde nouveau » qu'est le nôtre. Et aussi, à la fois, de peindre la passion et de peindre la grâce. Du coup, il apparaît à bon nombre de catholiques comme « un être pervers et un mauvais génie ». Mauriac n'est pas insensible à ce genre de critique : tout son itinéraire est fait de remords, de repentirs, de rectifications, de coups de barre, quelquefois violents. Quand il se rapproche de Gide, il s'éloigne de Claudel qui est souvent sévère, et même cruel, avec lui ; quand il se rejette vers Claudel, il se désole amèrement de se couper de Gide. Ses adversaires lui reprochent de ne présenter « que des malades, des débiles ou des monstres » et de se complaire dans un « nouveau sensualisme trempé d'eau bénite ». « Je rigole, mon cher Mauriac, lui écrit Roger Martin du Gard, je rigole quand on fait de vous un écrivain du catholicisme. Il n'y a pas d'œuvre d'incrédule ou d'athée où le péché soit plus exalté. Ce sont des livres à damner les saints […]. Il crève les yeux que vos tableaux sont peints avec une frénésie, une complaisance, une évidente et charmante tendresse. »

Par un merveilleux paradoxe, le grand nerveux fragile et changeant est un formidable pamphlétaire et un polémiste auquel il n'est pas bon de se frotter. La politique, qui, à l'origine, ne l'intéressait pas beaucoup, fait irruption chez lui avec la douleur des hommes – avec la guerre de 14 d'abord, avec la guerre d'Espagne plus tard.

En politique comme ailleurs, dès qu'il s'agit de Mauriac, la contradiction semble régner. Longtemps séduit par l'Action française, il commence par se montrer d'une étrange indulgence pour le Belge Léon Degrelle, qui finira fasciste et admirateur de Hitler, pour Mussolini à qui, quatre ans avant la guerre, il décerne encore des éloges dithyrambiques ou encore pour Philippe Henriot dont il admire les qualités de tribun. Mais le même basculement dont nous avons déjà vu les effets dans les domaines littéraire ou religieux ne tarde pas à se produire en politique. Se démarquant, sur la guerre d'Espagne, de « la position du plus grand de nos maîtres », Paul Claudel, Mauriac dénonce les crimes franquistes et se retrouve assez vite, avec Jacques Maritain, avec Bernanos, avec Malraux, du côté des humbles et des déshérités. « Avouez que j'ai quelque mérite à entrer dans la bagarre, confie Mauriac à Henri Guillemin en étouffant son fameux rire. Qu'est-ce que je vais prendre ! » Il n'a pas longtemps à attendre : de droite et d'extrême droite se déclenchent contre lui de violentes attaques. Mauriac les accueille avec une feinte inquiétude et une satisfaction à peine dissimulée.

Mais c'est dans le domaine de la vie privée que les contradictions et les déchirements de Mauriac sont à la fois les plus évidents et les mieux occultés. Avant et après un mariage heureux avec Jeanne Lafon qui est belle, qu'il aime et qui lui donne deux fils et deux filles, de multiples aventures sollicitent François Mauriac qui s'explique plus d'une fois, mais toujours avec réticence et obscurité, sur ce sujet brûlant : « Il existe des affections légitimes : la famille, les amis, j'entends bien. Mais ces affections ne sont pas l'amour ; et, dès qu'elles tournent à l'amour, les voilà, plus qu'aucune autre, criminelles. » Les coups de cœur, les attachements, les amours coupables se succèdent chez François Mauriac. Il roule de passion en passion, s'en veut de sa faiblesse, se repent, prend des résolutions – et retombe. Il n'est pas seulement faible devant les tentations de la chair, il est convaincu que « le péché et le mal » sont le terreau et la matière même du romancier. « Quand je me convertirai, je me tairai. » Il passe son temps à se convertir – et il continue à écrire et à se livrer à ses « démons ». Plus d'une fois, il se « résigne à n'avoir plus de talent » puisque c'est le prix de la conversion – et il s'obstine à en avoir et à le cultiver. « Impossible de me dépêtrer de Dieu. Impossible de me dépêtrer de l'être que j'aime. »

Le drame dans le drame pour Mauriac, c'est que, presque toujours, ou toujours, l'être aimé est un garçon. L'homosexualité de Mauriac a souvent été l'objet de rumeurs persistantes – et toujours démenties. Elle constitue le fil rouge et secret – « l'indicible » – qui court à travers le livre de Jean-Luc Barré. Elle n'y apparaît plus seulement comme une épreuve dramatique et refoulée au prix d'une lutte déchirante – mais comme une donnée permanente et essentielle de la destinée de François Mauriac.

Jean Mauriac, le fils cadet de l'auteur de *Souffrances du chrétien*, bientôt corrigé par *Bonheur du chrétien*, s'était déjà exprimé sur ce sujet il y a un an dans son ouvrage *Le Général et le journaliste* : « Homosexuel, mon père ? Non, certainement pas au sens où l'on entend ce terme quand on l'applique à Gide, Cocteau, Jouhandeau ou Montherlant. Mais de tendance homosexuelle, oui, bien sûr. » La *Biographie intime* de Jean-Luc Barré est la suite naturelle et le développement de cet aveu. Elle montre comment la passion et le péché sont indissolublement liés, chez Mauriac, à la grâce et à Dieu.

Le premier tome de l'ouvrage de Jean-Luc Barré s'achève avec la guerre et avec le fameux article de Sartre sur Mauriac dans la N.R.F. de septembre 1939 : « Dieu n'est pas un artiste, M. Mauriac non plus. » Le deuxième tome portera sur les trente dernières années de François Mauriac, sur la guerre, sur de Gaulle, sur l'Algérie, sur la Ve République, sur *Le Figaro* et *L'Express*, sur le *Bloc-Notes* et sur les *Mémoires intérieurs*. Il promet autant de coups de théâtre et de révélations que ce premier volume qui se lit avec passion et avec admiration pour un des derniers monstres sacrés de notre littérature.

Le Figaro littéraire, 5 mars 2009

… ET AUJOURD'HUI

Les auteurs qui apparaissent dans ces pages m'ont été ou me sont proches. Ils ne sont que quelques-uns parmi un grand nombre d'autres. Non seulement beaucoup d'excellents écrivains de notre temps n'y figurent pas, mais plusieurs amis qui me sont chers ne sont même pas mentionnés. J'imagine que le lecteur sera pourtant heureux de retrouver des figures et des livres qui ont marqué notre époque et qui demeurent dans notre mémoire.

François Nourissier : le triomphe de la mort

Deux personnages dominent ce livre, que l'auteur a gardé, travaillé, corrigé, remanié pendant quelque treize ans : l'Édition et la Mort. *Le Bar de l'Escadrille*[1] n'est pas un roman sur l'alcoolisme ni sur l'aviation. C'est un roman sur un métier que l'auteur connaît bien et sur cette dislocation qui est son terrain d'élection et comme sa marque de fabrique. Il s'ouvre sur une mort et sur un enterrement. Il se termine sur la mort d'un homme qui essaie de sauver un chien.

Au cœur du livre, la mort d'une femme. La clé du titre est donnée à la deuxième page : « Au Bar de l'Escadrille, on ouvre une bouteille et on se tait. Les survivants n'ont qu'à essayer de bien se tenir. » Ah ! tout au long des quatre cents pages serrées du *Bar de l'Escadrille*, on voit que bien se tenir est une tâche difficile. Vivre est une horreur et la mort est au bout.

Le Bar de l'Escadrille est l'histoire d'un éditeur qui a, me semble-t-il, dans son talent et dans son élégance, quelques traits de René Julliard dont le souvenir, chez beaucoup d'entre

1. François Nourissier, *Le Bar de l'Escadrille*, Grasset.

nous, ne s'est pas effacé. Il s'appelle Jean-François Fornerod et, depuis toujours, on l'appelle Jos. Il a fondé une maison d'édition baptisée de ses initiales : les JFF. Autour de cette maison, rivale de Gallimard et de Grasset, s'agitent des collaborateurs, des écrivains, des poules, des cinéastes, des acteurs, des faiseurs, des gens du monde, des financiers. Paris, quoi ! Et ses ignominies.

Chacun des personnages, auteur, notaire, comédienne ou scénariste, et Fornerod-Julliard en tête, prend tour à tour la parole dans de courts chapitres qui constituent autant de monologues intérieurs chargés à la fois d'éclairer celui qui parle et de faire avancer l'intrigue et sa fatalité.

L'intrigue, d'une mort à l'autre, de la mort d'un auteur à la mort de l'éditeur, en passant par la mort de Claude, la seconde femme de Jos, c'est l'histoire d'une chute : la chute de Fornerod. À l'avalanche d'agonies et de morts, dépeintes avec la patte et la délectation d'un Nourissier qui est à son affaire, se superpose un complot financier démonté avec beaucoup de science et qui aboutit, avant même sa mort, à la ruine de l'éditeur qui a laissé échapper, par scrupule littéraire, une bonne affaire peu reluisante de feuilleton grand public, et qui s'est jeté à corps perdu dans un film ambitieux et raté.

On reconnaît dans cette trame un genre qui n'est pas tout à fait étranger à l'honorable société qui se réunit chez Drouant et que préside Nourissier : le roman naturaliste. Cousu de main de maître, enlevé avec brio, étendant son enquête jusqu'au monde du cinéma et de la télévision, *Le Bar de l'Escadrille* est un roman naturaliste remis au goût du jour.

On l'aurait aimé à Médan, Maupassant et Huysmans l'auraient admiré à coup sûr et Jules Huret y aurait pris, j'en suis certain, le même plaisir émerveillé que j'y ai pris moi-même.

Il n'est pas seulement remis au goût du jour par l'inclusion de ces techniques modernes qui ont contribué à enrichir et à brouiller un peu plus notre pauvre vieux paysage littéraire. Il est surtout modernisé par une polyphonie inspirée du roman américain. C'est là que l'art de Nourissier prend toute sa dimension. Au début, c'est un fouillis. Un monologue de Jos Fornerod présente l'agonie d'Antoine Gandumas. Un monologue de Yann Guevenech nous fait assister à l'enterrement. Et puis, peu à peu, tout se recoupe, tout s'éclaire. Du grand art, en vérité. Et, à mon sens, le plus beau, le plus ample, le plus réussi des romans de Nourissier.

Aux côtés de Jos Fornerod s'agitent Blaise Borgette, le Mallarmé du feuilleton, qui a vendu son âme au diable et à Eurobook pour faire du fric ; Élisabeth Vauqueraud, « très coucheuse », qu'on avait surnommée Fraülein Hegel au lycée parce qu'elle allumait déjà Gerlier, son prof de philo ; José-Clo, la belle-fille de Jos, qui finira, mon Dieu ! la vie est trop dure, par coucher avec Borgette ; et Folleuse ; et Brutiger ; et la Léonelli.

De temps en temps, entre les monologues de la polyphonie, s'insèrent des vues cavalières, à la Jules Romains si vous voulez : « Plan général I, Plan général II, Plan général III... », ou des cadrages plus serrés, comme cette « Couverture écossaise » dans laquelle Jos, au cœur du Flextal, près de Saint-Moritz et de Pontresina, enveloppera le corps sans vie de

Claude. Nourissier bat les cartes, les coupe, les distribue, les fait glisser l'une sur l'autre. Et derrière s'étend ce paysage de ruines qui hante depuis toujours le romancier des lézardes et des effondrements.

Voilà pour l'allure générale de ce roman naturaliste pénétré par les techniques américaines et modernes. Ce qui m'a le plus touché, bien entendu, c'est Nourissier lui-même. Il est tout entier dans ce livre comme il était tout entier dans *Un petit-bourgeois*, dans *Le Musée de l'Homme*, dans *L'Empire des nuages* ou dans *Le Gardien des ruines*. Toute littérature est un piège que les écrivains n'en finissent pas de se tendre à eux-mêmes. Dans cet exercice de dépossession et de dislocation, dans ce survol des abîmes, dans ce qu'il appelle lui-même, en prêtant la formule à Jos, sa « tournée des cimetières », Nourissier est à son meilleur.

Aspiré par je ne sais quel triangle des Bermudes, par je ne sais quel trou noir, guetté sur chaque trottoir par « les grands chiens noirs du dégoût » qui l'attendent en grondant, Nourissier, comme Jos Fornerod, son héros, arrive « au bout de quelque chose ». Il atteint « ces régions lunaires où l'on ne perçoit plus que le ridicule ou l'odieux de la comédie en train de se jouer ». Tout le livre de Nourissier n'est qu'un long lamento, extraordinairement vif et allègre, sur l'abjection d'un monde qui n'en finit jamais de se jeter dans la décrépitude et la mort.

En apprenant la naissance prochaine d'un enfant, un des personnages du *Bar de l'Escadrille* a ce cri du cœur : « Et moi, où serai-je ? » Dans le monde de Nourissier, le chagrin perce toujours derrière la joie et les roses ont du mal à faire oublier le purin. Toujours cet élan vers la déconfiture et la décomposition finale va de pair avec le plus sûr des bonheurs d'expression. Voici une jeune personne « qui a de plus en plus l'air d'un train de banlieue ». Voici, au fond d'un cimetière (bien sûr !), « dans l'attitude convenue de la déploration, les yeux tendres, la tête occupée de froids calculs », quelques amis du défunt : vêtus de tweed, « ils ont l'air de chasseurs qui pleureraient le lapin ».

J'ai lu *Le Bar de l'Escadrille*, dont François Nourissier me parlait presque en silence depuis de si longues années, avec un effroi mêlé de bonheur. Jos, dans le livre, lit un manuscrit avec passion : « Quand je relevai la tête, la dernière page tournée, je redécouvris le décor, la tasse de thé froid devant moi, les visages, la lumière cruelle. Pendant une heure je les avais oubliés. Ces oublis-là ne trompent pas. » Moi aussi, j'ai tout oublié en lisant Nourissier. Et cet oubli-là non plus ne trompe pas.

Le Figaro, 7 mars 1997

Jean-François Deniau : de quoi rire et de quoi rêver

Si j'avais lu avec délices *La mer est ronde* de Jean-François Deniau, ce n'est pas parce que l'auteur est aujourd'hui secrétaire d'État à l'Agriculture. Ce n'est pas non plus parce que j'apparais modestement au détour d'une promenade en mer entre Portofino et la Sardaigne, via Gorgona et Livourne, et où ma fonction essentielle consistait à gratter le mât avec ma brosse à dents pour attirer le vent. Non. C'est parce qu'il y a, dans ce fourre-tout marin, qui va d'un pastiche de journal de bord à un recueil de chansons marines et de conseils techniques à des souvenirs de bonheur, de quoi rire et de quoi rêver.

L'auteur est un amateur (presque professionnel), un humoriste et une façon de poète. On voit très bien ce que la poésie peut représenter pour lui. Ce n'est certainement pas une sorte de rêverie vague et floue. Ce serait plutôt du travail d'ingénieur hydrographe de première classe. Il nous le dit d'ailleurs fort bien : « J'affirme qu'il n'y a pas une œuvre littéraire ou artistique, pas un roman ou un tableau, pas un film ou un opéra qui ait la présence d'évocation des productions de l'Institut hydrographique national. »

Des histoires de mer, des souvenirs, des réflexions mi-britanniques mi-méditerranéennes, des conseils et des trucs se succèdent en flânant. Il y a une liste des plaisirs de l'escale, un ton toujours contenu, un vrai amour de la mer qui feront ranger le livre entre les sacro-saintes *Instructions nautiques*, *Le Nègre du Narcisse* (que l'auteur admire beaucoup) et *La Prison maritime* ou *Les Moyens du bord*, de Michel Mohrt. Il y a aussi, vers la fin, quelques pages irrésistibles sur le « bêche- de-mer » ou *pidgin English*, idiome sans grammaire, sans accent, sans article, sans temps ni genre, sans rien, qui pourra être utile au lecteur pour le cas, tout à fait invraisemblable, où il irait croiser autour des îles Salomon.

Plein de drôlerie et de rêve qui n'exagèrent jamais, le livre de Jean-François Deniau donne envie de connaître la mer, de rencontrer l'auteur et – pourquoi pas ? – de se promener avec lui sur cette mer dont il parle si bien.

Le Figaro littéraire, 7 juin 1973

L'HOMME AUX SEPT VIES

Jean-François Deniau était la séduction même, l'intelligence même, le courage même. Il avait tout. Il a mené une multitude de vies parallèles et, dans chacune d'elles, il s'était, sans peine et comme en se jouant, hissé jusqu'aux sommets. Avec lui disparaît un peu de l'élégance et du panache de notre pays.

C'était le plus ancien de mes amis. Je me souviens, dans le chagrin, de ces jours enchantés de l'adolescence où l'avenir était encore une promesse qu'il allait tenir mieux que personne. Aucun de nous, et moi moins que les autres, ne doutait des grandes choses qu'il allait faire dans la vie. Il les a faites avec éclat.

Il disait lui-même qu'il avait eu sept vies. Dans chacune d'elles il avait brillé de tous ses feux. Il a été ministre dans plusieurs gouvernements, et, ambassadeur de France à Madrid, il a joué un rôle considérable dans les relations franco-espagnoles et dans l'évolution démocratique de la monarchie espagnole. Européen convaincu, il a participé activement à la rédaction du traité de Rome.

Sa mère, une personne exceptionnelle, nourrissait pour lui les plus hautes ambitions. Elle l'aurait vu volontiers président de la République. Il aurait été, à coup sûr, un ministre flamboyant des Affaires étrangères. Mais d'autres rêves s'offraient à lui.

Jean-François Deniau était le contraire d'un intellectuel de cabinet. L'action l'enivrait. Il avait été reçu à l'ENA dans des circonstances qui relevaient du roman d'aventures et, dès qu'il le pouvait, il partait pour le Liban, pour la Bosnie, pour la Somalie, pour l'Afghanistan. Partout où les hommes se battaient, il était dans le coup. Il y avait en lui du Don Quichotte, du Cyrano, du héros de *L'homme qui voulait être roi*.

Mais son domaine c'était la mer. Sur sa tombe, on pourrait écrire : Jean-François Deniau, marin. Déjà atteint par la maladie, il partait pour des navigations solitaires qui faisaient frémir ses amis. L'image que je garde de lui se rattache à nos courses en Méditerranée où nous étions seuls, tous les deux, et où il dirigeait son bateau en me racontant des histoires irlandaises de fantômes et d'amour.

C'était un conteur hors pair. Ses mémoires, ses romans, ses nouvelles lui ont valu beaucoup de lecteurs. Entre marine et littérature, il a écrit un petit livre enchanteur qui reste une bible pour tous les apprentis navigateurs : *La mer est ronde*[1]. L'imagination ne cessait jamais pour lui de se mêler à la réalité. Nous l'écoutions sans nous lasser. Il rendait plus belle une vie qu'il installait au-dessus d'elle-même. Il se faisait une idée si haute de sa tâche dans le monde qu'il était toujours insatisfait de ce qu'il avait accompli et qui aurait suffi à combler n'importe qui d'autre. C'était un prince mélancolique

1. Jean-François Deniau, *La mer est ronde*, Le Seuil.

et rêveur qui allait décrocher des étoiles dans le ciel pour éclairer sa vie. Et pour éclairer la nôtre, nous qui le regardions avec une affection émerveillée.

Il était courageux. Non seulement dans les combats, mais dans l'existence quotidienne et dans la maladie qu'il affrontait sans plier. Avec lui disparaît une forme de courage inflexible et charmant dont il aura été parmi nous le meilleur représentant.

La vie sans lui sera moins excitante, moins noble, moins grisante. Nous étions nombreux à l'aimer et à l'admirer. Il laisse derrière lui comme un sillage lumineux.

Il y a les vivants, il y a les morts et il y a ceux qui vont sur la mer. Jean-François Deniau aura été les trois à la fois. Il a beaucoup été sur la mer et il a été très vivant. Et maintenant il est mort. Et ce serait un chagrin insupportable s'il n'y avait pas en nous, liés indissolublement l'un à l'autre, le souvenir et l'espérance.

Le Figaro, 25 janvier 2007

MICHEL MOHRT : HISTOIRE D'UN SOLDAT PERDU

Michel Mohrt est un écrivain qui ne bat pas les estrades et à qui toute forme d'esbroufe est radicalement étrangère. Cette rigueur et son talent lui ont valu l'estime et l'admiration de toute une famille de lecteurs qui ont aimé, parmi tant d'ouvrages enchanteurs où le goût de la tradition s'unit aux séductions d'une existence tour à tour ou simultanément mélancolique et pleine de charme, *Mon royaume pour un cheval*, *La Prison maritime*, *La Campagne d'Italie*, *Un soir à Londres* ou *Les Dimanches de Venise*. Son dernier ouvrage, *Tombeau de La Rouërie*[1], est à la fois une biographie historique et un regard jeté par l'auteur sur son propre passé.

Armand, marquis de La Rouërie (on prononce « La Rouarie »), est un Breton comme Michel Mohrt. Il naît à Fougères, ville marche de Bretagne, en 1750. Il entre aux gardes-françaises, il fait des dettes et la cour aux danseuses. Un chagrin d'amour le précipite à la Trappe, il en sort au plus vite, il se bat en duel avec un Bourbon-Busset, et les idées nouvelles l'expédient en Amérique, où la révolte gronde contre les Anglais et où il y a de la gloire à gagner. Quand la guerre s'achève et que son corps franc est dissous, le colonel Armand a été nommé général par Washington.

Deux personnages, parmi beaucoup d'autres, ne cessent de croiser leurs destins avec celui du marquis et ils sont bretons tous les trois : l'un est Chateaubriand, dont la grande ombre apparaît à tous les tournants de la vie de La Rouërie ; l'autre est Michel Mohrt lui-même.

À chaque instant, à propos de la guerre, du théâtre, de Paris, de New York, de l'émigration, de la clandestinité, l'auteur mêle son expérience aux événements qu'il raconte. C'est en ce sens que le livre est en même temps un ouvrage historique et un recueil de souvenirs et de réflexions : les aventures du marquis de La Rouërie, qui sont déjà extraordinaires

1. Michel Mohrt, *Tombeau de La Rouërie*, Gallimard.

en elles-mêmes, servent en outre de prétexte au narrateur pour évoquer sa jeunesse. Le passage d'un registre à l'autre se fait avec beaucoup de grâce et de simplicité. Le fameux charme Mohrt, que nous avions déjà vu à l'œuvre dans *L'Ours des Adirondacks*, dans *Deux Indiennes à Paris*, dans *La Maison du père* ou dans *Vers l'ouest*, joue ici à plein.

Ni Chateaubriand, ni La Rouërie, ni Michel Mohrt lui-même, qui rapporte leurs aventures, ne sont de fervents partisans des idées nouvelles, dont les deux premiers ont pourtant subi l'influence. L'ancien colonel de l'armée des insurgents d'Amérique se jette à corps perdu dans le combat contre la Révolution, et peut-être plus encore contre la constitution civile du clergé. Dans sa lutte pour les rectous et contre les juroux, il est entouré de compagnons dont chacun mériterait une biographie. Arrêtons-nous un instant sur la figure séduisante de Thérèse de Moëllien, fille du chevalier de Tronjoli, conseiller au Parlement de Bretagne et cousine germaine de La Rouërie. Chateaubriand, bien sûr, l'avait déjà remarquée à Combourg, au mariage de sa sœur Julie, et elle apparaît avec tout l'éclat de sa beauté dans les *Mémoires d'outre-tombe*.

La Rouërie et les siens mènent la vie que l'on devine dans les forêts de Bretagne et dans les chemins creux des chouans. Tous les chefs de la chouannerie connaîtront une fin tragique : Talmont guillotiné, sa tête clouée sur la porte de son manoir ; Boishardi trahi, tué le jour de son mariage, sa tête promenée au bout d'une pique. Armand de La Rouërie n'eut même pas le bonheur d'être tué au combat : il mourut dans son lit, de saisissement, à la nouvelle de l'exécution du roi. Plus tard, beaucoup plus tard, on gravera sur la tombe introuvable et grossière qui recueillera ses restes : « Le mal qui l'emporta fut la fidélité. »

Quelques heures après sa mort, on enveloppa le corps dans un drap et on l'enterra en secret. Il ne manque à l'histoire ni les héroïnes romanesques ni le traître de service. Armand de La Rouërie croyait avoir un ami en la personne du docteur Chevetel dont le père avait soigné à Combourg Chateaubriand enfant. Chevetel était un traître. Le corps de La Rouërie fut retrouvé et déterré grâce à lui. Et la tête coupée du cadavre fut jetée aux pieds d'une amie du marquis. La machine infernale du terrorisme totalitaire, qui devait aboutir aux abominations de notre temps, était déjà en marche.

Thérèse de Moëllien, dont tout le monde était amoureux, monta à l'échafaud avec un courage merveilleux : elle refusa que le bourreau lui coupât les cheveux, dont elle avait envoyé une mèche à un soupirant, et releva elle-même ses nattes, qui étaient magnifiques, découvrant ainsi sa nuque blanche. Tour à tour royaliste, jacobin, fidèle à l'Empereur, partisan des Bourbons, rallié à la monarchie de Juillet, l'infâme Chevetel fit une très belle carrière. Quelque chose entre Molé, que détestait Chateaubriand – « Il avait juré fidélité, écrit Céleste de Chateaubriand, à tous les régimes présents et à venir » –, et l'horrible Turlure mis en scène par Claudel. Pour que l'histoire soit bien close, Chevetel épousera la Fleury, qui avait été la maîtresse de Marat et du marquis de La Rouërie.

Ce qu'a voulu peindre, je crois, Michel Mohrt dans *Tombeau de La Rouërie*, ce sont quelques-uns de ces soldats perdus que la France a connus tout au long de son histoire, de Cadoudal à Rossel, combattant de la Commune de Paris en 1871, à Bassompierre, au général Jouhaud, à Hélie de Saint-Marc.

… Monté sur la potence,
Je regardai la France :
J'y vis mes compagnons
À l'ombre d'un… vous m'entendez !
J'y vis mes compagnons
À l'ombre d'un buisson.

Compagnons de misère,
Allez dire à ma mère
Qu'elle ne me verra plus.
J'suis un enfant... Vous m'entendez !
Qu'elle ne me verra plus :
J'suis un enfant perdu.

Le Figaro littéraire, 2 mars 2000

Combescot entre Saint-Simon et Dumas

Au cardinal duc de Richelieu, mi-prêtre mi-cavalier, qui a tenu le pays d'une main de fer, succède un mercenaire, un collectionneur, un voluptueux mais aussi un génie politique et un condottiere d'État : le cardinal Mazarin.

Mazarin n'a pas d'enfants. Mais il a une famille. Là-bas, chez lui, en Italie. Des neveux et des nièces. Et, en bon Italien, il a un faible pour eux. Il n'a rien de plus pressé que de les faire venir à Paris de leur Rome lointaine pour assurer leur avenir.

Ils sont dix : trois garçons et sept filles. Tous et toutes sauf deux garçons qui mourront à quatorze et seize ans font des mariages éblouissants. Et des uns ou des autres descendront des rois, des princes, des maréchaux de France, des cardinaux, des ambassadeurs, des académiciens. C'est à quatre des nièces du cardinal Mazarin que s'intéresse surtout Combescot : elles s'appellent Olympe, Marie, Hortense et Marianne. Et tout au long du règne interminable de Louis XIV, qu'elles accompagnent de bout en bout, leurs folles aventures prennent l'allure époustouflante d'un tourbillon baroque.

Pierre Combescot est historien et romancier. Grand lecteur de Saint-Simon, il sait tout de la prosopographie des XVIIe et XVIIIe siècles, des grandes familles de l'époque, de leur généalogie, de leurs alliances et des intrigues de la cour. Il imprime un mouvement d'enfer aux passions de ses héroïnes. On dirait du Saint-Simon revu et corrigé par Alexandre Dumas.

La plus connue des nièces de Mazarin est Marie Mancini, dont le jeune Louis XIV est éperdument amoureux. Elle est passée, dans l'histoire, à la dignité de légende. La Bérénice de Racine, que la raison d'État contraint Titus à répudier, s'inspire de la passion du jeune roi pour la nièce de son Premier ministre : « Vous êtes roi, vous pleurez et je pars ! » Abandonnée de Louis XIV, à qui le Mazarin fait épouser, pour la grandeur de la dynastie et le bien de l'État, Marie-Thérèse d'Espagne, Marie, devenue la femme du connétable

Colonna, mènera en Italie, en Savoie, en Allemagne, en Espagne, en France, une existence invraisemblable, où les aventures les plus rocambolesques ne cesseront jamais de se teinter d'un charme inexprimable.

Olympe, sa sœur aînée, épousera un Savoie, portera le titre de comtesse, et sera la mère d'un des plus grands génies militaires de l'époque, qui se battra contre Louis XIV: le fameux prince Eugène. Hortense, sa sœur puînée, qui aurait pu être reine d'Angleterre, épouse un marquis de La Meilleraye, qui prend le titre de duc de Mazarin. Elle est l'arrière-grand-mère de quatre sœurs qui seront successivement les maîtresses de Louis XV. Et l'ancêtre de tous nos Monaco. Marianne, enfin, la petite dernière, sera duchesse de Bouillon. Dès l'âge de seize ou dix-sept ans, elle jouera un rôle décisif dans la littérature française en accordant sa protection à un rescapé de la débâcle de Fouquet, La Fontaine.

Tout ce petit monde si séduisant et si dépravé sera pris dans des scandales successifs dont Pierre Combescot trace avec délices un tableau très réussi. Le jeu, la débauche, les orgies, les duels en constituent l'ordinaire le plus banal et le plus quotidien. Le point culminant sera atteint dans l'inceste et dans le meurtre. Plusieurs des sœurs Mancini couchent sans le moindre doute avec l'un ou l'autre de leurs neveux, et, selon toute probabilité, avec leur frère Philippe. Et plusieurs des maris de ces dames caressent le projet de faire assassiner leur épouse. Avec la Brinvilliers et la Voisin, avec ce grand besoin de veuvage qui court à travers Paris, l'affaire des poisons finit par rattraper Olympe et Marianne. Elles échapperont à la Bastille et s'en tireront de justesse.

Nous n'avons rien dit de la Grande Mademoiselle, de Condé, de Françoise Scarron, née d'Aubigné, qui sera la femme du roi, de la cabale contre la Phèdre de Racine, qui prend naissance à l'hôtel de Bouillon, du drame de Königsmark, de la mort de Louis XIV, de mille et une aventures qui se rattachent de près ou de loin à ces diablesses de petites Mazarines, dont Pierre Combescot ressuscite avec une fougue et un talent qui ne se démentent jamais les rêves dorés et baroques et les chevauchées romanesques dans l'Europe du Grand Roi.

Le Figaro littéraire, 30 septembre 1999

HOMMAGE À MAURICE RHEIMS

Il y a des hommes, monsieur le président de la République, mes chers confrères, mesdames et messieurs, qui naissent malheureux et d'autres qui naissent heureux. Et les choses sont si étranges que la vie des gens heureux est parfois aussi triste que celle des malheureux. Maurice Rheims était né heureux. Toutes les fées s'étaient donné rendez-vous autour de son berceau pour le combler de leurs bienfaits. La première lui avait offert une des intelligences les plus vives de son temps, la deuxième un charme à faire tomber tous les obstacles, une autre encore ce courage dont il a fourni tant de preuves sur les champs de bataille et dans les dernières semaines de sa vie. Une mauvaise fée, hélas! s'était mêlée à la foule des bonnes fées qui se bousculaient autour de lui.

C'est elle qui porta à un homme à qui tout réussissait le coup le plus cruel qu'on pût imaginer : il y a déjà de longues années, il a perdu son seul fils, Louis, dont tous ceux qui l'ont connu se souviennent avec émotion et dont je voulais, ici, aujourd'hui, prononcer au moins le nom. Bien avant le crépuscule qui a fini par tomber avec son cortège de souffrances, la mort de son fils a jeté l'ombre du malheur sur une vie triomphante.

Une vie ? Mais non ! Une vie ne suffisait pas à Maurice. Il en a mené au moins trois. Et couronnées toutes les trois du même succès vaguement narquois.

Avec un enthousiasme un peu distant, avec une nonchalance ardente, il a apprivoisé successivement les armes auxquelles il ne connaissait pas grand-chose, les objets qui étaient son affaire et sur lesquels il régnait et les mots qu'il s'était mis à aimer d'une passion dévorante. Prophète de l'Art nouveau, il a élevé à la hauteur d'une légende son métier d'expert, de commissaire-priseur et de collectionneur inspiré ; il a écrit des livres, *Haute Curiosité* ou *La Vie étrange des objets*, qui ont ouvert à ce maître d'une « coupable industrie », selon le mot affectueusement ironique du général de Gaulle, les portes du Quai Conti. Il y avait en lui toute une palette de personnages différents : une sorte de condottiere toujours prêt à assiéger les places fortes, un esthète, bien entendu, un éternel aspirant au savoir et à l'érudition. Passionné et sceptique, ambitieux jusqu'à la frénésie, avec pourtant souvent une nuance d'ascétisme, attaché plus que personne aux choses de ce monde dont il était toujours prêt à se détacher avec une espèce de grandeur, il était le seigneur, souriant et railleur, de toutes nos contradictions.

La curiosité a été son moteur. De la salière de Benvenuto Cellini sur une table impériale à un apax imprévu chez un poète maudit, tout attirait son attention constamment en éveil et sa curiosité, tout l'incitait à la recherche et à aller toujours plus loin. Les livres l'intéressaient au moins autant que les objets, et les gens, autant que les livres. Parce que les gens l'intéressaient, parce que leurs histoires l'amusaient et qu'il n'avait pas de peine à tisser des liens avec eux, il était un conteur merveilleux et le plus fidèle des amis.

Il avait connu tout le monde, du général de Gaulle qui l'honorait d'une amitié amusée au marin ou au berger corse à qui il aimait pouvoir rendre service, d'André Breton à Picasso ou à Paul Morand, des puissants de cette terre aux marginaux et aux réprouvés dont il ne craignait pas la compagnie. Il ne craignait pas grand-chose. Il ne méprisait personne. Un sourire aux lèvres, ses lunettes sur le front, avec une calme élégance et une courtoisie implacable et rarement dupe d'elle-même dont il ne se défaisait jamais, il s'amusait de tout y compris des personnes et des sentiments qu'il prenait le plus au sérieux.

Je nous revois autour de lui, à quelques-uns qui lui étions proches, du côté de Saint-Florent où il était si heureux et si fier de ses oliviers, à bord de navires méridionaux parmi quelques îles grecques ou le long des côtes turques, à l'ombre de la Douane de mer ou de San Zanipolo, sur la neige qu'il découvrait et qu'il s'acharnait à conquérir avec le même élan un peu rêveur, fait de ce mélange surprenant d'audace et de générosité, d'enthousiasme et de naïveté, qu'il mettait à tous ses projets.

Comme la Corse est vide, tout à coup, comme la neige perd son éclat, comme la mer devient grise ! La douleur des siens qui l'ont entouré jusqu'au bout, de ses filles Bettina et Nathalie, de Dominique, de Virgile, ah ! oui, nous sommes nombreux à la ressentir dans nos cœurs à qui fait soudain défaut quelque chose d'essentiel. Pour la première fois, Maurice abandonne la partie et fait défaut à ses amis. Mais où irons-nous donc le dimanche soir pour rire de tout, et de nous, et pour refaire ce monde qui en a tant besoin ? Si nous n'étions pas si tristes, nous lui en voudrions presque de nous laisser poursuivre sans lui un voyage qu'il a si longtemps, merci Maurice ! rendu si vif, si excitant, si gai et en fin de compte si grand.

Le Figaro littéraire, 13 mars 2003

Henri Bellaunay, un poète

Henri Bellaunay était le plus charmant, le plus discret, le plus modeste des poètes. Normalien, agrégé de lettres, familier de notre littérature depuis ses origines jusqu'à aujourd'hui, il s'était fait connaître, il y a une dizaine d'années, par une *Petite Anthologie imaginaire de la poésie française*, suivie, quatre ans plus tard, par une *Nouvelle Anthologie imaginaire*[1]. C'étaient des recueils de pastiches. Très loin de Reboux et Muller qui avaient fait les délices de nos grands-parents, ils

1. Henri Bellaunay, *Petite Anthologie imaginaire de la poésie française* et *Nouvelle Anthologie imaginaire de la poésie française*, Éditions de Fallois.

cherchaient moins à amuser qu'à pénétrer l'esprit des auteurs choisis et à rendre leur manière. Bellaunay y réussissait avec éclat. Ses textes constituaient, sous la forme la plus vive et la plus plaisante, une véritable critique littéraire.

Plus encore qu'un critique qui connaissait sur le bout des doigts le domaine qu'il explorait, Henri Bellaunay était un poète. La timidité de ceux qui ont trop fréquenté les grandes œuvres le retenait au bord d'une création personnelle. Mais le poète affleurait à chaque ligne de ses pastiches enchanteurs. On ne pouvait pas le lire sans l'aimer.

Une cruelle maladie l'avait frappé depuis longtemps et entravait ses projets. Soutenu inlassablement par Bernard de Fallois, son éditeur, il nous laisse, loin du vacarme parisien auquel il était étranger, une œuvre mince et légère, aux résonances puissantes. Il était à la fois un serviteur et un acteur de notre littérature. Plus que personne, Henri Bellaunay peut prétendre à la reconnaissance suprême des écrivains méconnus : être découvert à nouveau, dans dix ans, dans vingt ans, par quelques jeunes gens enthousiastes et rêveurs qui vénéreront son nom.

Le Figaro, 7 mars 2003

Des repères éblouissants

Les textes qui suivent rendent hommage à quelques-uns des grands noms de notre temps, en France et ailleurs, dans des domaines très différents.

Que de lacunes encore dans ce chapitre où Claude Lévi-Strauss, Jacqueline de Romilly, François Jacob, Paul Veyne, Jacques Le Goff, Jean Leclant, tant d'autres… avaient leur place marquée ! Ce recueil, décidément, souligne autant les absences que les présences.

Par un paradoxe apparent, on a cru pouvoir faire figurer Édith Piaf parmi ces monuments. Comme Maurice Chevalier, comme Cerdan, comme Brigitte Bardot, elle a été, après tout, un peu de notre pays aux yeux de la planète.

Soljenitsyne, un rebelle conservateur

Prix Nobel de littérature en 1970 – entre Samuel Beckett, en 1969, et Pablo Neruda, en 1971 –, Alexandre Soljenitsyne est beaucoup plus qu'un grand écrivain : il est un des héros majeurs de la conscience historique de notre temps. En 1945, au lendemain de la Seconde Guerre à laquelle il participe avec honneur, à l'époque où le triomphe de Staline ne connaît plus d'adversaire, il exprime son opposition au régime avec un courage qui frise l'inconscience. Il est aussitôt envoyé au goulag et il entame son existence de dissident, de persécuté et de prophète.

Sa vie sera comme l'abrégé de tous les drames de notre histoire. Un coup de chance dans ce roman noir : en 1962, Khrouchtchev autorise la publication dans *Novy Mir* d'*Une journée d'Ivan Denissovitch*. Les épreuves surtout ne cessent jamais de se multiplier pour lui avec une régularité hallucinante : emprisonnement, exil, cancer, surveillance constante, menaces de toutes sortes, dénonciations successives. On meurt autour de lui, on est assassiné, on se suicide. Aux attaques violentes venues du camp communiste, succèdera bientôt la méfiance d'une partie du camp occidental.

Bientôt, dès le début des années 1960, et plus encore à partir de 1970, la célébrité lui tombe dessus. La légende s'empare de l'écrivain rebelle. Des histoires incroyables se mettent à circuler. Au goulag, sans crayon ni papier, il se répétait chaque matin, pour ne pas les oublier, les mots qui s'organisaient dans sa tête. Et puis, il lui fut impossible d'aller plus loin : la récitation intérieure des phrases apprises par cœur lui prenait toute sa journée. Plus tard, en Russie, dans une liberté très précaire, en proie aux pires persécutions, il dissimule sous terre, dans des jardins amis, les minces feuilles de papier couvertes de son écriture. Et il les fait passer hors de Russie pour qu'elles puissent être publiées.

La rédaction de la plupart de ses œuvres, et notamment de *La Roue rouge* ou de *L'Archipel du Goulag*, s'étend sur plusieurs années. En épigraphe d'un de ses ouvrages, il note : « Écrit de 1955 à 1958. Défiguré en 1964. Réécrit en 1968. » *Le Premier Cercle* et *Le Pavillon des cancéreux* paraissent en Occident. Lui-même part pour la Suisse, puis pour les États-Unis. Il s'installe dans le Vermont. Peut-être moins lu que d'autres, il s'impose comme une des grandes voix de son siècle. Comme Hugo, il domine son temps de sa stature de géant.

Hugo prophétisait l'avenir. Plus proche sans doute de Dante et d'un *Enfer* qu'il aurait parcouru dans la réalité, Soljenitsyne révèle un passé et un présent enfouis sous le mensonge. Il est le premier à transformer de l'intérieur l'image que la propagande soviétique imposait, non seulement en Russie mais en Occident, d'une URSS triomphale.

Sa critique du système ne suit pas la ligne de l'universalisme humanisme. L'Occident, qui l'accueille en se méfiant de lui, découvre un slavophile orthodoxe et conservateur. Dans une célèbre émission d'*Apostrophes*, autour de Bernard Pivot, Jean Daniel le conjure de clarifier son attitude à l'égard du colonialisme. Le colonialisme n'est pas son affaire – et il le prouvera en s'opposant à la guerre de Tchétchénie. Soljenitsyne n'est pas un partisan des Lumières du XVIIIe européen : il est l'héritier de Dostoïevski.

Persécuté par les siens, attaqué en Occident, il suit son chemin solitaire de patriote russe qui dénonce l'horreur du système soviétique et la dégénérescence d'un Occident où il a trouvé refuge. Il est l'image même du rebelle conservateur, ennemi du communisme et dédaigneux du modernisme. L'ironie, la dérision, la facilité, l'élégance ne sont pas non plus son affaire, il est le Russe traditionnel qui tonne contre son temps.

Soljenitsyne n'est pas un homme de lettres. Il est la conscience d'un monde en perdition. Quand le communisme s'écroule, il met sa confiance en Poutine, qui lui décernera un prestigieux prix d'État. Mais il prend bientôt ses distances avec l'autocrate tout-puissant qui est l'ennemi des Tchétchènes. Dans une époque qui affiche un consensus humaniste, il n'est l'ami de personne. C'est Jéhovah lançant du haut des cieux ses imprécations solennelles.

Il était l'ennemi le plus farouche de Staline, qui l'a persécuté. Il n'est pas pour autant le partisan d'un Occident qu'il juge dégénéré. Il est de la race des martyrs, des rebelles à vie, des géants de l'histoire. C'était un homme mal commode, hostile à tout compromis, et un écrivain de génie qui, pour avoir connu tant de douleurs, réduit à une espèce d'insignifiance tous les talents de son époque.

Le Figaro, 5 août 2008

Sadate, le courage de la paix

Le président Sadate restera à beaucoup de titres dans la mémoire des hommes.

D'abord, à cause de sa mort. Elle semble tirée d'un film de James Bond, revu par le sombre génie d'un Orson Welles ou d'un Coppola qui se seraient intéressés au terrorisme et qui auraient travaillé sur un scénario d'André Malraux. Mais la réalité et l'histoire sont naturellement bien supérieures en tragique invraisemblance à tous les délires de l'imagination. Une fois de plus, après Reagan et après le Pape, la télévision, formidable pourvoyeuse de drames, nous aura présenté à chaud des images insoutenables. Ces troupes en train de défiler, ce véhicule militaire qui s'arrête subitement, ces soldats qui en jaillissent et s'avancent, courbés, l'arme à l'épaule, la grenade à la main, vers la tribune présidentielle, ce flamboiement de massacres, ce haut personnage qui tient son bras arraché, ces cadavres de militaires, de diplomates, d'hommes d'État fusillés par des hommes sortis des rangs de la troupe qui leur rendait les honneurs : des millions et des millions de spectateurs bouleversés, haletants, ont cru participer à un cauchemar collectif et éveillé. Ce n'était que l'histoire de notre temps.

Mais c'est la vie surtout du président Sadate qui est digne du souvenir et de l'admiration. Un seul mot la résume : le courage. Il y a un courage militaire, un courage de la guerre ; le président Sadate en a donné des preuves, et souvent victorieuses. Il y a aussi un courage civil, un courage de la paix ; Sadate, à lui tout seul, l'incarne mieux que personne.

Au moment où il disparaît, il y a un peu d'amertume à avouer que ses efforts surhumains pour surmonter une haine séculaire et millénaire ont été, par nous, insuffisamment secondés. Beaucoup de larmes sont versées sur sa fin, beaucoup de belles paroles auront été prononcées sur sa tombe. Mieux aurait valu, sans doute, lui apporter, vivant, une aide plus efficace.

Camp David était une formidable aventure. Inachevée, incomplète. Mais c'était l'hommage le plus audacieux que l'esprit de guerre dominé rendait à l'esprit de paix. Le voyage de Sadate à Jérusalem était, pour une fois, un coup de tonnerre pacifique dans un ciel de tempête. Parce que l'acte de paix était soutenu par les États-Unis, ni les Nations unies, ni l'Europe, ni la France, par une caricature intempestive d'un gaullisme dénaturé, n'apportèrent à l'entreprise le soutien enthousiaste et massif qu'elle aurait mérité. Bien sûr, ce n'était qu'un début. Mais c'était un début. Et dans la lutte contre la haine, le plus dur, c'est les débuts. Le président Sadate était l'homme de ces débuts.

D'extrême droite ou d'extrême gauche –d'extrême droite *et* d'extrême gauche–, la haine et la violence ne pouvaient pas laisser vivre cet ennemi de la haine et de la violence. L'attentat du Caire était inscrit dans les faits comme y étaient inscrits aussi –et y restent encore inscrits– tant d'autres attentats, de Washington et de Rome jusqu'à La Mecque et ailleurs. Il n'y avait aucun mérite à prédire l'assassinat du président Sadate : il devait mourir, comme tant d'autres doivent mourir, dans cette guerre qu'on annonce et redoute pour demain ou après-demain, mais qui est déjà déclenchée. Elle n'est ni chaude ni froide. Elle s'appelle terrorisme.

Frères musulmans ? Kadhafi ? Khomeyni ? Palestiniens ? Kremlin ? Faut-il croire, comme on l'assure, qu'il n'y a eu, au Caire, ni conspiration ni tentative de coup d'État ? Il y a eu, en tout cas, cette contagion du terrorisme qui s'étend comme une lèpre de violence et de haine sur l'ensemble de la planète. Un des paradoxes les plus étonnants de notre âge de chantage, d'imposture et d'hypocrisie, c'est l'alliance objective entre l'eau et le feu, entre le fanatisme religieux exacerbé et le matérialisme révolutionnaire. Dans ce climat soigneusement entretenu naissent, avec une spontanéité provoquée et préparée dans le détail, les assassins du Pape ou du raïs égyptien. Et de bien d'autres encore.

Il est juste de rendre hommage au courage disparu. Mais les larmes ne servent à rien qui coulent sur le passé. Il s'agit maintenant de regarder vers l'avenir. Sadate a été tué parce qu'il était un ami de l'Occident, un ennemi du communisme, un apôtre de la paix entre les Juifs et les Arabes. Le seul hommage convenable au grand homme disparu, c'est de poursuivre l'œuvre qu'il avait entreprise. Avec l'aide des États-Unis, de l'Europe, de la France, il faut maintenir l'Égypte dans le camp choisi par Sadate et partager, dans ce coin du monde qui est l'un des plus menacés, la justice et la paix entre Juifs et Arabes.

Le Figaro, 10 octobre 1981

Simone Veil, la grande dame du Quai Conti

Mme Simone Veil est la sixième femme à entrer à l'Académie française. Son élection marque une date importante dans l'histoire de la vénérable maison. L'Académie française est en route vers son quatrième centenaire. C'est, avec le Collège de France, la plus ancienne institution de notre vieux pays.

Depuis trois siècles trois quarts, au milieu d'événements souvent tragiques et parfois risibles, de triomphes et de catastrophes, la vieille dame au Quai Conti n'a jamais cessé de susciter les sarcasmes les plus cruels et les ambitions les plus folles. Dans son irrésistible *Journal*, Jules Renard, qui n'en était pas et qui appartenait au clan rival des Goncourt, propose une jolie définition des académiciens : « Le commun des immortels ». Paul Valéry, qui en était et dont l'élection contre Léon Bérard, homme politique de premier plan, ancien ministre de l'Instruction publique, futur ambassadeur à Rome, et contre Victor Bérard, sans parenté avec Léon, grand helléniste et spécialiste de l'*Odyssée*, avait fait sensation dans le monde intellectuel et littéraire de l'époque, était à peine moins incisif: « L'Académie est composée des plus habiles des hommes sans talent et des plus naïfs des hommes de talent. » Jean Cocteau assurait que les académiciens étaient immortels pour la durée de leur vie et qu'après leur mort ils se changeaient en fauteuil. L'Académie est, par excellence, la gardienne des traditions et des rites.

Fondée en 1635 par le cardinal de Richelieu qui souhaitait garder sous la main les écrivains, les poètes, les dramaturges dont il craignait les turbulences et auxquels il rêvait d'appartenir, elle est chargée de veiller à la pureté de cette langue française dont François Ier avait assuré les prérogatives par l'édit de Villers-Cotterêts en 1539. C'est dire combien sa tâche aujourd'hui, à une époque de mutation et de remise en cause, est difficile et nécessaire. Deux étapes principales scandent la vie de tout impétrant appelé à revêtir l'habit vert (qui est bleu foncé avec des broderies vertes) : l'élection et la réception. La réception des nouveaux élus donne lieu à une cérémonie médiatique dont le retentissement peut être plus ou moins grand. Les discours de Chateaubriand remplaçant Marie-Joseph Chénier, de Molé recevant Vigny avec condescendance, de Paul Valéry célébrant Anatole France, qu'il n'aimait pas, sans prononcer son nom, sont restés célèbres. Pour souligner l'importance des rites initiatiques de la tribu du Quai Conti, l'Académie tout entière ne se lève que deux fois pour saluer chacun de ses membres : à sa réception privée dans la salle des séances, la veille de sa réception solennelle sous la Coupole, et à l'annonce de sa mort.

Mais le ressort essentiel et le cœur de l'Académie, ce n'est pas la réception, c'est l'élection des nouveaux membres. Avant chaque élection, le secrétaire perpétuel donne, avec un peu de cérémonial, lecture de l'article du règlement qui rappelle que la réputation et la dignité de l'Académie dépendent du choix des nouveaux membres et qui exige des anciens l'assurance que leur voix est libre de tout engagement suspect. Ambassadeur de France, grand écrivain comblé d'honneurs et à la réputation internationale, Paul Claudel, vers la fin de sa vie, n'assistait pas avec assiduité aux séances de l'Académie. Un jour, pourtant, il vient voter pour remplacer un confrère décédé et il retrouve avec plaisir ses amis qui l'accueillent avec chaleur. À la sortie de la séance, de sa voix mâchonnante, il murmure : « On devrait faire ça plus souvent. » L'année 2008 a répondu au vœu naïf de l'auteur du *Soulier de satin* : coup sur coup, sept académiciens ont disparu, entraînant une chaîne presque ininterrompue d'élections. Les élections à l'Académie sont une source inépuisable de plaisanteries liées à la fois au chagrin des disparitions et aux scrupules des votants. À un confrère qui s'ouvrait à Renan des inquiétudes que lui causaient les mœurs efféminées du candidat Pierre Loti, l'auteur de *La Prière sur l'Acropole* répondait : « Bah ! Nous verrons bien… » Un candidat battu se plaignait d'avoir été trompé par les promesses fallacieuses d'un porteur de l'habit vert. « Je lui ai donné ma parole, se défendait celui-ci, et il voudrait en plus ma voix ! » Une définition des élections académiques court sur la Coupole : « Avant, les élections sont imprévisibles ; après, elles sont inexplicables. »

Le Quai Conti est une terre de contrastes et de paradoxes. On y est très sérieux et très gai. La tradition y règne, mais elle peut être bousculée. Pendant près de trois cent cinquante ans, aucune femme n'a siégé sous la Coupole. Le règlement restait muet sur l'entrée des femmes, mais la tradition l'interdisait. Ni Mme de Sévigné, ni Mme de La Fayette, ni George Sand, ni Mme de Noailles n'étaient entrées Quai Conti : il n'était pas question de changer des habitudes ancestrales. L'élection de Marguerite Yourcenar en 1980 et sa réception l'année suivante ont fait l'effet d'un coup de tonnerre dans le ciel serein et un peu étouffant où s'élevait la Coupole. Quatre femmes ont été élues après Marguerite Yourcenar : Jacqueline de Romilly, défenseur inlassable et vénérée du grec et des études littéraires, Hélène Carrère d'Encausse, actuel secrétaire perpétuel, Florence Delay, Assia Djebar.

Simone Veil ne vient pas seulement renforcer le contingent féminin de l'Académie, appelé à se renforcer encore dans les années qui viennent, elle apporte aussi sous la Coupole l'exemple du courage et de la sérénité devant le tragique du monde moderne. Il y a beaucoup de demeures dans la maison du Quai Conti. Des écrivains, des philosophes, des historiens, des poètes y côtoient des savants, des médecins, des avocats, des ambassadeurs, des politiques. On s'y occupe de la langue, du savoir, de la beauté, du passé et de l'avenir. Le rire y a sa place, et la curiosité, et l'étonnement, et l'effroi. Avec Simone Veil arrive un témoin de la cruauté des hommes et de ce mal qui a marqué si fort notre temps. Et une combattante des droits de la femme. Et une pionnière d'une Europe de la réconciliation entre les peuples, de la justice et de la paix. Simone Veil est une de celles qui sont passées avec une âme d'acier dans l'enfer de la Shoah. Peu de femmes ont subi avec une telle dignité tant de souffrances, tant d'attaques et tant d'outrages. Elle a donné l'exemple d'une vision de l'avenir poursuivie avec une hauteur d'esprit et une énergie exceptionnelles. Jetée dans le monde moderne, Mme Simone Veil donne l'image d'une de ces femmes des temps anciens qui unissaient une sérénité au moins apparente à un caractère indomptable. Elle est une icône de notre époque, une de celles qui ont changé, sous des torrents d'injures, la condition des hommes – et des femmes. Elle a connu le fond de la souffrance humaine, et elle l'a dominée. L'élection d'une grande dame de notre temps honore l'Académie française et fait passer sur la vieille institution comme un souffle d'espérance.

Le Figaro, 22 novembre 2008

Raymond Aron

Un certain nombre d'esprits n'auront aucune peine à reconnaître comme leur maître et leur modèle un homme qui, pour le monde entier comme pour nous-mêmes, est le type même de l'intellectuel et de l'universitaire français et dont les *Mémoires*[1] paraissent aujourd'hui : Raymond Aron.

1. Raymond Aron, *Mémoires*, Julliard.

C'est une tâche impossible que de donner une idée, même approximative, de cet énorme bilan de près de huit cents pages. Le récit d'un itinéraire intellectuel s'y mêle à un regard sur le monde contemporain. Un jeune philosophe, né quelques années après le siècle, découvre, aux côtés de son « petit camarade » Jean-Paul Sartre, à la fois les rudes splendeurs du monde de l'esprit et la tragédie de la vie politique et historique des hommes. Toute la force et tout le charme du livre viennent de cette constante liaison entre la rigueur intellectuelle et la marche de l'histoire. La vie est philosophique et la philosophie devient vie.

De la sociologie allemande et de la philosophie de l'histoire à la guerre d'Algérie, de la rupture avec Sartre à la stratégie nucléaire, de la société industrielle aux relations avec de Gaulle ou avec Kissinger, il n'y a pas de grand débat intellectuel de notre temps auquel Raymond Aron n'ait pris part avec éclat. Ce que représentent d'abord la vie et l'œuvre d'Aron, c'est une tentative de comprendre l'histoire à travers un essai indéfiniment recommencé sur la possibilité de la recherche de la vérité.

Est-ce dire que Raymond Aron détient cette vérité ? Bien sûr que non. Il n'a jamais cessé d'expliquer « qu'il n'est accordé à personne de posséder la vérité totale ». Une des caractéristiques les plus remarquables de l'intelligence – et personne, à mon avis, n'est plus intelligent que Raymond Aron –, c'est qu'elle n'a jamais empêché qui que ce soit de se tromper gravement. Brasillach était merveilleusement intelligent, et Sartre poussait l'intelligence jusqu'au génie. Si j'en avais la place, j'essaierais de montrer que, sous ses dehors de professeur et de mandarin sûr de lui, l'inquiétude de la vérité poursuit et taraude Raymond Aron. Sachant plus de choses que les autres, plus capable de concentration intellectuelle que le commun des mortels, d'une rigueur à nulle autre pareille, conscient pourtant que la vérité est une tâche infinie, Raymond Aron est, à mes yeux, une des incarnations les plus pures de ce type d'homme moderne qui a succédé au sage antique, à l'érudit de la Renaissance, à l'honnête homme des temps classiques, au prophète du romantisme : l'intellectuel.

Me rangeant moi-même, modestement, parmi les schizophrènes et les cyclothymiques, j'ai écrit quelque part, après avoir, comme d'habitude, comblé d'éloges Raymond Aron, qu'il appartenait à la même famille que Robert Hersant : celle des mégalomanes et des paranoïaques. Trop intelligent pour s'imaginer détenir une vérité qui n'est pas accordée aux hommes, Raymond Aron donne souvent l'impression qu'il se croit plus capable que les autres de l'approcher d'aussi près que possible. Une telle attitude agace, irrite, indigne. On est tenté de répliquer, d'entrer en polémique, de mettre en question le caractère de celui dont il n'est pas possible d'attaquer l'intelligence. Et puis, on se met à réfléchir, à examiner les choses d'un peu plus près. Et si la mégalomanie et la paranoïa de Raymond Aron n'étaient qu'une forme de lucidité ? Alors, elles seraient justifiées du même coup. Paranoïaque et mégalomane, Raymond Aron s'imagine qu'il a vu plus juste que Sartre, qu'il a eu raison contre le général de Gaulle ou contre François Mitterrand, qu'il est supérieur à moi-même et qu'il est plus intelligent que tous les autres – et je suis porté à croire qu'il a raison.

Dans le désert intellectuel actuel et à côté des risibles tentatives officielles pour l'animer si peu que ce soit, les *Mémoires* de Raymond Aron tombent à point pour rappeler à tous ce qu'est une vie consacrée au libre débat intellectuel et à la recherche, toujours pénible, traversée, incertaine, mais aussi haute et aussi rigoureuse que possible, d'une vérité qui se confond aussi peu que possible avec les marécages de l'intérêt personnel ou de l'idéologie partisane. Au même titre qu'un Sartre ou un Camus, avec la même connaissance du monde qu'un Kissinger, Raymond Aron aura dominé son temps.

Le Figaro Magazine, 10 septembre 1983

DE GAULLE VU PAR JEAN MAURIAC

Dans *Le Général et le journaliste*[1], Jean, le fils de François Mauriac, s'entretient avec Jean-Luc Barré, biographe de Philippe Berthelot et de Dominique de Roux et auteur d'un remarquable *Devenir de Gaulle.* Correspondant de l'AFP, Jean Mauriac a été longtemps accrédité auprès du général de Gaulle. Il nous parle de lui-même, de sa jeunesse, de Malagar et de Bordeaux, de son oncle Pierre qui était médecin et dont sa fille disait, à peine en riant : « Je ne crois pas que papa m'ait jamais adressé la parole », de son frère Claude, l'auteur du *Temps immobile*, de ses sœurs, Claire et Luce – et surtout de son père et du Général.

1. Jean Mauriac, *Le Général et le journaliste. Conversations avec Jean-Luc Barré*, Fayard.

Être le fils d'un grand écrivain n'est pas toujours facile. François Mauriac, qui avait le souci de son œuvre, cherchait d'abord à se protéger et il y avait quelque chose d'écrasant dans son indifférence à l'égard de ses enfants. « Mon grand péché, disait-il, est l'indifférence aux autres. » Les longues conversations familiales et confiantes n'étaient pas son affaire. Jean-Luc Barré demande à Jean Mauriac : « Avez-vous jamais parlé sexualité entre vous ? » La réponse vient aussitôt : « De sexualité ? Mais vous êtes fou ! Il n'y eut jamais entre nous une conversation sur un sujet personnel, sérieux. Une conversation avec lui sur l'adolescence, l'amour, les choses de la vie était inimaginable. »

Le lecteur découvre François Mauriac dans son intimité à Malagar, à Vémars en Seine-et-Oise, à Paris avant et après la guerre, au *Figaro* avec Pierre Brisson, sous l'Occupation, au temps de la protection discrète exercée par Gerhard Heller et des attaques de Brasillach ou des insultes de Rebatet qui voyait en lui « l'un des plus obscènes coquins qui aient poussé dans les fumiers chrétiens de notre époque ». La carrière de Jean Mauriac s'ouvre brusquement à la Libération avec son entrée – grâce en partie au lieutenant Claude Guy, l'auteur d'un livre posthume, *En écoutant de Gaulle* – à l'Agence France-Presse et avec son accréditation auprès du Général.

De Gaulle n'avait pas une affection débordante pour les journalistes : « Recevoir un grand nombre de journalistes est un plaisir. Un petit nombre : un ennui. Un seul d'entre eux : un supplice. » Très loin de toute familiarité, une espèce de confiance, plutôt silencieuse et souvent assez rude de la part du Général, s'établit pourtant entre de Gaulle et le fils de François Mauriac. Le journaliste reste fidèle au Général tout au long des douze années difficiles de la traversée du désert. Un jour, coup de téléphone pathétique d'Olivier Guichard, alors chef de cabinet du Général : « Jean, connais-tu quelqu'un que je pourrais inscrire sur la liste des audiences ? Il n'y a personne… »

Le retour du Général au pouvoir en mai 1958 marque pour Jean Mauriac le début d'une grande époque. En été 1958, le journaliste accompagne de Gaulle en Afrique. De temps en temps, le commandant puis colonel de Bonneval ou l'aide de camp de service prononce la phrase fatidique : « Jean, le Général vous demande ! » Jean Mauriac est au premier rang quand, à Conakry, en Guinée, Sékou Touré refuse le projet de Communauté proposé par de Gaulle : « Nous préférons la pauvreté dans la liberté à la richesse dans l'esclavage. » Ce jour-là, Jean Mauriac est peut-être moins surpris que les autres journalistes. Dans son style si personnel et toujours si goguenard, le Général lui a déjà confié : « La Communauté, c'est de la foutaise ! Ces gens-là vont à l'indépendance. À peine entrés dans la Communauté, ils n'auront qu'une idée, c'est d'en sortir. » Il ajoutait : « Mais que voulez-vous ! Il fallait la faire. »

C'est l'Algérie, évidemment, qui est au cœur des entretiens entre Jean Mauriac et Jean-Luc Barré. À cause du nom qu'il porte, la situation du journaliste – souvent confondu avec son frère Claude qui s'occupe du secrétariat du Général – est délicate à Alger : François Mauriac, qui joue un rôle considérable dans la vie politique, a quitté *Le Figaro* parce qu'il était partisan de l'indépendance du Maroc et écrit désormais dans *L'Express* des articles favorables à l'indépendance de l'Algérie. De Gaulle traite avec une prévenance un peu ironique le fils du grand écrivain : « Asseyez-vous, Mauriac. Alors que pensez-vous de la situation ? » Jean Mauriac balbutie quelques mots. « Pensez-vous ! » coupe de Gaulle. Ou : « Où avez-vous été chercher tout ça ? » Ou encore : « Ne poussez-vous pas le bouchon un peu loin ? » Un jour, très tôt, en 1959, le Général est en veine de confidence : « Écoutez, Mauriac, et n'allez pas déflorer ce que je vais vous confier… Voilà ce que je propose aux Algériens : je leur donne l'indépendance, s'ils la veulent. »

En 1960, le Général, qui aimait les livres de François Mauriac mais qui parlait rarement de son père au jeune correspondant de l'AFP, remet à l'écrivain, qui admirait de Gaulle mais qui collaborait à *L'Express* de Jean-Jacques Servan-Schreiber très hostile au Général, la grand-croix de la Légion d'honneur. L'année suivante, Jean Mauriac se livre à un coup d'éclat : à l'occasion d'un voyage du Général dans le Sud-Ouest, il téléphone à son père de passage dans sa propriété de Malagar, près de Bordeaux, pour l'engager à rencontrer de Gaulle : « C'est l'occasion idéale d'annoncer votre départ de *L'Express.* » François Mauriac hésite : « Tu crois ? » Son fils insiste. Alors, Mauriac : « Tu as raison. Je quitte *L'Express.* » Jean Mauriac appelle aussitôt l'AFP : « François Mauriac annonce son départ de *L'Express…* »

Avec Jean Mauriac entre son père et de Gaulle, avec François Mauriac lui-même entre de Gaulle et Servan-Schreiber auxquels il est également attaché, nous sommes au cœur du drame algérien qui aboutira aux accords d'Évian. Il y a un nom qui n'est pas prononcé par Jean Mauriac : c'est celui des harkis. Ils sont absents du livre comme ils sont absents de la politique visionnaire et salvatrice du général de Gaulle. Nous savons ce qu'il leur en a coûté.

Sur la vie privée, l'entourage, les habitudes de son père et du Général, le livre fourmille de détails précieux. François Mauriac lisait souvent son courrier le soir, à l'heure du dîner. « Une lettre de Colette, qui la veut ? lançait-il. Une lettre de Claudel, de Gide, de Valéry, qui la veut ? » De Gaulle, lui, n'aimait pas l'Élysée et il avait caressé un moment le projet de s'installer au château de Vincennes, « site historique digne de la République ».

Toujours en tant que correspondant de l'AFP, Jean Mauriac est encore le témoin fidèle du Général dans la plupart de ses nombreux voyages en Polynésie, au Mexique – « *Marchamos la mano en la mano...* » –, au Québec – « Vive le Québec libre ! » –, à Auschwitz, dans chacun des départements français qu'il tient à visiter tour à tour, et enfin en Irlande, à la fin de sa vie. Mais le grand moment du livre, avec le drame algérien, c'est le départ du Général pour Baden à la fin de mai 1968. Contre le général de Boissieu et la thèse d'une mise en scène volontaire et dramatique, la conviction de Jean Mauriac est que le découragement s'était emparé du Général et que, déçu par les Français, il était prêt à se retirer de la vie politique. Mais, à Baden, c'est la rencontre entre de Gaulle et Massu. Massu parle à de Gaulle, lui remonte le moral et le persuade de reprendre les choses en main. Selon une formule provocatrice utilisée par Massu et par l'auteur et que je me garderai bien d'adopter à mon compte, le voyage de Baden, avant que le Général ne retrouve sa combativité naturelle, c'était « la fuite à Varennes ». Le Général, en tout cas, se ressaisit. Il rentre à Paris et il triomphe une nouvelle fois. François Mauriac est, avec Malraux et avec beaucoup d'autres, au premier rang de la marée humaine qui vient soutenir de Gaulle sur les Champs-Élysées et mettre fin d'un seul coup aux fameux événements de Mai 68.

Jean Mauriac admirait son père et il admirait de Gaulle. Il a eu la chance d'aimer avec passion deux êtres hors du commun dont il était très proche et qui hissaient au-dessus d'eux-mêmes les événements et les hommes. Son mérite est de parler de l'un et de l'autre et des rapports entre eux avec un respect qui n'exclut pas l'indépendance : il n'a jamais trahi ni l'un ni l'autre et il a toujours témoigné à leur égard d'une liberté d'esprit qui fait le prix de son livre.

Le Figaro littéraire, 31 janvier 2008

Pour un esprit de beauté et de joie : Marc Fumaroli

Marc Fumaroli est très savant. Dix-septiémiste à l'origine, il s'est longtemps fait les dents et la main sur la rhétorique et aucun jésuite des temps de Pascal et de Louis XIV n'échappait à ses filets. De la rhétorique du XVIIe, il a glissé aux salons de l'âge des Lumières, à cette république des lettres cosmopolite et française qui a brillé d'un si vif éclat, et il a connu un grand succès avec un ouvrage enchanteur : *Quand l'Europe parlait français*. Et puis, le début du XIXe siècle l'a attiré et il a consacré à Chateaubriand un travail considérable : *Poésie et Terreur*. Peu à peu, le spécialiste du XVIIe, le professeur au Collège de France, l'auteur d'innombrables études ou préfaces sur La Fontaine ou sur des contemporains, sur des peintres ou sur des graveurs, s'est changé en une espèce d'arpenteur de l'espace culturel français. À mi-chemin de la critique littéraire et de l'histoire de l'art, il est devenu une référence, un oracle, un de ces monuments qui jalonnent notre histoire intellectuelle et continuent d'assurer, bien au-delà de nos frontières, le prestige de notre langue et de notre pays. Voici qu'il nous offre, sous un titre un peu mystérieux, *Paris-New York et retour*, une sorte de voyage, plein de bruit et de fureur, au bout des images et des arts de notre temps.

Ce gros volume de plus de six cents pages, où nous rencontrerons Baudelaire et saint Augustin, Michel-Ange et Platon, Rubens et Picasso, s'ouvre à Paris sous un abribus Decaux. Que se passe-t-il ? Il se passe que, dénoncée depuis longtemps par Paul Valéry, la publicité a envahi et corrompu notre monde. Tout le mal vient de la reproductibilité mécanique des images, qui a entraîné une inflation de la vue, puis une inflation du désir. La réclame d'hier s'est changée en marketing. Les douces emplettes de naguère ont dégénéré en shopping. Plus sérieux, plus grave : l'art, ou ce qu'on entend maintenant sous ce nom, n'a pas échappé à la technologie du divertissement et du rendement. Nous voilà au cœur de cette odyssée de l'image où nous emporte Fumaroli.

L'ouvrage est construit sur un va-et-vient qui explique son titre : une saison à New York, un semestre parisien. Et entre notre vieille Europe, si longtemps marquée par l'influence française, et l'Amérique de Buffalo Bill, de Taylor, de la Nouvelle Frontière et des télé-évangélistes se développe un jeu d'enfer où l'amour de l'art, la productivité, la compassion et la violence mènent une sarabande effrénée.

Il y a un thème classique de la société et de la littérature antiques qui fait rêver Fumaroli et l'entraîne sur les chemins riants et désolés d'une méditation où se mêlent métaphysique et économie politique : c'est le fameux *otium cum dignitate* – ce repos de l'esprit, ce loisir fécond qui permettait l'éclosion des grands chefs-d'œuvre de l'art grec ou romain, plus tard l'épanouissement de la Renaissance italienne ou française. Kierkegaard, le grand philosophe et ironiste danois, dénonçait déjà, il y a près de deux siècles, la culture de consommation qui nous a tous envahis : « De tous les ridicules de ce monde, le plus grand est d'être affairé, d'être un homme pressé d'agir. » L'opposition *otium-negotium* est une des clés de nos temps modernes.

Impossible de suivre Fumaroli dans le labyrinthe des idées, des pulsions, des rêves, des désirs qui tourne autour de ce thème. On y voit passer tout le cortège de la formidable industrie des images, depuis l'antiquité gréco-romaine et l'Orient byzantin jusqu'à cette Amérique d'aujourd'hui où le loisir savant s'est inversé en industrie de la communication et de la consommation. Défilent dans ce cortège non seulement Baudelaire ou Chateaubriand, non seulement Rubens et Andy Warhol, non seulement Obama et Louise Bourgeois, mais des personnages aussi invraisemblables et aussi romanesques que Barnum ou Marcel Duchamp.

Prince des charlatans, Barnum est un génie dérisoire de la culture de communication. La « barnumisation » est l'art de faire à partir de rien quelque chose de fabuleusement attrayant. Comme ses pages sur Platon ou sur Michel-Ange, les pages de Fumaroli sur Barnum sont époustouflantes. Et elles ne sont pas gratuites : illustré d'avance par Baudelaire, précurseur de génie, puis, plus tard, par des ouvrages comme *L'Ère du vide*, publié il y a plus de trente ans par Gilles Lipovetsky, un fil rouge comme l'enfer court de Barnum à Marcel Duchamp, dandy libertin et sceptique, qui affirmait : « Oui, il y a du racket ou, si vous préférez, de l'escroquerie dans l'art moderne », à son fameux *Urinoir* qui a défrayé la chronique il n'y a pas si longtemps et qui magnifie cette création en négatif capable d'arracher au néant le premier exemplaire venu de n'importe quelle série. Fil rouge qui, au-delà de Duchamp, continue de courir jusqu'à Andy Warhol, jusqu'au requin conservé dans du formol de Damien Hirst, ce Michel-Ange de l'éphémère et de la taxidermie, jusqu'au Body Art, jusqu'au *Piss Christ* d'Andres Serrano, photographie en couleurs, floue et rougeâtre, d'un crucifix plongé, selon les dires de l'artiste, dans sa propre urine et dans son propre sang.

En regard de cette Amérique de la consommation paroxystique où fleurit la valorisation du rien par de la théorie bavarde et où les Jackson Pollock, les De Kooning, les Rothko n'ont pas tardé à être déboutés par les Rauschenberg, les Roy Lichtenstein et les Claes Oldenburg, le retour à Paris tourne autour de cet État culturel déjà durement attaqué par Fumaroli dans un ouvrage précédent qui n'avait pas peu contribué à assurer à son auteur une notoriété très proche de la célébrité. Autour de Malraux aussi et, surtout, autour d'un art contemporain soutenu par l'État et d'un modernisme pris en main par le pouvoir – dont le clou sera constitué par le homard de Jeff Koons à Versailles, triomphe d'une sorte de surréalisme dévalué et officiel. On connaît la position critique de Fumaroli à l'égard de Malraux, traité de « classique d'État » et plus ou moins ouvertement accusé de logomachie et de mythomanie. Partisan, contre Malraux, d'Alain, de Berenson, de Burckhardt, de Chastel, de Focillon, de Panofsky, Fumaroli n'est pas très loin de faire d'André Malraux, vociférateur gnostique, et de Jack Lang, prophète de l'*Homo festivus*, Américain antiaméricain, les descendants d'un Colbert contaminé par Barnum.

Loin de l'art moderne de vendre incarné par New York, loin aussi de l'État culturel et de l'art postmoderne dans une nation postchrétienne derrière lesquels court Paris, c'est pour un autre système des beaux-arts que bat en vérité le cœur de Marc Fumaroli. Ses pages sur l'Église-mécène, sur la critique chrétienne des images, sur saint Augustin ou saint François d'Assise traduisent la nostalgie d'un temps où, selon les mots de Baudelaire, « un immortel instinct du beau » faisait « considérer la terre et ses spectacles comme un aperçu, une correspondance du ciel ». Ce qui reparaît, comme par miracle, dans ce système chrétien des arts illustré par tant d'icônes, tant de Crucifixions, de Vierges et de saints, tant de chefs-d'œuvre immortels qui ont demandé tant d'élévation et tant de travail, c'est le vieil *otium* des Romains. Un *otium* transfiguré par le sacré, par la *cultura animae* dont parlait déjà Cicéron – cette culture de l'âme atrophiée de nos jours en « culture ».

L'*otium* chrétien est flanqué d'une notion chère à Fumaroli, qui a toujours défendu « l'esprit de joie » : l'eutrapélie. Les Grecs appelaient *eutrapelos* celui qui évite de tomber aussi bien dans la bouffonnerie que dans le pédantisme, l'eutrapélie s'écarte aussi bien de la licence grossière que de la pesante morosité. Elle n'est rien d'autre que la vertu civilisée du fameux « honnête homme » du XVIIe siècle. Elle nourrira la conversation dans les salons du XVIIIe et dans l'Europe française.

Ces quelques lignes ne peuvent donner qu'une idée mince et sans doute injuste du livre foisonnant et magnifique de Marc Fumaroli. Son ambition est grande : elle est d'unifier, à travers une critique des images, le champ de la vue contemporaine. Loin de la « mondialisation heureuse » de Minc, loin de la « modernité » d'Attali, cette vision globale ne vise à rien de moins qu'à restituer sa place à la beauté pour rendre de nouveau habitable notre séjour dans ce monde. Une beauté durable, comme il y a un développement durable.

Hostile à l'éphémère, Fumaroli est un écologiste de la beauté. « Le passé n'éclairant pas l'avenir, l'esprit marche dans les ténèbres. » Le but de Fumaroli est de démentir le mot terrible de Tocqueville. Il y a toujours eu en France de grands esprits qui, aux antipodes de toute généralisation hâtive, se sont appuyés sur l'érudition pour édifier des synthèses ambitieuses. Un Alain, un Thibaudet, un Élie Faure, un Chastel, un Bachelard, un Dumézil, un Lévi-Strauss y ont réussi avec éclat. Marc Fumaroli s'inscrit dans cette lignée.

Le Figaro littéraire, 2 avril 2009

Tombeau d'Édith Piaf

Édith Piaf venait de lancer, à l'ombre de la tour Eiffel, qu'elle ne regrettait rien. Alors, raconte *France-Soir* – à moins que ce ne soit *Paris-Presse* –, alors un prêtre, qui avait sans doute des idées à lui sur le repentir et la contrition, s'est levé pour crier que c'était sublime et qu'elle avait bien raison. Voilà. Il y a pas mal de choses dans ces quatre petites lignes. Nous vivons dans un univers d'ingénieurs, de journalistes, de chanteuses et de curés. Et tout ce petit monde fait très bon ménage. C'est ce qu'il est convenu d'appeler une société, une culture, une civilisation, l'esprit d'une époque. Née dans un milieu fort modeste, longtemps pauvre, couverte d'or, couverte d'hommes, couverte de dithyrambes, adulée par la presse, assiégée par la foule, bénie par le clergé comme ces vieux chiens de chasse devenus objets de grand luxe et qui traînent encore de saison en saison et d'hallali en hallali, Mme Édith Piaf représente assez bien notre âge.

Disons-le tout de suite : j'admire beaucoup Édith Piaf. Qui ne l'admire ? Mes quinze ans, mes vingt ans, mes vingt-cinq ans, mes trente ans, mes trente-cinq ans ont été bercés par son romantisme naturaliste, son désespoir naïf, ses belles mains, sa petite robe noire et ses cheveux hirsutes. Notre Villon à nous, je crois bien que c'est elle. Et j'entends encore, comme si j'y étais, le vieux phono de campagne grincer… mon Dieu ! comme il y a longtemps :

Ô mon amour, à toi toujours !
Dans tes grands yeux, rien que nous deux.

Les Amants d'un jour, *C'est peut-être ça l'amour* : je regrette d'être d'accord avec tout le monde, franchement, c'est très bien. C'est peut-être même très beau. Plus que partout ailleurs, c'est dans les chansons de Piaf que nous avons appris l'amour et presque la poésie. Ah ! nous avons plus rêvé sur le lit des amants d'un jour « creusé au cœur de la ville » ou « devant ce téléphone qui ne sonnera pas » que sur les feuillets poétiques, confidentiels et un peu jaunis de la N.R.F. Pour moi et pour beaucoup, nos saisons et nos amours sont à jamais tissées de cette voix grave et rauque, de ces passions sans espoir.

Édith Piaf est ainsi entrée vivante – à demi-morte, mourante, presque morte, mais enfin vivante – dans ce musée (Grévin) imaginaire où Brigitte Bardot et le général de Gaulle occupent, au plus intime de nous-mêmes, rejetant déjà dans l'ombre Bobet, Malraux et Maurice Chevalier, les places d'honneur de notre petite mythologie nationale contemporaine. Le pont de Tancarville, *Paris-Match*, la D.S. 19, la télé, les relèvements du plafond de la Sécurité sociale : nous avons encore de la chance, nous Français du XXe siècle, d'avoir, dans nos paysages d'acier et de papier imprimé, des statues de cire aussi pleines de sève et, en fin de compte, aussi distrayantes : elles animent notre monde technique d'une poésie âpre, éclatante, presque gigantesque et proprement fabuleuse.

Quand elles auront disparu… – ah ! les statues meurent aussi, et les plus grandes sont les plus fragiles – quand elles auront disparu, chacun de nous sera un peu seul et veuf de ces monstres sacrés.

Pour ne parler que de Piaf, il y a quelque chose d'affreux et presque d'obscène (j'ai un peu honte d'en parler moi-même) dans cette attente de sa mort. « Moi, je veux entendre Piaf avant qu'elle ne meure ! » Les bourgeois, comme le peuple, ne détestent pas, sous la guillotine ou sur la scène, d'aller voir mourir leurs héros. Chacun de ses spectateurs s'attend, secrètement, j'en suis sûr, à être présent le soir où, par une attention toute spéciale, Édith Piaf s'effondrera enfin en chantant sous des milliers d'yeux écarquillés d'horreur, d'admiration sacrée et de reconnaissance. « On attendait Blandine », écrit une de nos feuilles du soir. Hélas ! c'est toujours encore la Dalila, la Geneviève, la Jeanne d'Arc de la chanson, plus forte que la mort. On l'observe, on l'épie, on lui évalue la fièvre, la tension, les globules rouges, le taux de diabète ou de cholestérol. Pour un peu, on lui regarderait dans la bouche, on lui retrousserait la paupière. Ce n'est plus d'un lit d'hôpital, c'est de son tombeau qu'elle chante. Si les Espagnols ont le goût du sang, les Parisiens de Paris ont la passion de l'arrêt du cœur, de l'infarctus, du foudroiement exsangue et de la nécrophagie.

Pauvre Piaf! C'est un bien drôle d'attelage qu'elle forme avec ses admirateurs. Après leur avoir tant donné de sa voix et de sa vie et leur avoir hypothéqué sa mort, il est bien naturel qu'elle leur demande aussi beaucoup en échange pour l'édification de sa mythologie personnelle. Et ils ne lui refusent rien, nos bons bourgeois fascinés et nos ecclésiastiques convertis. Les bourreaux et les voyeurs deviennent alors complices et mystificateurs. C'est peut-être parce qu'elle n'est plus très jeune, qu'elle n'a jamais été très belle et qu'elle ne fait plus peur à grand monde depuis qu'elle est passée insensiblement à l'état d'institution? Si Liz Taylor ou Bardot se mêlent de changer d'amant, ce sont des insultes et des menaces. Mais Piaf, on ne lui permet pas seulement de former de jeunes hommes et de les lancer en les aimant: on l'y inviterait, on l'y encouragerait plutôt, comme si c'était une forme de bonnes œuvres, une espèce de B.A. scoute. Mme Joséphine Baker élève de petits nègres, de petits Chinois, de petits Indiens dans son domaine des Milandes, Mme Édith Piaf envoie de jeunes artistes de la boxe et du chant dans le firmament des vedettes.

Pauvre Piaf! Pauvre grande dame de la chanson, pauvre petite bonne femme, pauvre petit insecte noir avec votre merveilleux courage, votre sincérité, nos tripes où vous nous prenez, votre minute de vérité et votre passion de l'absolu, dites, est-ce que c'est amusant d'être transformé en mythe par nos journaux du soir, par les bourgeois en folie, par la morale progressiste, par ceux qui payent pour vous voir mourir ? Dieu me garde de tout reproche et du pharisianisme comme du parisianisme. Chacun a bien le droit de faire tout ce qui lui plaît : c'est un droit sacré et que j'aurais honte de refuser à personne. Mais les morales du conformisme mystificateur et de la transmutation des mythes en sacré ne me plaisent pas plus que les autres. Et je vois bien où sont les coupables : ils sont parmi nous, et plus de ce côté-ci de la scène que de l'autre.

Pardon, chère et grande Édith Piaf, de tout ce que je viens d'écrire. Ce qu'il y a d'immoral, ce qu'il y a d'affreux, ce qu'il y a d'obscène en vous, ce sont les autres. Une presse, un public, une société, un peuple ont les vedettes qu'ils méritent. Et je ne suis même pas sûr que les nôtres aient mérité Édith Piaf. Parce que, enfin, tout de même, Édith Piaf, c'est très bien.

Arts, 3 octobre 1962

Le cabinet des antiques

Joubert reprochait aux livres nouveaux de l'empêcher de relire les livres anciens. Que dirait-il aujourd'hui ! La mode nous impose, rentrée après rentrée, une foule de navets qui seront oubliés dès demain.

Je ne suis pas sûr que les livres qui apparaissent sous cette rubrique et qui parlent de Plutarque et de Julien l'Apostat se soient vendus comme des petits pains. Qu'importe, ce sont de bons livres. Essayons de lutter contre la tyrannie des meilleures ventes.

Il faut du courage aujourd'hui à une maison d'édition pour publier des textes classiques. Le paradoxe est que Plutarque, pendant des siècles, a été un best-seller. Il a inspiré une foule d'écrivains et d'hommes d'action, de philosophes et d'historiens.

Relisons nos classiques !

Le retour des antiques : Plutarque

Dans l'excellente collection « Quarto » grâce à laquelle, de Chateaubriand ou de Dumas à Proust et à Cioran, tant de textes importants nous sont devenus aisément abordables, paraissent en un seul volume, pour la première fois dans l'histoire de l'édition, les *Vies parallèles* de Plutarque[1].

Historien et surtout philosophe, Plutarque est né vers le milieu du Ier siècle, à Chéronée, en Grèce, où, quelque quatre siècles plus tôt, le père d'Alexandre avait battu les forces réunies d'Athènes et de Thèbes. Auteur de plus de deux cents ouvrages, dont un tiers environ nous sont parvenus, longtemps ignoré en Occident, un peu oublié aujourd'hui, il a joui depuis la Renaissance et pendant plusieurs siècles d'une prodigieuse renommée.

Son œuvre la plus célèbre, les *Vies parallèles*, relate, à l'aide d'anecdotes et de réflexions morales, les hauts faits des principaux personnages de la Grèce antique, en opposant chacun d'eux à un illustre Romain. Ainsi se forment, parmi beaucoup d'autres, les couples de Thésée et de Romulus, de

1. Plutarque, *Vies parallèles*, Gallimard, coll. « Quarto ».

Démosthène et de Cicéron, d'Alexandre le Grand et de Jules César, d'Alcibiade et de Coriolan. Du coup, Plutarque fut, à travers de longs siècles, le plus éloquent propagateur du culte des héros. « Je pleurais de joie, écrit Vauvenargues à Mirabeau, lorsque je lisais ces *Vies* : je ne passais point de nuit sans parler à Alcibiade, Agésilas et autres ; j'allais dans la place de Rome pour haranguer avec les Gracques et pour défendre Caton quand on lui jetait des pierres. » Un Condé, un Frédéric le Grand, un Bonaparte le lisent avec délices. Et Mme Roland fait remonter à Plutarque son goût pour la République : « Je n'oublierai jamais le carême de 1763 (j'avais alors neuf ans), où je l'emportais à l'église en guise de semaine sainte. »

Les écrivains ne le vénèrent pas moins que les politiques. Machiavel le traite de « *gravissimo scritore* ». Érasme l'admire et recommande sa lecture à Henri VIII. Distinguant parmi les historiens « ceux qui écrivent les vies », Montaigne déclare dans ses *Essais* : « Ceux-là me sont plus propres. Voilà pourquoi, en toutes sortes, c'est mon homme que Plutarque. » Shakespeare trouve dans Plutarque la matière de *Coriolan*, de *Jules César*, d'*Antoine et Cléopâtre*. Michelet choisit les *Vies parallèles* pour sujet de sa thèse de doctorat.

Mais les deux noms qui sont liés le plus étroitement à Plutarque dans notre littérature sont ceux d'Amyot et de Rousseau. Né de modestes mégissiers, Jacques Amyot est un personnage de légende. Son chef-d'œuvre est la traduction française ou peut-être plutôt l'adaptation des *Vies parallèles* de Plutarque sous le titre, voué à un immense succès, de *Vies des hommes illustres*. C'est grâce à Amyot, traité de « sçavant translateur » par du Bellay, et dont la traduction s'est élevée à la dignité d'un monument de la langue française, que Plutarque est devenu le « bon Plutarque », et qu'il a été pour plusieurs générations un maître d'humanisme.

Deux siècles après Amyot, Jean-Jacques Rousseau peut encore écrire : « Dans le petit nombre de livres que je lis quelquefois encore, Plutarque est celui qui m'attache et me profite le plus. Ce fut la première lecture de mon enfance, ce sera la dernière de ma vieillesse : c'est presque le seul auteur que j'aie jamais lu sans en tirer quelque fruit. »

C'est dire le défi qu'a relevé avec panache l'équipe dirigée par François Hartog, directeur à l'École des hautes études en sciences sociales. Complétée par de nombreuses et savantes introductions et annotations, par des cartes, par un index, suivie d'un excellent « Dictionnaire Plutarque », la traduction des *Vies* est due à Anne-Marie Ozanam, professeur de khâgne à Henri-IV. Après Dacier, l'abbé Ricard, Robert Flacelière et Émile Chambry, après Bernard Latzarus ou Françoise Frazier, Mme Ozanam s'inscrit avec éclat dans la lignée prestigieuse des traducteurs de Plutarque et des successeurs d'Amyot. L'énorme travail de l'équipe réunie par François Hartog fait honneur à l'Université et à l'édition françaises.

Reste le problème fondamental : que peut représenter pour des esprits d'aujourd'hui ce fameux Plutarque dont tout le monde connaît le nom mais que personne n'a lu, et dont Nietzsche disait : « Rassasiez vos âmes de Plutarque, et en croyant à ses héros, osez croire en vous-mêmes » ? Nous vivons à une époque où le spectacle transmis par la télévision ne mène pas précisément au culte des grands hommes et où la dérision a remplacé l'admiration.

Le mouvement de reflux commence déjà avec Paul-Louis Courier, qui écrit : « J'ai vu des choses dont les livres parlent à tort et à travers. Plutarque à présent me fait crever de rire. Je ne crois plus aux grands hommes. » C'est surtout la guerre de 14 qui, selon la formule de François Hartog, « a fourni l'occasion de révoquer les mânes de Plutarque ». En 1923 paraissait un ouvrage, aujourd'hui oublié, de Jean de Pierrefeu, qui, avec deux cents éditions, connut un succès retentissant : *Plutarque a menti*. Suivi d'innombrables *Plutarque n'a pas menti* ou *Plutarque a-t-il menti ?*, le livre marquait, à sa façon, le refus du culte des héros.

Peut-être la star ou le dieu du stade se sont-ils substitués au héros ? Peut-être, dans la société médiatique, abreuvée d'images successives, emportée par le temps, n'y a-t-il plus de héros comme il n'y a plus de grand écrivain ? Peut-être sommes-nous passés du héros à la vedette, des grandes figures de l'histoire à la « reine d'un jour », et de l'ivresse d'éternité au vertige de la consommation ?

L'accueil réservé à la nouvelle édition des *Vies parallèles* sera bien intéressant. Il n'est pas impossible que nous ressentions inconsciemment comme un besoin de héros, et que Pierrefeu, lu par nos grands-parents, ait vieilli plus vite que Plutarque lu par Montaigne et Rousseau.

En la matière, c'est Charles Dantzig, conseiller littéraire aux Belles Lettres, qui est à l'origine de l'initiative la plus marquante ces dernières années. Imposer, dans le cadre d'une collection baptisée « Eux et nous », un dialogue entre Anciens et Modernes, prosateurs de l'Antiquité grecque et latine d'un côté, écrivains contemporains de l'autre. Premiers titres parus : *Horace à la campagne*, de Xavier Patier[2], et *Ovide ou l'Amour puni*, de Lucien d'Azay[3]. Des essais en liberté, proposant un usage dilettante et buissonnier d'auteurs qu'un usage « scientifique » des textes a trop souvent transformés en intouchables monstres sacrés.

Ainsi l'entend Charles Dantzig, qui prépare pour cette collection une promenade au côté de Pétrone, l'auteur du *Satiricon*, dont Les Belles Lettres viennent de faire paraître une nouvelle traduction[4] : « Plus les écrivains sont morts, si l'on peut dire, plus ils quittent le domaine de la littérature pour entrer dans le domaine de l'érudition. Qui est très utile, d'ailleurs. »

Une telle perspective peut entraîner l'idée que les lire nécessite une spécialisation. Or les écrivains latins et grecs anciens sont restés très proches de nous et très accessibles. La distance dans le temps n'est qu'une distance géographique à sa façon, et il suffit de considérer que ce sont des gens partis un peu loin qui ne nous ont pas donné de leurs nouvelles depuis un certain temps. Un jeune écrivain va les voir, c'est l'objet de la collection « Eux et nous », et ces Cendrillon en toge se relèvent frais et charmeurs. Vivants. C'était tout simple. Il suffisait de le dire. Qu'un écrivain s'en mêle. Le talent ne

2. Xavier Patier, *Horace à la campagne*, Les Belles Lettres, coll. « Eux et nous ».
3. Lucien d'Azay, *Ovide ou l'Amour puni*, Les Belles Lettres, coll. « Eux et nous ».
4. Pétrone, *Satiricon*, Les Belles Lettres.

faisait que sommeiller. Voyez comme Xavier Patier nous a rendu Horace présent, ou Lucien d'Azay, Ovide, en essayant d'élucider l'espèce d'affaire Markovic qui le fait exiler par Auguste. Michel Crépu traitera bientôt de Suétone, l'auteur des *Douze Césars* (et d'un *Traité des injures*). Nous sommes aidés en cela par la collection « Eux et eux », où ce sont des écrivains des générations précédentes qui parlent d'écrivains de l'Antiquité, comme Giono de Virgile[5]. Et là encore on se rend compte que c'était tout naturel, et qu'en matière littéraire, le temps n'existe pas.

Tout se passe comme s'il s'agissait de faire mentir la définition que Hemingway donnait d'un classique : un auteur dont tout le monde parle mais que personne ne lit. Sortis des collections scolaires dans lesquelles ils étaient enfermés, les auteurs grecs et latins redeviennent des compagnons familiers, qu'on peut lire sans avoir un Gaffiot ou un Bailly à portée de main.

Depuis une dizaine d'années, il semble que les éditeurs français se soient très sérieusement employés à rendre la chose possible. On ne compte plus les rééditions, les retraductions, les classiques en poche, les antiques à petit prix. Ainsi, dans la collection « Bouquins » (Laffont) que Guy Schoeller a richement dotée en textes antiques[6]. La plupart des traductions viennent du catalogue des Belles Lettres, de la mythique et imposante Collection des universités de France (CUF), mais, réimprimées sous la couverture souple

5. Jean Giono, *Virgile ou les palais de l'Atlantide*, Les Belles Lettres, coll. « Eux et Eux ».
6. *Les Tragique grecs*, Laffont, coll. « Bouquins ».

de la collection « Bouquins », elles perdent de leur intimidante majesté. On ose les inviter sur sa table de nuit ou dans son sac de plage. Ainsi le merveilleux Thucydide traduit par Jacqueline de Romilly, ou l'*Histoire auguste* éditée par André Chastagnol.

Quelques mois avant « Quarto », la collection « Bouquins » a d'ailleurs été la première à donner à lire au grand public une nouvelle traduction des *Vies parallèles* de Plutarque[7], texte magnifique qu'on ne connaissait souvent que par le prisme d'Amyot.

On retrouve la même audace, la même liberté dans le commerce avec les textes, le même amour calme et secret des livres découverts en dehors des sentiers battus, chez Patrick Mauriès, maître d'ouvrage du joli catalogue du « Cabinet des lettrés » aux éditions Le Promeneur. Entre Cyril Connolly et Marcel Schwob, on y découvre Galien[8], Sénèque, Straton de Sardes. Des textes proposés en version bilingue, sans appareil critique effrayant, pour le plaisir des yeux et pour ceux qui, de leur latin ou de leur grec, ont gardé quelques souvenirs. Pas étonnant que Pascal Quignard figure au catalogue de cet éditeur. Il a participé lui aussi à ce retour calme et secret au goût de l'antique, loin des amphithéâtres et des colloques savants, dans le secret des alcôves et des cabinets, où un livre suffit pour réenchanter la vie.

Avec qui passerez-vous la soirée aujourd'hui ? Xénophon ? Aristote ? Lucien ? Sénèque ? Boèce ? Ovide ? Longin ?

7. Plutarque, *Vies parallèles*, Laffont, coll. « Bouquins ».
8. Galien, *De la bile noire*, Laffont, coll. « Bouquins ».

Plutarque ? Hésiode ? Hippocrate ? Horace ? Épictète ? Ils sont tous là, réunis sous les couvertures colorées de l'élégante collection « Rivages poche-Petite bibliothèque ». On en retrouve également au catalogue des éditions Arléa, avec des traductions, qui, souvent, n'ont rien d'universitaire. Celle de Martial a été confiée à Dominique Noguez[9], qui ne s'est pas privé de fantaisie.

Un écrivain, encore une fois. Lorsque la littérature antique cesse d'être le privilège des professeurs, elle redevient la chose la plus insolente et la plus colorée du monde. Ce fut le cas avec Dominique Buisset, poète et admirable traducteur de *La Couronne de Méléagre* dans la collection « Orphée » à La Différence.

Qu'on ne cherche pourtant pas ici à parler de tendance ou de mode. Le plus séduisant, dans la littérature antique, c'est justement son caractère absolument démodé. Lucien d'Azay, portraitiste malicieux d'Ovide, le souligne avec insistance. « Ce que j'aime chez les écrivains de l'Antiquité, comme Ovide, Catulle, Tibulle, c'est leur intemporalité. Les lire, c'est faire sauter les barrières intergénérationnelles, oublier tout ce qui dans la vie littéraire est lié aux modes. Qu'importe la date ou le lieu de naissance d'un écrivain qu'on aime ? L'essentiel est de l'avoir près de soi. Montherlant l'entendait ainsi, je crois. Il a toujours vécu entouré de classiques. Ils étaient auprès de lui comme des amis, avec qui il aurait eu une conversation sans cesse reprise. »

Le Figaro littéraire, 17 janvier 2002

9. Martial, *Épigrammes*, traduction de Dominique Noguez, Arléa.

JULIEN DIT L'APOSTAT

Depuis toujours, Julien l'Apostat, l'ennemi des chrétiens, a soulevé les passions. Ibsen, Benoist-Méchin, Gore Vidal, parmi beaucoup d'autres, se sont intéressés à lui. Précédé d'une préface de Paul Veyne, le plus grand, sans doute, avec Jacques Le Goff, de nos historiens d'aujourd'hui, l'ouvrage de Lucien Jerphagnon présente d'emblée deux caractéristiques : c'est le travail d'un savant qui sait unir un style rapide et séduisant à l'érudition la plus rigoureuse ; et, sous le titre éloquent de *Julien dit l'Apostat*[1], c'est une réhabilitation, c'est une défense et illustration de l'une des figures les plus étonnantes de l'histoire universelle.

Selon la formule de Paul Veyne, « Julien fut un météore et la dernière chance du paganisme agonisant ». La durée de son règne est d'une brièveté dramatique : deux ans. Dans ce laps de temps si court, l'importance de Julien vient de son ambition : renverser le cours de l'histoire, interrompre la montée du christianisme, restaurer les anciens dieux. Quand ce philosophe qui n'aimait que les livres et qui détestait toutes les pompes du pouvoir est tué sur le champ de bataille, à la tête de ses troupes, en empereur combattant, à l'âge de trente-deux ans, dans l'Irak d'aujourd'hui entre Bagdad et Mossoul, le 26 juin 363, tous les dieux de l'Olympe meurent à jamais avec lui et le christianisme se confond définitivement avec un Empire romain déjà à son déclin.

1. Lucien Jerphagnon, *Julien dit l'Apostat*, Tallandier.

Pour comprendre l'aventure prodigieuse de Julien, il faut remonter à Dioclétien, grand ennemi lui aussi des chrétiens. À la fin du IIIe siècle, ce Dalmate devenu empereur décide que l'Empire de trois millions et demi de kilomètres carrés et de soixante-dix millions d'habitants ne peut plus être gouverné par un seul homme. Il met sur pied le système dit de la tétrarchie : deux augustes flanqués de deux césars, destinés en principe à devenir plus tard augustes à leur tour. Une représentation de cette tétrarchie nous est à tous familière : chef-d'œuvre de la propagande politique, le célèbre bloc de porphyre rose situé entre la basilique Saint-Marc et le palais des Doges, à Venise, représente quatre tétrarques en train de s'embrasser. Les deux premiers augustes sont Dioclétien en Orient et Maximien en Occident ; les deux premiers césars, Galère sur le Danube et Constance Chlore – il était très pâle – à Trèves. Le décor est planté.

Vingt ans plus tard – dans son magnifique palais de Salone, aujourd'hui Split, *Spalato*, en Croatie, Dioclétien coule les jours paisibles d'un retraité –, Galère et Constance Chlore sont devenus augustes. D'une serveuse appelée Hélène – qui sera la sainte Hélène de la Vraie Croix immortalisée à Arezzo par Piero della Francesca –, Constance Chlore a un fils qui sera Constantin le Grand, le vainqueur de la fameuse bataille du pont Milvius, à Rome, où les chrétiens voient la main de Dieu : juste avant l'engagement, Constantin aurait aperçu dans le ciel les initiales de Jésus-Christ avec la devise « Par ce signe tu vaincras ». Fondateur de Constantinople sur le site de Byzance, Constantin le Grand est le premier empereur chrétien.

D'un second mariage – les mariages ont toujours joué un grand rôle (et un rôle compliqué) dans l'histoire des empereurs romains –, Constance Chlore a une demi-douzaine d'enfants, dont un certain Jules Constance qui sera le père de notre Julien. Julien est donc le petit-fils de l'empereur Constance Chlore et le neveu de l'empereur Constantin. C'est là que se noue tout le drame de Julien dit l'Apostat.

Pour Lucien Jerphagnon, le premier empereur apostat n'est pas Julien, mais Constantin, qui renonce au culte de ses dieux traditionnels pour se convertir au christianisme. Julien, lui, n'est pas vraiment apostat – car, au fond de son cœur, il n'a jamais été chrétien. Bien au contraire, il a toujours été persécuté par la branche chrétienne de la famille.

Le 22 mai 337 – Julien a cinq ans –, l'oncle Constantin remet son âme chrétienne à Dieu. Outre sa ribambelle de demi-frères et de demi-sœurs, il laisse trois fils, qui vont tous atteindre, avant de mourir, aux plus hautes destinées, et une fille, Hélène la Jeune – qui sera, plus tard, la femme de Julien. L'un des trois fils surtout, l'empereur Constance II, joue un rôle décisif dans la vie de Julien : pour plus de sûreté et pour éviter toute concurrence, il fait assassiner tout le côté des frères de Constantin, toute la famille de Julien qui aurait pu nourrir des ambitions : son père, un frère, un oncle, tous ses cousins. Une quinzaine de personnes, et peut-être un peu plus. Seuls Julien et un autre frère échappent par miracle au massacre.

Constance II était chrétien comme son père. Le pouvoir chrétien ne commençait pas bien. Toutes ses premières années jusqu'à l'âge de vingt-cinq ans et au-delà, Julien, ivre de ressentiment, les passe enfoui dans ses livres – Platon,

Plotin, Jamblique… – et dans ce que Jerphagnon appelle son « salmigondis mythologico-bucolique ». Les chrétiens, à cette époque, sont divisés entre ariens et nicéens : partisans d'Arius, les ariens soutiennent que le Fils est inférieur au Père ; encouragés par le concile de Nicée, leurs adversaires soutiennent que le Fils est consubstantiel au Père et son égal. Julien, lui, vit dans une sorte de mysticisme platonicien un peu délabré et reste fidèle avec obstination aux dieux de l'Olympe traditionnels. Après une série d'intrigues et de drames qui défilent sous la plume de Jerphagnon comme un roman d'aventures, Constance II (qui a fini par faire exécuter aussi le dernier frère de Julien) se décide, en un retournement spectaculaire, à faire de Julien son césar et à l'envoyer en Gaule combattre les Barbares.

Ce qui se passe est stupéfiant. Le philosophe se mue en combattant. Et en combattant heureux : il enchaîne victoire sur victoire. Et l'inévitable se produit : presque à son corps défendant, ses troupes le proclament auguste. C'est la septième usurpation à laquelle se heurte Constance II. Il est déjà venu à bout de six d'entre elles. Des deux côtés, Constance et Julien se préparent à la guerre civile. En une expédition foudroyante qui annonce de loin les longues marches de Napoléon, Julien fait descendre ses Gaulois de Lutèce jusqu'à notre Yougoslavie. Il est déjà à Naïssos, aujourd'hui Nis, quand un coup de tonnerre éclate : de l'autre côté du Bosphore, sur la route de Constantinople où il se rendait pour affronter Julien, Constance auguste est mort. Sans coup férir, Julien lui succède comme auguste.

Julien sur le trône impérial, la révolution culturelle est en marche. Le nouvel empereur déteste le pesant cérémonial impérial. Il est simple, naturel, pas très impressionnant. La tête toute pleine de ses lectures et de ses chers philosophes, il veut surtout revenir au règne de l'antique sagesse. Il est un restaurateur des dieux traditionnels. Une espèce d'épuration se met en place contre les chrétiens. Jerphagnon assure qu'elle est limitée et que, pour l'époque, elle n'est pas trop sanglante. Tous ses prédécesseurs, y compris les chrétiens, avaient fait bien pire. Le culte du Soleil est remis en honneur, avec le slogan célèbre : « *Sol invictus* ».

Voilà que l'*ubris*, l'orgueil meurtrier, s'empare de Julien. Tout lui a réussi. Pourquoi ne s'attaquerait-il pas à cet Empire de Perse qui menace l'Empire romain ? Sapor Ier avait fait prisonnier l'empereur Valérien. On raconte qu'il se servait de lui comme marchepied quand il montait à cheval. Julien se décide à attaquer Sapor II. Dans la deuxième année de son règne, le jeune empereur va trouver la mort devant Ctésiphon, capitale impériale des Perses située sur la rive gauche du Tigre, non loin de l'actuelle Bagdad. Des rumeurs sans preuve coururent sur l'origine de la lance qui lui coûta la vie : elle aurait pu provenir, non pas d'un ennemi perse, mais d'un chrétien de sa propre armée.

Nous disposons, parmi d'autres, de deux grandes sources pour l'histoire de Julien : d'un côté l'historien Ammien Marcellin, qui lui est favorable ; de l'autre, saint Grégoire de Naziance, qui, en tant que chrétien, lui est farouchement hostile. Avec une simplicité familière, souvent mêlée de drôlerie, avec une précision sans faille, Lucien Jerphagnon nous entraîne à toute allure dans les aventures du plus mal aimé de tous les empereurs romains, qui se fit, pour prendre les mots de Paul Veyne, « le pape autoproclamé des derniers païens ». À ce platonicien conservateur égaré sur le trône et détesté des chrétiens, Lucien Jerphagnon rend une sorte de fraîcheur extravagante.

Le Figaro littéraire, 24 avril 2008

Vagabondages littéraires

*Intitulé « N'importe quoi », un des chapitres d'*Odeur du temps *racontait l'histoire de la girafe de Charles IX. On trouvera dans « Vagabondages littéraires » quelques textes que – si j'étais saisi soudain par la folie des grandeurs – j'appellerais volontiers, à la façon de Voltaire, « Mes petites coÿonnades ».*

On y découvrira notamment un portrait de Proust, en pleine santé, élu à l'Académie française entre Claude Farrère, qui avait battu Claudel, et Albert Buisson, illustrant ainsi la formule assez vive de Paul Valéry : « L'Académie française est composée des plus habiles des gens sans talent et des plus naïfs des hommes de talent. »

Tout poème est un miracle

Il y a deux espèces d'anthologies poétiques : l'anthologie de type universitaire qui se pique d'objectivité et qui passe en revue, sur les quelque mille ans de notre histoire littéraire, à partir de l'inévitable *Cantilène de sainte Eulalie* de la fin du IXe siècle :

> *Buona pulcella fut Eulalia,*
> *Bel avret corps, bellezour anima…*

les écoles et les genres ; et les anthologies d'humeur qui, en tout arbitraire, s'efforcent d'imposer une conception esthétique, et parfois politique, de la littérature. Les deux formules ont leurs charmes et leurs périls. La première est plus honnête, la seconde est plus excitante. Le modèle de toute critique d'humeur est fourni par l'*Introduction à la poésie française* de Thierry Maulnier. Emportée par une hostilité ouverte au romantisme, elle ne conservait, par exemple, de *Booz endormi*, et en fait de toute l'œuvre d'Hugo, que des fragments déchiquetés et épars :

Quel dieu, quel moissonneur de l'éternel été...

Le choix des textes qui composaient *Et toi mon cœur pourquoi bats-tu* m'avait, pour ma part, posé peu de questions de principe : je m'étais contenté de réunir les poèmes et les proses que je connaissais par cœur. Le problème, il est vrai, n'était que reculé : on était en droit de me demander ce qui me faisait apprendre par cœur tel ou tel passage de Racine ou tel ou tel sonnet de Ronsard. La réponse était difficile – et, en fin de compte, assez simple : parce qu'ils me plaisaient.

J'ai toujours défendu l'idée qu'il n'y a pas de devoir de culture et que la littérature est d'abord un plaisir. Un plaisir très haut et qui exige souvent des efforts. Mais enfin, un plaisir. C'était l'opinion de tous les classiques, à commencer par Corneille, Racine, Molière et La Fontaine. Dans tous leurs textes, et notamment dans leurs préfaces, ils reviennent à qui mieux mieux sur cette primauté du plaisir. Corneille : « La poésie dramatique a pour but le seul plaisir de spectateur. » Racine : « La principale règle est de plaire. » Et Molière : « Je voudrais bien savoir si la grande règle de toutes les règles n'est pas de plaire. »

Rien n'est moins impartial que le plaisir. Parler de plaisir, c'est parler du même coup de subjectivité. En préparant *Et toi mon cœur pourquoi bats-tu*, je me suis aperçu très vite et un peu à ma surprise qu'à l'exception de Chénier je ne connaissais par cœur aucun poème du XVIIIe. Ce siècle, adonné plus que tout autre – et, en tout cas, plus que le siècle qui l'avait précédé et que les deux siècles qui allaient le suivre – aux délices du plaisir et de la volupté, m'a toujours paru étrangement peu poétique. Entre Racine et Chénier, j'avais du mal à découvrir le moindre vrai poète. Je n'en trouvais aucun, pour ma part, qui m'enchantât autant que les poètes trop souvent ignorés du XVIe siècle ou ceux peut-être trop connus du XIXe.

Puisque le seul plaisir me dirigeait et que j'étais censé connaître par cœur (ou à peu près par cœur) les textes rassemblés dans mon ouvrage, j'ai donné le pas à la brièveté sur la longueur. Je me suis vu contraint, à ma honte et à mon regret, de couper des poèmes aussi célèbres et aussi beaux que la *Tristesse d'Olympio*, la *Maison du berger* ou *Le Bateau ivre*. Tout poème est un miracle et il y a chez tous les poètes, et même, en vérité, chez les plus grands, chez Hugo, chez Rimbaud, chez Baudelaire, chez Aragon, des passages où la tension faiblit inévitablement. Parmi les poèmes les plus longs, je n'ai publié intégralement (ou presque) que *La Chanson du mal-aimé* et *Le Cimetière marin*.

C'est peut-être simplement parce que la mémoire – et d'abord la mienne – a des limites que j'ai privilégié les textes courts. En épigraphe à mon recueil, j'avais placé une phrase de Proust : « Et toutes les âmes intérieures des poètes sont amies et s'appellent les unes les autres » et un texte de Joubert : « Les mots du poète conservent du sens même lorsqu'ils sont détachés des autres et plaisent isolés, comme de beaux sons. On dirait des paroles lumineuses, de l'or, des perles, des diamants et des fleurs. »

Tout mon projet était déjà dans ces deux passages : d'abord, pour la structure de l'ouvrage, le choix d'un ordre ni chronologique, ni alphabétique, ni même thématique

– mais tout fait d'échos, de résonances, de contrepoints. Et, pour le contenu, des textes courts, aisés à retenir, qui allaient souvent jusqu'au quatrain ou au distique, et parfois jusqu'à des vers isolés :

Tristan L'Hermite :

Fais-moi boire au creux de tes mains
Si l'eau n'en dissout point la neige.

Musset :

Il se fit tout à coup le plus profond silence
Quand Georgina Smolen se leva pour chanter.

Apollinaire :

Les souvenirs sont cors de chasse
Dont meurt le bruit parmi le vent.

Malherbe :

Vous avez une odeur des parfums d'Assyrie.

Corneille :

Je cherche le silence et la nuit pour pleurer.

La Fontaine :

Sur les ailes du temps la tristesse s'envole.

Racine :

J'aimais, Seigneur, j'aimais, je voulais être aimée.

Aragon :

Je suis plein du silence assourdissant d'aimer.

Le Figaro littéraire, 26 avril 2007

UNE ROBINSONNADE

Je devrais pourtant, à mon âge, commencer à me méfier. Quand Étienne de Montety m'a proposé de repasser le bac au *Figaro*, une odeur de jeunesse m'est montée à la tête. J'ai accepté. Je n'ai pas mis longtemps à comprendre que c'était une erreur. J'allais tomber sur des questions à la mode et plus tartes que de raison, genre psychologie appliquée et sociologie en action. Je m'ennuierais à mourir. J'écrirais n'importe quoi et on allait corriger ma copie. Corriger ma copie ! « Gigantesque ! » disait Flaubert. Et il y aurait Raphaël Enthoven, à coup sûr, et peut-être Luc Ferry ou Marc Lambron, ou, pourquoi pas ? Comte-Sponville ou Onfray, ils seraient plus brillants que jamais, et on leur collerait des 19 et des 18 pendant que je traînerais dans les rues du printemps un 7 ou un 8 infamant. Il fallait trouver au plus vite une sortie de secours. Mais j'avais dit oui au lieu de dire non comme il est toujours sage de le faire. J'étais coincé. Alors, une idée m'est venue. J'allais transformer ma copie en chronique. Parce qu'il est difficile de corriger une chronique. Dans des temps immémoriaux, *Le Figaro* publiait des chroniques. Il leur arrivait d'être signées de Maupassant ou de Proust. Plus tard, de Giraudoux, de Morand, de Paul Valéry. Les moins jeunes d'entre vous se souviennent peut-être encore des chroniques de Guermantes ou de James de Coquet qui apparaissaient régulièrement à la « une » du journal, en bas, à droite. Il y a belle lurette que les chroniques ont été supprimées. J'allais en écrire une, plus ringarde que jamais, sur les examens, les concours et les copies du bac.

Les souvenirs d'enfance et de jeunesse sont des nids de chroniques. Pour entrer dans la vie active, et plus encore pour éviter d'y entrer, j'ai passé un certain nombre d'examens et pas mal de concours. Je crois me rappeler que les certificats de licence se passaient rue de l'Abbé-de-l'Épée, l'écrit de Normale sup à la bibliothèque Sainte-Geneviève et son oral rue d'Ulm. Les épreuves de l'agrégation se déroulaient à la Sorbonne. Le plus pittoresque de ces parcours était l'oral de la rue d'Ulm où régnait déjà le canular cher aux normaliens. La légende voulait que le concours fût passé, sur des questions tirées au sort et devant des professeurs tirés au sort, par des candidats tirés au sort, et qu'il fallût répondre à des questions du genre de celles-ci : « Qui a fait quoi et en quelle année ? » ou : « Que se passa-t-il après ? » À la première question, les plus subtils – on assure que Thierry Maulnier se rangeait parmi eux – répondaient : « Alaric éteignit le feu sacré à Rome en 410. » À la seconde : « L'affaire échoua. » Je me souviens que mon cher et grand maître Henri-Irénée Marrou m'interrogea moi-même sur la tenue des gladiateurs : « Ils étaient nus », répondis-je. « C'est exact », me dit-il avec un bon sourire. « Ils avaient pourtant sur eux quelque chose que vous allez me dire pour que je puisse vous mettre une bonne note. » « Un peu d'huile », répondis-je.

Trois ou quatre ans plus tôt, la guerre m'avait fait passer au lycée Blaise-Pascal, à Clermont-Ferrand, ce qu'on appelait alors le bachot de français. Et au lycée Masséna de Nice – où ce n'était plus de froid, mais de faim qu'on souffrait – le bachot de philosophie. L'oral de géographie, au moins, s'était passé assez bien : sur un bout de papier plié en quatre, j'avais tiré « le Brésil ». Une partie de mon enfance s'était déroulée à Rio de Janeiro. Je divisais le Brésil en trois parties : le Nord, le Sud, la Côte. L'examinateur – c'était une dame – eut l'imprudence de me demander quelle partie je choisissais. Je choisis la Côte et je la divise en trois. Elle me demande à nouveau quelle partie je choisis, et, de division en division et de choix en choix, je descends jusqu'au quartier de Rio et à la rue où j'habitais enfant. Il fallut bien me donner une note qui correspondait à mon grand savoir et qui rattrapa mon retard en chimie et en cosmologie.

Mon professeur de philosophie à Nice avait des cheveux longs sur un mufle de lion. Il s'appelait M. Fouassier. Deux semaines avant le bac, sur un sujet que j'ai oublié, il y eut une dernière composition. La dernière semaine, il rendit les copies. Je n'étais pas premier. Je n'étais pas deuxième. Je n'étais pas troisième. L'angoisse me prenait. Tous les noms de la classe défilèrent, jusqu'au dernier, sauf le mien. Lorsque tout fut terminé, et moi réduit à néant, M. Fouassier déclara : « J'ai gardé pour la fin une copie exceptionnelle que je me propose de vous lire. » C'était la mienne. M. Fouassier commença sa lecture. De temps en temps, il s'interrogeait et lançait un éloge ou une approbation. Le roi n'était pas mon cousin. À un moment donné, par souci d'équité, il lâcha une réserve. Quelques instants plus tard, une observation moins amène. Et puis, à un rythme accéléré, les remarques les plus désobligeantes se succédèrent les unes aux autres. Il finit par me rendre ma copie en me lançant : « Franchement, à la relecture, c'est moins bien que je ne pensais. C'est même plutôt médiocre. »

Ah ! fini de plaisanter. Voici les sujets qui me parviennent. Ils sont à peu près aussi intéressants que je le prévoyais : « Toute prise de conscience est-elle libératrice ? » Mon Dieu !... Ou : « L'art nous éloigne-t-il de la réalité ? » Comme si l'art n'était pas une réalité plus réelle que la réalité... Ou : « Que vaut l'opposition du travail manuel et du travail intellectuel ? » Au secours, Rimbaud ! Tout le monde se souvient de sa main à la charrue qui vaut bien la main à la plume. Ou encore : « Que gagnons-nous à travailler ? » À cette dernière question, Jules Renard, dans son *Journal*, a déjà répondu d'une seule phrase : « La punition des paresseux, c'est le succès des autres. » La seule question qui aurait pu me tenter si je m'étais plié au jeu, ce qu'à Dieu ne plaise, c'était : « Peut-on se passer de l'État ? » Comme nous aimerions tous nous passer de l'État, de ses exigences, de ses papiers, de ses interdictions, de son poids écrasant et de plus en plus écrasant ! Un chef-d'œuvre a été écrit sur l'absence de l'État : c'est *Robinson Crusoé*. Il me suffit de recevoir ma déclaration d'impôts et de boucler ma ceinture en voiture pour rêver de Robinson. Mais il ne serait pas difficile, après une première partie consacrée à la liberté de l'individu sans État, d'entamer la seconde partie (quel ennui !) où l'État apparaîtrait comme le Grand Protecteur qui vient aider les plus faibles contre les plus forts et dont personne ne peut se passer. On parlerait de Hobbes, bien sûr, et de son homme qui est un loup pour l'homme, de Spinoza pour s'amuser un peu, de Rousseau et de son *Contrat social*, de Kant, naturellement, et on finirait sur Hegel pour qui l'État finit par se confondre avec la philosophie. Pouah ! Une troisième et dernière partie montrerait avec éclat – repouah ! – que l'État libérateur peut être aussi, si vous n'y prenez garde, un État oppresseur qui surveille les citoyens, organise des écoutes, se sert de grandes oreilles et menace la démocratie avec le cumul des pouvoirs. Re-repouah ! On bouclerait la boucle avec Benjamin Constant : « Que l'État se contente d'être juste. Nous nous chargeons d'être heureux. »

Une dernière question, que je me suis bien gardé de traiter, était : « Peut-on en finir avec les préjugés ? » Un fameux préjugé avec lequel il faudrait en finir est de s'imaginer que la philosophie est bien servie par les philosophes professionnels. Nous savons depuis Socrate que la vraie philosophie se moque de la philosophie et que le vrai philosophe, bien loin de répondre aux questions qui lui sont posées par les philosophes, va plutôt tremper ses doigts de pied dans le fleuve Ilissos et danser avec les loups.

Le Figaro, 14 juin 2007

À NOUS DEUX, LUPIN !

J'ai longtemps vécu avec Bibi Fricotin, avec Bicot et sa sœur Suzy, avec les Pieds Nickelés. Je les sortais subrepticement de mon cartable d'écolier ou de dessous mon oreiller où ils étaient cachés et j'allais les rejoindre en secret au lieu d'extraire des racines carrées et au lieu de dormir. Ils m'ont valu des journées enchantées et des nuits sans sommeil.

Bibi Fricotin était un vague ancêtre de Tintin. J'ai un peu oublié ce qui lui arrivait dans un grand album dont le titre, plein de mystère, danse encore devant mes yeux : *Bibi Fricotin boit l'obstacle.* Bicot, le président du club des Ran-tan-plan, est plus présent à mon esprit. Il ne pense qu'à aller jouer dans la rue avec les membres du club. Mais sa sœur Suzy, très élégante et toujours en train de sortir de chez le coiffeur, a vite fait de l'attraper par la main et de le traîner derrière elle dans un de ces goûters huppés qu'il déteste. Bicot Bicotin appartient à une famille petite-bourgeoise qui pète plus haut que son cul. On l'habille volontiers dans des costumes de velours rouge qu'il vomit positivement. Et quand Suzy l'enlève, dans une sorte de tourbillon qui lui fait tourner la tête, vers des buffets très élégants où pérorent des petits vieux à large col et à lunettes, il brûle ses dernières cartouches et menace sa sœur de révéler à ces dames que son ravissant et infect costume rouge a été taillé dans le velours du rideau du salon.

Les Pieds Nickelés – je n'ai pu obtenir le moindre renseignement sur l'origine de leur nom –, c'était autre chose. L'un avec son long nez, l'autre avec son bandeau sur l'œil, le troisième avec sa barbe en épi, ils étaient hirsutes, rigolards, délirants, laids comme trois fois le diable. Déguisés en douaniers, en princes arabes, en ministres, ils m'entraînaient, sur les chapeaux de roue, dans des cascades d'aventures. Il y avait déjà en eux comme un vague reflet des Marx Brothers et comme l'annonce lointaine de ce qui allait se passer, bien des années plus tard et après bien des événements, dans le joli mois de mai 1968. Les Pieds Nickelés ne respectaient rien, ils se moquaient des discours et des institutions, ils renversaient à leur manière l'ordre établi. Soixante ou soixante-dix ans avant Gainsbourg et Coluche, ils incarnaient déjà la subversion par le rire.

Mais ce que j'aimais le mieux, je crois, c'était Arsène Lupin. Avec son chapeau haut de forme, son monocle, son écharpe blanche, avec sa façon inimitable de traiter l'inspecteur Ganimard et de s'évader, à la dernière minute, des fourgons cellulaires, il était un peu pour moi ce que le subtil Ulysse devait être aux Grecs anciens et aux jeunes disciples d'Abélard ou d'Érasme. Je sortais à peine de Bibi Fricotin, des Pieds Nickelés, de Bicot et de sa sœur Suzy, et Arsène Lupin m'éblouissait.

Beaucoup d'écrivains se vantent de leurs lectures précoces. Je crains d'avoir lu Arsène Lupin très tard. Dans la cour de la rue d'Ulm, autour du fameux bassin aux Ernest – qui n'étaient rien d'autre que de paisibles poissons égarés parmi les intellectuels –, sous les toits très illustres où quelques années plus tôt Jules Romains faisait discuter Jallez et Jerphanion, j'alternais la lecture de Maurice Leblanc et de Platon. Je montais parfois jusqu'à Gaston Leroux et à son Rouletabille dont la supériorité intellectuelle était si éclatante et qui se situait à égale distance de la tragédie classique avec le thème du lieu clos dans *Le Mystère de la chambre jaune*, du rationalisme triomphant avec le culte rendu au « bon bout de la raison » et du surréalisme qui n'avait pas manqué de se jeter sur la phrase mystérieuse et célèbre : « Le presbytère n'a rien perdu de son charme ni le jardin de son éclat. » Mais je revenais toujours à *L'Aiguille creuse*, à *813*, au *Bouchon de cristal* ou à *La Demoiselle aux yeux verts*.

Ce qui me plaisait le plus chez Arsène Lupin, c'était ses avatars, c'était ses métamorphoses. Dans l'ivrogne aux paupières bouffies qui ne prononçait pas un mot, dans le gentleman en habit, dans le préfet de police entouré de respect, je retrouvais avec joie l'invulnérable cambrioleur aux identités successives, toujours en train de semer sur les lieux de ses méfaits ses éternels bristols : « Avec les compliments d'Arsène Lupin. » Il y avait là-dedans à la fois du mystère et de l'insolence, de la légèreté et du drame. Lupin semblait illustrer avant la lettre la formule de Nimier : « Ne rien prendre au sérieux, toujours tout prendre au tragique. » Il donnait l'exemple de la désinvolture panique.

Est-ce que déjà, à cette époque, j'avais envie d'écrire des livres ? Est-ce que soufflaient déjà les délices et les affres du désir de littérature ? Je ne crois pas. En même temps que Maurice Leblanc et que Gaston Leroux, en même temps que Platon et Plotin et Kant et Heidegger, je me mettais – sur le tard – à lire Flaubert et Maupassant, Benjamin Constant, Balzac, Proust, Hemingway et Aragon. Leur splendeur me décourageait. L'idée ne me venait pas, ou elle me venait à peine et je la chassais aussitôt, d'entrer, à mon tour, en modeste débutant, dans le cercle étincelant des écrivains et des romanciers. Je me revois distinctement en train de lire en plein air, au lieu de travailler sur Hobbes ou sur Spinoza, *Le Paysan de Paris* ou *Aurélien* d'Aragon et *Le soleil se lève aussi* de Hemingway. L'admiration me faisait mal. J'aurais aimé, bien sûr, faire surgir d'un coup de crayon une créature de rêve aussi séduisante, aussi incomparable que Bérénice ou lady Brett. Ce n'était pas la peine d'essayer. À quoi bon ? Je n'étais même pas capable de tirer de mon bonnet si désespérément stérile un autre Ribouldingue ni un nouveau Bicot – pour ne rien dire de ces géants qu'étaient encore à mes yeux un Isidore Beautrelet, une Dolorès Kesselbach ou le très modeste inspecteur Ganimard.

Un samedi soir, pourtant, à la suite de circonstances dont le simple récit réclamerait des pages et des pages et qu'il m'est impossible de rapporter ici, je déposai au n° 5 de la rue Sébastien-Bottin, qui est une des plus courtes et des plus terrifiantes de Paris, une assez grosse enveloppe qui renfermait un manuscrit. C'était mon premier contact avec les éditions Gallimard. Je prie les débutants et les débutantes de noter que je ne m'étais fait précéder ni accompagner par aucune espèce de recommandation. Je comptais sur mon seul talent pour m'ouvrir toute grande la porte qui menait aux prestiges ineffables de la couverture blanche avec des filets rouge et noir. J'avais sans doute un peu présumé de mes forces. La porte restait fermée. Ou elle tardait à s'ouvrir.

Peut-être aussi étais-je à la fois trop modeste et un peu trop orgueilleux, un peu trop affolé et un peu trop impatient. Je devais, plus tard, passer de l'autre côté de la barrière, pénétrer à mon tour dans le saint des saints du comité de lecture de Gallimard et être payé pour savoir ce qu'il faut de patience aux auteurs de manuscrits qui s'empilaient sur ma table. J'ignorais encore tout, à l'époque dont je parle, des tourments des lecteurs professionnels et des comités de lecture. Un autre samedi soir, quinze jours ou trois semaines plus tard, je déposai le double de l'immortel manuscrit à quelque cinquante mètres de la rue Sébastien-Bottin : au 34, rue de l'Université, chez Julliard. L'entre-deux-guerres avait été marqué par la rivalité de Gallimard et de Grasset. Notre deuxième après-guerre avait vu croître et se développer la rivalité entre Gallimard, qui éditait Sartre et Malraux, et Julliard, qui éditait Sagan. Le lendemain dimanche, à 7 heures du matin, le téléphone sonnait. C'était René Julliard qui prenait mon bouquin et me promettait avec bonté le même succès que Sagan. Nimier, Vailland, Laurent, Bory n'étaient pas mes cousins. Je marchais vivant dans mon rêve étoilé.

Comme le suivant, et aussi le suivant, et encore le suivant, et toujours le suivant, le livre fut un échec. Mais j'avais eu le temps, les dents serrées, de me prendre un instant – et avec le même succès – pour l'inspecteur Ganimard en train de lancer son défi : « À nous deux, Lupin ! »

Le Figaro, 23-24 août 1986

Minute, Papillon !

Qu'il soit bien entendu d'abord, et je ne plaisante pas, que c'est la jalousie qui me fait parler. Longtemps, j'étais encore bien jeune, j'ai beaucoup admiré *Polyeucte*, Marcel Proust, Saint-John Perse et Bernard Frank : je les lisais le soir dans mon lit, ils me faisaient honte et j'avais envie de pleurer. Des amis qui me voulaient du bien me consolaient un peu en me racontant que le premier volume de la *Recherche* avait été édité à compte d'auteur, que jamais *Paris-Match* n'aurait parlé de l'*Anabase*, que le livre de poche ignorait la *Géographie universelle*, et que Corneille était mort si pauvre, si pauvre qu'il avait eu du mal à ressemeler ses souliers. Je ne dis rien de Rimbaud parce qu'il a déjà beaucoup servi. Et j'étais déjà si ignoble que tout ça me faisait un peu plaisir.

Plus tard, j'ai beaucoup cédé : j'ai eu des voitures ridiculement longues, je faisais du ski à Megève, je crois même que j'ai prononcé une ou deux conférences à crever de rire devant des dames à chapeau, il m'est même arrivé de me marier un peu et de passer l'hiver aux Caraïbes. Alors, forcément, je lisais *Angélique et le roi* et *Ambre* et quelques ouvrages de Guy des Cars. Et on me disait pour me faire encore de la peine qu'ils avaient gagné des cent et des mille et j'en connais autour de moi qui trouvaient, et ils trouvent encore, que je me débrouillais comme un manche dans ma petite industrie. Mais je lisais les bons critiques, je pêchais par-ci par-là, chez Jean-François Revel ou dans le bloc-notes de Mauriac, ou dans une revue illisible, de pieuses paroles de consolation : elles me donnaient la force d'ouvrir la dernière lettre de Christian Bourgois où il me disait qu'il était très content de moi parce qu'on venait encore de vendre en Belgique 450 exemplaires d'un assez joli petit ouvrage que la modestie m'empêche de nommer.

Bon. Alors, vous croyez que c'est gai d'apprendre maintenant de la bouche unanime des éditeurs et des académiciens que ce qui s'enlève comme des petits pains, c'est précisément un chef-d'œuvre et que ce sont désormais les mêmes qui ont en même temps le talent et le succès ? Et la différence des genres ? Et le mystère de l'écriture ? Et l'ÉLITE ? Et la vulgarité ? Non, mais qu'est-ce que c'est que ce monde-là ? Mon cher Maître, j'aime mieux te le dire tout de suite, nous sommes un certain nombre à qui tu as fait beaucoup de chagrin : tous ceux qui avaient plus de génie que de lecteurs et tous ceux qui avaient plus de lecteurs que de génie, ça fait tout un petit bataillon qui t'attend au tournant.

Il faut avouer, mon cher Maître – ah ! j'oubliais : vous n'avouez jamais, vous autres –, que tu leur facilites un peu les choses. Si tu me permets de te le murmurer respectueusement à l'oreille : tu en fais trop. Voilà, c'est dit : tu en fais trop. Tu ne peux pas respecter notre souffrance, non ? La discrétion, mon pauvre Maître, personne peut-être ne te l'a jamais apprise ? Je n'ouvre plus *Le Monde*, *La Vie catholique*, *Études*, *La Vie financière*, *Entreprise* ou *Expansion* sans voir ta bonne gueule et tes excellentes réflexions entre le cours de la Bourse et les dernières nouvelles de la C.F.D.T. Et puis voilà que tu te mets à faire des cours de droit maintenant :

alors, là, c'est le pompon! Hier soir, je tourne ma télé: les fedayin, parfait. Les ouvriers du Mans, excellent. Le prince Karim et la princesse Salima, ah! bravo... Et puis, ça y est, encore toi: ENCORE TOI! Voilà des semaines que le box-office est coincé sur Papillon comme le baromètre sur le beau fixe. Avant de voir peut-être un soir Gabin dans le rôle de Papillon, c'est déjà tous les soirs Papillon dans le rôle de Gabin. Mais gare à la cataracte! Tiens, approche-toi... plus près... : méfie-toi un peu. La roche tarpéienne est près du Capitole. Quoi?... Qu'est-ce que c'est que ça?... Bon, alors écoute: tu vois le temps que tu as mis pour aller de Cayenne au Venezuela, du Venezuela chez ce brave Laffont, et de ce brave Laffont chez Maxim's? Eh bien; il en faut encore bien moins pour dégringoler du bloc-notes de Mauriac à un autre bloc-notes de Mauriac. Voilà ce que c'est, notre vie. Ah! bien sûr! toi, tu n'as jamais connu que le bagne, tu avais des copains, le cœur sur la main et tout. Mais chez Maxim's c'est autre chose. C'est pas des bagnards, non, c'est pis: des mannequins-vedettes, des académiciens, des secrétaires généraux de ministères. Fais gaffe où tu poses le pied.

Remarque, toi on ne peut pas t'en vouloir. Tu parles, et on pense à une espèce de Pagnol qui n'aurait pas connu Mgr Grente et M. le duc de La Force. Papillon, passe encore. Mais les chasseurs de Papillon!... Ceux qui te demandent, à longueur d'ondes et de journées, ce que tu penses du code civil, de l'éducation des enfants, de la signification moderne de la solidarité, d'un monde tendre et cruel, du sens de la vie et de la charité chrétienne... Des fois, tu sais à quoi tu me fais penser, au milieu de tes casseurs à la belle figure et de tes disciples à la manque et à la belle âme : un vrai Jésus au milieu des docteurs. Quand je t'écoute, comme ça, et que tu racontes avec ta jolie voix tes 724 cavales et le courage et la haine et l'envie que tu avais d'étriper les jurés et puis que tout ça se calme comme de l'huile sur une mer déchaînée, alors ça devient tellement beau que je me prends à rêver. Je me dis que Victor Hugo, c'était un cave et que Guernesey, ce n'était tout de même pas l'île du Diable. Tu te rappelles Jean Valjean, le forçat qui s'évade en se jetant à la mer ? Et tu te rappelles que M. Madeleine, le bon bourgeois, c'est encore Jean Valjean camouflé ? Et tu te rappelles le doux évêque, Mgr Myriel, qui a tellement confiance en l'homme et qui commence le lent et beau travail de salut du forçat ? Eh bien ! toi, c'est bien plus fort et Victor Hugo aurait mieux fait d'y penser : Mgr Myriel, chez toi, c'est Jean Valjean lui-même, déguisé en évêque. Toi, tu es en même temps l'archevêque et le forçat, et le bagne, pour toi, mon Dieu ! c'était une espèce de séminaire. Et il n'y a pas de quoi rire.

L'Église a toujours été, dans ce qu'elle avait de plus pur et de plus sacré, non l'Église de la pourpre et de la turpitude, mais l'Église de Marie-Madeleine, du bon larron, des voleurs et des prostituées. Au siècle de l'*aggiornamento*, je ne suis peut-être pas loin de voir en toi l'image si fraternelle du martyre et du salut : Sa Sainteté le Papillon.

Pardonne-moi, je rêve, et avec un peu d'amertume. C'est que moi, vois-tu, il faut me comprendre aussi, je n'ai pas toujours eu la vie gaie. Je n'ai jamais pensé qu'à une chose, c'est à la littérature, cette littérature où je traîne lamentablement et où tu as fait en deux mois une entrée si éclatante. Oh ! je sais bien, tu es modeste, tu dis à qui veut l'entendre, et surtout au bon reporter qui t'interroge inlassablement sur ta *Weltanschauung* et sur ta conception de la transcendance, que ce que tu as voulu faire surtout, c'est une opération commerciale. Tout à fait comme ton jeune copain qui répondait très bien, un peu comme Sagan, d'ailleurs, que s'il s'était mis à écrire, c'était parce qu'il aimait les voitures. Il les aimait, alors il les volait. On le mettait en prison et il avait le temps pour écrire. Bref, toi tu as eu de la veine : on t'y a mis, en prison. Tu étais pauvre, ou presque, tu étais orphelin, ou presque, tu avais le bagne derrière toi, et puis aussi devant toi, puisque c'était à perpète. Alors, le temps, il t'était donné, et le courage, il t'était imposé. Et puis, par-dessus le marché, tu avais des tas de choses à raconter.

Et moi, petit malheureux, mon père était ambassadeur, j'ai vécu au milieu de salonnards et quelquefois d'hommes d'affaires, et si je voulais trouver dans ma vie des histoires à raconter, ce qui me montait à la tête, c'étaient des souvenirs d'enfance heureuse et de distributions des prix. Est-ce que tu te rends compte un peu de la chance que tu as eue, eh ! Villon, eh ! crapule, eh ! Rimbaud, eh ! maquereau, eh ! Lautréamont… À toi la cour d'assises, le bout du monde, les coups de couteau, le goût de la vengeance, à moi les fadaises, les ridicules succès scolaires, l'ignominie des bons sentiments. Toi, tu avais derrière toi toute la légende du crime et toutes les chaînes des forçats : alors, forcément, à toi la grande presse, à toi la radio, à toi la télévision, à toi les curés.

Moi, qu'est-ce que tu veux, voilà deux ou trois cents ans que je dîne tous les soirs avec tous ces gens-là, alors, forcément (est-ce que je peux te rappeler que c'est la jalousie qui parle ?), même s'ils n'étaient pas très malins, ils ont eu tout le temps nécessaire pour découvrir que j'étais un imbécile.

Je vais te dire ce qui me fait un peu peur : ce n'est pas que les académiciens se mettent à faire des fric-frac, non, ils en seraient bien incapables, maladroits comme ils sont, c'est plutôt que tous nos malfrats se mettent à croire qu'ils ont du génie et qu'on gagne plus de fric encore à écrire honnêtement qu'à voler des voitures. Il faudrait que tu leur expliques que les casses rapportent beaucoup, mais alors beaucoup plus, qu'un roman bien ficelé. Mais, tu comprends, tu en as tant fait que tout le monde s'imagine maintenant que le bagne, c'est une espèce d'École normale pour écrivains de talent et pour moralistes indignés. Si vous savez écrire, vous savez dessiner ; si vous savez voler, vous savez écrire : c'est tout simple. Je rêve d'un avenir où les candidats académiciens auraient à répondre à deux questions et à deux questions seulement : 1) Avez-vous une sœur qui chante ? 2) Avez-vous été accusé d'assassinat ? Malheur aux petits imbéciles qui ont traîné toute une vie à lire Virgile dans le texte et l'anthologie des poètes grecs ! Et ce pauvre crétin de Julien Sorel qui commençait par le snobisme et qui finissait par l'échafaud ! Toi, tu es bien plus fort ; tu commences par l'échafaud et tu finis par le snobisme. Encore bravo.

Tu sais ce que c'est, oui, la pression sociale ? Tu les entends, tous ces gens qui t'admirent parce que tu montes d'en bas et que tu reviens de l'enfer et qui me méprisent parce que je descends d'en haut et que j'arrive du salon ? Mais qu'est-ce que j'ai fait au bon Dieu pour avoir été toujours heureux ? Tu sais, Papillon, je t'ai beaucoup écouté ces temps-ci, alors toi aussi, maintenant, tu vas m'écouter un peu. De nos jours, avoir été heureux comme je le suis, c'est une malédiction. Voilà : l'écrivain maudit, c'est moi. Et tu sais, j'ai essayé de faire des bêtises, ah ! bien sûr, de petites bêtises : tout le monde ne peut pas baigner dans le sang – et elles se sont toujours arrangées. Tu as raison. C'est bien ce que tu racontes : j'étais du mauvais côté de la barrière – enfin, du bon quoi, le mauvais – et puis là, tout s'arrange toujours et c'est comme ça qu'on perd sa vie. Et toi, tu étais du bon – pas besoin de s'expliquer : chacun sait aujourd'hui que le mauvais côté, c'est le bon. Alors, le salut, c'est pour toi, et la sagesse, c'est pour toi, et la longue expérience, c'est pour toi. Et les professeurs de droit, c'est pour toi, et les belles âmes, c'est pour toi aussi. Ah ! j'oubliais, et puis le talent, c'est pour toi. Ah ! et c'est le comble, le fric aussi c'est pour toi. Qu'on m'envoie au bagne, et plus vite que ça ! Enfin, quoi, je connais assez de gens, non ?

Voilà : je délire. Oh ! je sais bien. Tout ça, c'est des rêves… Tes copains et toi, vous le dites très bien. Vous, vous volez des voitures et on vous envoie à Cayenne. Et moi, si j'essayais, tu sais ce qui se passerait ? Tu le sais, hein ! On ferait jouer un député, on irait voir des juges, on sonnerait à toutes les sonnettes, on monterait jusqu'à… tu suis mon regard ?… et on me tirerait encore de là. Et on me rendrait à mes dossiers et à mon petit bureau, et tout serait de nouveau foutu.

Et ça, mon vieux Papillon – ça ne t'ennuie pas que je te dise tu, mon cher Maître ? parce que tu sais, dans la misère, il faut bien s'entraider –, de cette vie-là, on ne s'évade pas ! C'est pas comme le bagne. Et puis ce n'est pas non plus une pépinière de talents : là encore, c'est pas comme le bagne.

Tu rigoles. Attends un peu. Tu verras. Parce que moi, il ne me sera peut-être pas commode de me faire envoyer au bagne, mais toi, il te sera bientôt tout à fait impossible d'échapper aux mille petites ficelles avec lesquelles ils t'attachent, pauvre grande âme évadée, pauvre Gulliver de la canaille. Un hasard est toujours possible : peut-être qu'ils changeront, eux, et que d'autres « ils » m'enverront un jour au bagne. Ah ! comme j'écrirai ! Mais toi ! Je te vois gavé jusqu'à la fin de tes jours de petits-fours et de micros baladeurs. Et les colloques et les conférences de presse et les sacrés synodes et les tables rondes de la bonne conscience. Mon vieux Papillon, tu as échappé à pas mal de choses : aux cognes, aux requins, à la syphilis, à la pauvreté et même peut-être à la médiocrité. Minute, Papillon : je te condamne à perpétuité à l'ignominie du succès et de l'estime des belles âmes.

Allons ! Allons ! Il ne faut pas pleurer… C'est pas le bagne, le succès. Tu verras : on finit par s'y habituer très bien… Et dis, Papillon, tu me refuses pas la main, non ? Ça fait tellement plaisir de serrer la main d'un honnête homme. Et quand je regarde tous ceux qui vivent déjà de toi, et qui parlent de toi, et qui t'exploitent un peu comme moi, je me dis que tu as tout de même raison d'être tombé – un rien, un doigt, une ombre – dans le moralisme prêcheur et dans toutes les scies à la mode, et que parmi tous ces crétins qui t'acclament après t'avoir rejeté, le plus honnête homme c'est encore toi. Mais il ne faut tout de même pas que toute cette masse énorme de sottise et d'ignominie te fasse tourner la tête : parce que être le plus honnête et le moins con dans ce monde de petits-bourgeois très lâches et de lecteurs imbéciles, tu sais, c'est pas le bout du monde, c'est pas la mer à boire, c'est pas le Pérou de la Chine…

L'Actualité, 6-12 novembre 1969

PORTRAIT DE PROUST SOUS LA COUPOLE, EN AMI DE BERGSON ET AVEC UNE SANTÉ DE FER

Un soir d'automne, au Ritz, un peu après Diên Biên Phu, c'est Paul Morand qui me présenta à Marcel Proust. Les deux écrivains avaient toujours été liés. Morand était l'auteur d'un poème qui commençait par ce vers :

Proust, de quels raouts revenez-vous donc la nuit ?…

Et Proust avait préfacé, en des termes où une ombre de perfidie le disputait à l'éloge, un des premiers livres de Morand : *Tendres Stocks*.

Je devais revoir plusieurs fois Marcel Proust avant sa mort, à quatre-vingt-neuf ans, dans les bras de Céleste Albaret qui avait donné tant de traits à Françoise dans *La Recherche.* Cérémonieux et désordonné, il continuait à ressembler, selon le mot de Colette, « à un garçon d'honneur ivre ». Je le retrouvais souvent chez le cher Robert de Billy, qu'il ne faut confondre ni avec André Billy qui donna tant de chroniques au *Figaro,* ni surtout avec l'ami très proche de Proust qui s'appelait, lui aussi, Robert de Billy. Mon Robert de Billy à moi habitait, rue de l'Université, le superbe hôtel Pozzo di Borgo où il recevait, après la Seconde Guerre, tout ce qui avait un nom à Paris. Proust, déjà âgé, aimait à y retrouver les Noailles, les Beauvau-Craon, la très belle duchesse de Montesquiou dont la fille, Victoire, marchait déjà, enfant, sur les traces de sa mère.

Proust appréciait moins la beauté des femmes que leurs noms, qui le faisaient rêver. « Laissons les jolies femmes, me disait-il, aux hommes sans imagination. » Il n'était pas snob par intérêt, par faiblesse, par masochisme, par bassesse : il était snob par imagination. « Le snobisme, me dit-il un jour, c'est-à-dire l'admiration de ce qui chez les autres est indépendant de leur personnalité. »

Je me rappelle un dîner bien parisien chez des espèces de Verdurin où j'entendis l'auteur de *Sodome et Gomorrhe* interroger avec une obstination maniaque qui touchait à la cruauté la toute jeune Mme Claude sur les fantasmes et les exigences de son élégante clientèle. Je me souviens aussi d'un déjeuner chez les Broglie où il me raconta son dialogue, à Mortefontaine, avec le duc de Gramont qui lui tendait son livre d'or. M. de Gramont lui avait dit : « Votre nom, monsieur Proust, et surtout pas de pensée ! » « Il aurait mieux fait de me dire, commenta Proust en hennissant : Une pensée, monsieur Proust, et surtout pas votre nom ! »

Je lui rapportai en échange la formule si brève et si belle de son ami Léon Blum qui remettait la Légion d'honneur à Louis de Broglie, savant immense, inventeur de la mécanique ondulatoire, d'une autre stature assurément que Cottard ou Brichot : « Vous appartenez, monsieur, à une famille où le talent était héréditaire avant que le génie n'y entrât. » L'histoire, qu'il ne connaissait pas, enchanta le père de Swann et d'Odette de Crécy. Elle contribua aux liens qui s'établirent entre nous.

Cocteau prétendait que Proust avait une mauvaise santé de fer. À l'épouvante du docteur Proust, son père, le petit Marcel avait failli mourir d'une violente crise d'asthme à l'âge de neuf ans. Aux alentours de la cinquantaine, juste après l'achèvement de son œuvre majeure : *À la recherche du temps perdu*, il avait donné beaucoup d'inquiétude à ses admirateurs et à ses amis. À mesure qu'il vieillissait, il paraissait plus solide. Il n'allait pas jusqu'à courir, comme Saint-Loup, sur les banquettes rouges de chez Maxim's, mais il étouffait moins. Lui qui, si longtemps, avait été si fragile, mourut en pleine santé, guéri, ou presque, de ses allergies, de son asthme et de son rhume des foins.

Proust avait été élu à l'Académie française au lendemain de la Seconde Guerre, dans la grande fournée gaulliste de 1946. C'était sa quatrième tentative. Il avait été battu successivement par Claude Farrère, par Francisque Gay et par Jean Tharaud, qui rejoignait son frère Jérôme sous la coupole du Quai Conti. C'est à cette occasion que le jeune Antoine

Blondin, qui faisait ses premières armes dans les lettres, s'était écrié : « Encore un Tharaud de casé ! »

Déjà avancé en âge et couvert de gloire littéraire, mais toujours ébloui par le faubourg Saint-Germain et les grandeurs d'établissement, le petit Marcel avait tenu en outre à s'effacer, malgré l'insistance de ses amis et même de son adversaire, devant le duc de Gramont. « Mon pauvre petit Jean, me dit-il un jour que je m'étonnais de cette modestie, les écrivains, de nos jours, ça se ramasse à la pelle. Mais les ducs, surtout les vrais, deviennent de plus en plus rares. »

Vers la fin de la vie de l'auteur de *L'Évolution créatrice* et de *Matière et Mémoire*, Proust s'était lié intimement avec Bergson, qui était son cousin par alliance et qu'il admirait depuis toujours. Au moment où commençait la grande persécution des Juifs, ils s'entretinrent souvent de ces questions religieuses qui tourmentaient le philosophe et auxquelles le romancier était indifférent.

Proust fut de ces Juifs qui mirent au début leur confiance dans le maréchal Pétain avant d'être contraints à se détourner de lui. « Que voulez-vous, me disait-il, il avait une belle tête de paysan français et Françoise, à Combray, aurait été folle de lui. »

Pendant quelque temps au moins, Proust s'était entiché de Maurice Sachs qui l'amusait et en qui il retrouvait plusieurs traits de Morel. Il m'assura que la formule de Sachs : « On ne trahit bien que ceux qu'on aime », c'était lui qui l'avait soufflée à l'auteur de *La Chasse à courre*. « Sachs au moins, murmurait-il, n'est pas comme votre ami Berl : il ne donne pas dans cette imposture de l'union véritable entre des cœurs humains que vous appelez, je crois, la com-mu-ni-ca-ti-on. »

Proust refusa toujours avec énergie de s'embarquer pour les Amériques avec Saint-John Perse et Jules Romains. Il fut assez lié avec le charmant lieutenant Gerhardt Heller à qui tant d'écrivains français doivent tellement – non seulement Drieu la Rochelle, mais Mauriac et Paulhan – et il lui arriva de rencontrer Otto Abetz. On raconte, mais je n'en suis pas sûr, qu'Abetz fut l'interprète auprès de lui de l'admiration de Ribbentrop et lui proposa un statut d'aryen d'honneur qu'il refusa par bonheur.

« J'aurais pu glisser sur la mauvaise pente, m'avoua-t-il. Le souvenir de Dreyfus m'a sauvé. Je me suis rappelé à temps le destin funeste de Charlus qui est germanophile pendant la Première Guerre, avant même que les Allemands ne pénètrent dans Paris. J'ai pensé à Halévy, j'ai pensé à Léon Blum, j'ai même pensé à Léon Daudet qui n'a pas ouvert la bouche pendant l'Occupation. »

Ses derniers livres, et surtout *Les Colombes poignardées* – il tenait beaucoup à ce titre –, qui parurent à la fin de la guerre, ajoutèrent encore à sa gloire. Mais il ne cessa jamais de corriger et d'augmenter sa grande œuvre, *À la recherche du temps perdu*, pour laquelle il éprouvait une prédilection affirmée. « Si j'étais mort en 1922, après l'achèvement au moins partiel de *La Recherche*, me confiait-il, j'aurais déjà dit l'essentiel. »

Quand il mourut pour de bon, en 1960, une foule qui semblait sortie à la fois de *L'Almanach de Gotha* et de l'annuaire du Quai Conti se pressa à Saint-Pierre-de-Chaillot.

Je distinguai, aux premiers rangs, Georges Pompidou, François Mauriac, Thierry Maulnier et toute une flopée de duchesses qui ressemblaient les unes à Mme de Guermantes et les autres à Mme Verdurin. Gide, Claudel, Valéry étaient morts depuis longtemps. Morand pleurait dans un coin. Le père Carré prononça, à son habitude, une admirable homélie où *Les Confessions* de saint Augustin se mêlaient au *Temps retrouvé*. À la sortie j'étais avec Françoise Sagan et Jean-François Revel, je tombai sur François Mauriac. Il se pencha vers moi, mit la main devant sa bouche et me souffla d'une voix rauque : « C'était notre jeune homme. »

Le Figaro littéraire, 1er juillet 1999

UN EXEMPLE D'HISTOIRE-FICTION

Je raconte, dans *La Gloire de l'Empire*, l'histoire de la lettre de l'empereur Alexis au Kha-Khan des Oïghours. Le précieux document passe de main en main, de Marco Polo au doge de Francesco Foscari, de Leonora Galigaï à la duchesse de Chevreuse, du surintendant Fouquet au duc de Lauzun, avant de finir dissimulé par les soins du mari de la Grande Mademoiselle dans l'épaisseur des murailles de son château de Saint-Fargeau. De bons esprits mettront peut-être en doute l'authenticité de ces aventures. Elles reposent pourtant (en partie) sur un fond de vérité.

Le château de Saint-Fargeau, en Puisaye, dans l'Yonne, que j'ai dépeint sous le nom de Plessis-lez-Vaudreuil (Haute-Sarthe !) dans *Au plaisir de Dieu*, a successivement appartenu à Jacques Cœur, à la Grande Mademoiselle et à un bien curieux personnage qui s'appelait Louis-Michel Le Peletier de Saint-Fargeau. Député de la noblesse aux états généraux, Le Peletier de Saint-Fargeau prit, le 20 janvier 1793, à la tribune de la Convention, une terrible décision : il vota la mort de Louis XVI. Le lendemain, dimanche 21 janvier, sur la place Louis-XV devenue place de la Révolution – aujourd'hui, place de la Concorde –, le roi était guillotiné. Mais le même jour, dans une salle du restaurant Février, au Palais-Royal, un ancien garde du roi, qui s'appelait Paris, assassinait Le Peletier.

Le Peletier de Saint-Fargeau laissait une fille de cinq ans. Robespierre la prit dans ses bras et la fit acclamer par la Convention nationale. Pendant que le père prenait place, aux côtés de Marat, dans le Panthéon des Jacobins, la fille était déclarée pupille de la Révolution et elle recevait le beau nom de Mademoiselle Nation. Voici les ruses de l'histoire : l'héritage de la Grande Mademoiselle était sauvé par Mademoiselle Nation. Et il parvint jusqu'à ma mère.

Le destin des enfants est de se révolter contre les parents. Catholique et monarchiste, la fille du régicide se mit à haïr la mémoire de son père. Et elle consacra sa vie à effacer les traces de l'assassin de Louis XVI. Or, parmi les révolutionnaires figurait un grand peintre qui, tout naturellement – avant de fixer les fastes du sacre de Napoléon –, avait peint Marat dans sa baignoire et Le Peletier en train d'expirer :

c'était David. La Restauration l'avait exilé. La fille du régicide alla le chercher jusqu'à Bruxelles pour racheter à prix d'or le portrait de Le Peletier qu'il avait emporté avec lui. Elle l'acquit, dit-on, pour cent mille francs de l'époque. Mais David savait son horreur pour les souvenirs de son père : il lui fit jurer de ne pas détruire le tableau. Mon arrière-grand-mère jura. Et, une nuit, suivie du plus fidèle et du plus vieux de ses serviteurs, elle alla le murer dans une tour du château. L'emplacement de la cachette était un secret de famille : chaque mère le transmettait à sa fille à l'instant du dernier soupir. Ma propre grand-mère le connaissait-elle encore ? Elle mourut en tout cas alors que les troupes allemandes occupaient le château, et ma mère n'était pas auprès d'elle.

Saint-Fargeau, la Grande Mademoiselle, Mademoiselle Nation, le portrait de David, la rencontre, authentique, dans la prison de Pignerol, entre Fouquet et Lauzun, voilà quelques-uns des ingrédients – évidemment remaniés – de l'histoire de la lettre d'Alexis au Kha-Khan des Oïghours. Si le lecteur de *La Gloire de l'Empire* veut bien se rappeler en outre que Fouquet se rattache aussi, par un autre côté, à une tradition familiale, puisqu'il dut la vie sauve à un magistrat courageux qui s'appelait Olivier d'Ormesson, il entreverra peut-être quelques-uns de ces chemins de traverse qui unissent aux grandes routes de l'histoire les sentiers sinueux de l'imagination.

Le Figaro, 10 novembre 1971

L'écume des jours

Le journalisme, c'est l'histoire au présent. S'il a un sens, sa tâche est de décrypter au jour le jour l'évolution des idées et des mœurs. Impossible de parler de notre époque sans évoquer le cinéma qui est l'art de notre temps, la science qui règne en maîtresse, l'amour qui a tant changé depuis La Princesse de Clèves *et le temps des crinolines, le destin de ces hommes qui sont devenus si puissants qu'ils ne savent plus très bien où ils en sont et dont on nous répète, à longueur de journée, qu'ils ont « perdu leurs repères ».*

Après Darwin, Nietzsche, Marx et Freud, la typologie de notre temps est une science – ou un art – des profondeurs. Les textes de ce chapitre se présentent, avec légèreté, comme une modeste contribution à l'histoire des dessous.

Cinéma et littérature

Notre siècle est et sera, en matière d'art, le siècle du cinéma. À l'âge des masses, c'est un art collectif dans sa réalisation et dans ses effets ; à l'âge de la science, c'est un art de techniciens ; à l'âge de la propagande et de la publicité, c'est un art moins de suggestion que d'emprise et, en un sens, d'autorité et peut-être de violence. Il y a un côté totalitaire du cinéma. Le passage à l'écran de tant de sujets naguère romanesques – de *Lolita* à *Thérèse Desqueyroux*, du *Cid* à Sade, au *Repos du guerrier* et à tant d'autres – après Tolstoï et Margaret Mitchell – permet et exige de poser le problème de la transcription cinématographique de l'œuvre littéraire.

C'est une des tartes à la crème de la censure de tous les pays du monde que le caractère violemment fascinant et la tendance à s'imposer – disons d'un mot : la prégnance – de l'image cinématographique. Le risque de la littérature romanesque pour les moralistes classiques, c'était de faire rêver, c'était de pousser à l'évasion ; le risque du cinéma pour nos estimables psychosociologues, c'est de permettre et d'imposer l'exemplarité et l'identification, c'est d'interdire l'évasion.

Quelque vigoureusement campés, quelque rigoureusement cernés que soient les archétypes de la littérature, ils ne sont, ne veulent être, et ne peuvent être qu'une incitation à les construire en nous-mêmes. L'œuvre littéraire n'est jamais qu'un appel à l'imagination du lecteur et à sa collaboration active. Et l'œuvre classique n'est peut-être justement que celle qui permet à cette imagination de se déployer dans les directions les plus variées et de proposer alors, au fur et à mesure des époques qui passent, des clés différentes pour des données identiques. L'œuvre classique change ainsi de signification pour les générations successives et sa grandeur vient précisément de sa richesse potentielle en interprétations diverses. En ce sens, le héros de roman est une forme de notre puissance. Le héros de cinéma, au contraire, est une forme de notre impuissance. Il nous est donné tout construit – forme, taille, couleur, vêtements, son de voix, demain peut-être odeur – et il ne nous est pas permis d'y rien changer. Ce qui sépare la Thérèse Desqueyroux de Mauriac de la Thérèse Desqueyroux d'Emmanuelle Riva, c'est une brutale solidification, qui impose soudain à tous nos sens une image *ne varietur* que rien ni personne ne saurait plus retoucher.

Elle était telle que – pour l'auteur, puis pour nous, puis pour les autres – le temps qui passe la modifiait. Elle sera désormais telle qu'en elle-même l'éternité la fige. L'éternité… oui, mais précaire et temporaire. Thérèse Desqueyroux ne s'insinuera plus subtilement dans nos rêves multiformes. Elle a la voix et les yeux, la démarche et le corps d'Emmanuelle Riva. Elle s'impose à nous jusqu'à l'identification, jusqu'à ce que nous vivions sa vie par le transfert et la procuration. Mais parce que, justement, elle a ce poids et cette vie, un moment viendra, très vite, où ses vêtements seront démodés, où ses façons de marcher, de marquer l'amour ou la haine paraîtront vieillies et peut-être ridicules. Alors le poids de ce corps, au lieu d'aider à l'identification et à la procuration, les empêchera au contraire. On admirera peut-être encore, on ne participera plus.

Le cinéma est encore trop jeune pour que le rôle de ce vieillissement, auquel échappaient Antigone et Andromaque, Marianne et Odette Swann, soit déjà très perceptible. Mais, art de masses, art technique, art choc, le cinéma n'échappera pas à cette malédiction qui est l'envers de sa puissance. Au moment où le romancier voit enfin s'incarner les créatures de ses rêves, et la vie, la vraie vie venir les habiter, c'est le destin de la vie qui vient s'abattre sur elles : la mort. Enfants des rêves et des mots, elles vivaient éternellement dans les esprits malléables. Précipitées dans la chair, elles en suivent le sort fatal qui est celui des robes, des photographies jaunies, du mouvement vacillant : l'élan vers l'usure et vers l'avachissement. Cette vie miraculeuse d'aujourd'hui n'est, pour tant de héros naguère encore subtilement éternels, que le sépulcre de demain.

Arts, 20 septembre 1962

VERS UN IMPÉRIALISME DE LA SCIENCE

Voilà longtemps déjà que la science n'obéit plus ni à Dieu ni à l'ordre des choses et que la notion de frontière s'est effacée pour elle. D'où un impérialisme de la science.

Parallèlement au développement trop évident de la science dans son propre domaine se produit sous nos yeux un phénomène connexe tout aussi significatif: la contamination par un certain esprit scientifique des secteurs qui lui échappaient encore. La politique, la philosophie, la littérature et jusqu'à la poésie sont en train soit de battre en retraite devant la science, soit d'être conquises par elle ou par des substituts qui se réclament d'elle.

L'ouvrage politique le plus important de l'année a été sans conteste *Le Défi américain*[1]. La primauté de la science y éclate à plusieurs égards: non seulement parce que l'ouvrage insiste sur l'importance capitale de la recherche scientifique, non seulement parce que le livre lui-même est une illustration du remplacement des entraînements idéologiques par une conception qui se veut scientifique du traitement des données objectives, mais encore parce qu'il annonce et célèbre le début d'une ère nouvelle dans la vie politique et économique: celle des ordinateurs, des machines à organiser, à prévoir et à informer.

Il semble bien, en effet, que l'idéologie politique, du culte du conservatisme au romantisme révolutionnaire, soit sérieusement battue en brèche, à droite et à gauche, par la technocratie du dossier, par les exigences de la planification, par la tyrannie des chiffres et bientôt des machines. Le rôle de l'organisation dans l'économie capitaliste est éloquent à cet égard. L'empirisme traditionnel recule en désordre devant les prestiges tout neufs de la science et de la technologie dont profitent pêle-mêle instituts de sondage, programmateurs et

1. Jean-Jacques Servan-Schreiber, *Le Défi américain*, Denoël.

polytechniciens. Et si la révolution se fait, elle sera bien moins le fruit de la générosité quarante-huitarde que d'une exigence proprement scientifique.

La gauche ne se définit plus guère par rapport à une restriction des inégalités de fortune, ni à la suppression des hiérarchies ou des privilèges, ni à la liberté, ni aux droits de l'homme, ni à l'humanisme, mais bien plutôt par référence à l'ouverture au progrès, au plein emploi des ressources, au calcul des besoins des collectivités, à l'exigence des analyses économiques et au matérialisme dialectique. Le maître-mot, au lendemain de la Libération, était évidemment – ah ! souvenons-nous ! – celui de dignité humaine. Il semble bien être aujourd'hui celui de développement scientifique.

La philosophie, comme la politique, fournirait des exemples assez convaincants. Toute l'après-guerre a été marquée de l'empreinte de Sartre, de Raymond Aron, de Merleau-Ponty – l'existence et l'histoire. Aujourd'hui ces noms-là restent sans doute, avec quelques autres, les plus considérables, mais les maîtres dont l'influence s'affirme sur les jeunes générations, dans les copies par exemple des candidats à l'agrégation de philosophie, il semble bien que ce soient Koyré, Bachelard, Canguilhem. Koyré : l'historien de Galilée et de la pensée scientifique ; Bachelard : le théoricien du nouvel esprit scientifique ; Canguilhem : le philosophe de la biologie.

Tout récemment, une leçon inaugurale au Collège de France, reproduite en partie dans *Le Monde*, constituait de nouveau, après les leçons de Bergson, de Valéry ou de Merleau-Ponty, quelque chose d'intermédiaire entre un événement bien parisien et un événement tout court. Les problèmes abordés étaient ceux des fondements d'une éthique nouvelle liée à la science et ils provoquèrent des réactions très nombreuses et passionnées. L'auteur était Jacques Monod, Prix Nobel de médecine, titulaire d'une chaire de biologie moléculaire. Au fur et à mesure que les années passent, la philosophie apparaît ainsi de plus en plus écartelée entre sa vocation éthique ou métaphysique, fille de Platon ou de Pascal (mais n'oublions pas que Platon et Pascal étaient, en leur temps, au moins autant des mathématiciens que des philosophes), et les rigueurs scientifiques – mathématiques, ethnologiques, biologiques, linguistiques – dont elle se nourrit.

Le philosophe est évidemment bien incapable d'être en même temps linguiste, physicien et sociologue. Mais une familiarité avec les méthodes et les problèmes de la science lui est rigoureusement indispensable. Il n'y a plus d'humanisme que scientifique – ou alors il n'y a plus d'humanisme du tout. La métaphysique et la philosophie ont régné pendant des siècles, de saint Augustin à Hegel et de saint Thomas à Karl Marx. Régné sur quoi, d'ailleurs ? Sur les sciences. Renan disait de la métaphysique que c'était « la plus ennuyeuse des sciences inexactes ». Mais c'était la fin du règne.

Au sommet de son éclat, sous Bacon et Descartes, sous Leibniz et Spinoza, sous Hume et Kant, la philosophie était bien la reine des sciences. Et puis, il s'est passé pour l'histoire des idées ce qui s'est passé aussi pour l'histoire politique : les sciences se sont révoltées contre la métaphysique, elles sont passées d'une soumission (qui avait aidé à leur progrès) à une espèce d'autonomie, puis à l'indépendance dans l'interdépendance qui n'était qu'une formule, et puis à l'indépendance complète. Et aujourd'hui les sciences tendent à dominer la philosophie.

Politique, philosophie. Il serait très aisé de montrer que la littérature d'aujourd'hui est envahie, pénétrée par la science. On pense d'abord à la place prise par les thèmes scientifiques dans de nombreux romans contemporains. Mais l'important n'est pas là. L'important n'est pas que la science se présente désormais comme un des thèmes de la littérature. L'important est que la littérature se présente désormais comme un des domaines de la science. Ce qui se fait jour dans la littérature ce sont les problèmes, les techniques, les préoccupations, les méthodes de la science.

On parle chaque jour de littérature expérimentale, de littérature de laboratoire, de techniques littéraires. Et puisqu'il n'y a de science que du général, tout ce qu'il y a de particulier ou de plus personnel dans la littérature est rejeté à l'arrière-plan, au bénéfice de la forme, de la méthode, de la structure et du langage. Je ne sais si ce paradoxe a été suffisamment souligné : à l'époque où le style est tenu en suspicion (après Aragon et Mauriac, quels sont les stylistes, aujourd'hui, hors Julien Gracq, Roger Caillois et Pieyre de Mandiargues ?), c'est la forme qui triomphe. C'est que la forme constitue, conjointement avec un fond qu'elle exprime quasi métaphysiquement, un matériel d'expérience alors que le style est – on dirait plutôt aujourd'hui : est seulement – la marque d'un tempérament.

Toute l'affaire a commencé, il y a quelque trente ans, avec un célèbre article – à la fois éblouissant et injuste – de Sartre sur Mauriac dans la N.R.F. d'avant guerre. Sartre y accusait Mauriac de prendre la place de Dieu dans la création des personnages de roman. On ne pouvait pas être dans le cœur et les reins de tout le monde à la fois. C'étaient déjà – à travers tous les paradoxes de la conscience et de la liberté – les débuts théoriques du roman objectif en France. L'influence du cinéma et du roman américain devaient faire le reste.

« *Kant qui genuit Fichte qui genuit Schelling qui genuit Hegel qui genuit Marx...* » Une autre généalogie mène d'une certaine phénoménologie du roman, où seuls des comportements peuvent être appréhendés, jusqu'au roman de l'absurde, où les êtres n'apparaissent qu'au travers de vitres qui les isolent tels des infusoires et au nouveau roman de l'arpenteur et du cinéaste. Qu'est-ce que le nouveau roman sinon une espèce d'énumération, de description extérieure, de taxinomie où l'objectivité la plus rigoureuse, le goût de l'observation, l'expérimentation « pour voir » s'unissent, dans les meilleurs des cas, à l'esprit de curiosité et d'invention ? On a pu dire que le nouveau roman était une littérature d'extériorité par opposition au roman viscéral classique. On voit là déjà quelques-unes des caractéristiques de l'esprit scientifique aux dépens des qualités de goût, d'harmonie, de sensibilité, de cœur rejetées – peut-être avec raison, peut-être à tort – dans les ténèbres extérieures.

Des divertissements très sérieux, tels que ceux de l'Oulipo (« Ouvroir de littérature potentielle ») où se dévouent aux bonnes œuvres Raymond Queneau et ses complices, n'ont rien de comparable au nouveau roman, ne serait-ce que parce que le nouveau roman est sévère comme un pape et que l'Oulipo plaisante volontiers. Il y a tout de même quelque chose de commun entre ces deux variétés très typiques de la littérature vivante d'aujourd'hui : c'est le goût de l'expérimentation. Il ne s'agit en aucun cas de « raconter une histoire », il s'agit de se livrer à des expériences sur le langage.

Ce n'est pas par hasard que Raymond Queneau donne une main à Bourbaki, société anonyme de jeunes mathématiciens en nom collectif, et l'autre à la littérature : c'est, de toute façon, un chercheur. Et quand l'Oulipo traduit la *Genèse* selon la méthode X + n (c'est-à-dire qu'il remplace chaque substantif par le premier ou le deuxième ou le nième substantif qui le suit dans un dictionnaire donné – en passant, au besoin, pour compliquer l'opération, par le double truchement d'un dictionnaire français-allemand, puis allemand-français), il se livre à quelque chose qui se situe quelque part entre le canular et l'expérimentation scientifique[2].

Et le recueil de poésies dont on a le plus parlé au cours de ces derniers mois est l'œuvre non seulement d'un sosie de Baudelaire mais encore d'un mathématicien : Jacques Roubaud. Son titre est un signe mathématique : $\in$. Le recueil

2. Voici le début de la *Genèse* ainsi traduite : « Et le Chagrin dit : que l'Ascenseur soit ! Et l'Ascenseur fut. Et le Chagrin vit que l'Ascenseur était bon. Et le Chagrin sépara l'Ascenseur des galettes. Et le Chagrin appela l'Ascenseur danse et les galettes proximité. Et il y eut un laxatif, et il y eut une lassitude. Ce fut la première danse. »

n'est précisément pas un « recueil » en ceci que, par une inclusion de groupes successifs, ce que chaque vers était au poème, chaque poème l'est au livre. Et l'ouvrage entier finit par être un seul poème dont les vers sont les poèmes. On aura déjà reconnu les combinaisons, les jeux d'apparence, les préoccupations de stratégie sémantique et topologique qui remplacent les élans du cœur et les idéologies dans une poésie expérimentale plus proche de la logique formelle ou des distributions de réseaux que des élégies ou des épopées.

On dira, bien sûr – et à bon droit –, que tout cet aspect du mouvement des idées n'abolit, ne remplace en aucune façon la poésie lyrique, les romans d'amour ou d'aventures, les contes et nouvelles, dont il subsiste encore (grâce à Dieu ?) de très nombreux témoignages – et sans doute plus nombreux que jamais. Rien n'est plus vrai. Mais la question est précisément de savoir où est la culture vivante, celle qui a un rôle à jouer dans l'annonce de l'avenir, celle qui dessine les lignes de force de la pensée de demain. Pour ne prendre qu'un exemple, le dynamisme, l'invention, l'audace ne sont-ils pas du côté d'une musique expérimentale et savante, quasi mathématique, dont l'avenir nous est encore caché, mais dont l'importance significative pour notre époque ne fait déjà plus de doute ? N'en est-il pas de même dans tous les secteurs de l'activité intellectuelle ? Ce qu'illustre tout ce mouvement de pensée, c'est en fin de compte la distinction établie par Snow lorsqu'il souligne fortement le clivage entre les deux cultures : d'un côté, la culture, mettons classique, proprement littéraire, celle qui connaît (encore) des honneurs qui ne sont plus (pour reprendre la formule célèbre employée par Chateaubriand à propos de la noblesse) que des privilèges. De l'autre, la culture scientifique, celle qui en est toujours au stade des services, la seule qui compte, au-delà de la routine et du divertissement.

Cette notion de deux cultures est peut-être une des clés de notre âge. On montrerait aisément qu'au XVIIe siècle il n'y avait pas de solution de continuité dans le tissu culturel. Voltaire était encore capable de briller dans les sciences exactes et dans la littérature. Mais, selon un mot fameux, il était déjà bon mathématicien pour les poètes et bon poète pour les mathématiciens. On répète aujourd'hui que la coupure est totale. Mais il faut aller plus loin. Il y a une suprématie – une prétention à la suprématie ? – de l'une des cultures sur l'autre. Un des arguments les plus simples en faveur de cette suprématie, le voici : il y a beaucoup de mathématiciens, de physiciens, de chimistes qui s'y connaissent en littérature, en peinture, en poésie. Il n'y a guère de romanciers, de sculpteurs, d'hommes de théâtre qui s'y connaissent en logique formelle, en linguistique (Aragon peut-être ? voir *Blanche ou l'oubli*), en biologie.

Mais encore un pas : la science aujourd'hui, c'est beaucoup plus que la science. Il y a une fascination de l'esprit scientifique qui, pour le meilleur ou pour le pire, envahit l'art et la littérature. On pourrait soutenir qu'à l'intérieur de chaque domaine de l'activité intellectuelle se retrouve cette même faille entre les deux cultures : les amuseurs d'un côté, les chercheurs de l'autre. Ce qui fait que dans la pensée, dans l'art, dans la musique, dans la critique et – pourquoi pas ? – dans le cinéma d'aujourd'hui on découvrirait sans peine l'opposition des deux versants, des deux côtés, des deux visages de la culture : d'une part, le laboratoire, la recherche, l'expérimentation – souvent d'ailleurs collective ; de l'autre, le spectacle, la gaudriole et le délassement. Ce qui fait encore que, pour le grand public, les épithètes de nouveau, d'audacieux, de génial tendent à devenir des asymptotes d'emmerdant et que, pour les initiés, charmant, amusant, émouvant sont synonymes de vulgaire et de nul.

Les succès sur les deux tableaux se comptent sur les doigts de la main – et ils naissent très probablement de quelque snobisme ou de malentendus. Ou encore, parfois, de l'érotisme et du sang. Ajoutons que dans plus d'un cas, et dans des proportions variables, parfois volontairement mais souvent involontairement, la recherche, l'expérimentation, la prétention de rigueur et d'élucidation sont inséparables de la mystification.

Agitées par une espèce de dynamique, les deux cultures ne restent pas immobiles l'une en face de l'autre. La plus forte empiète constamment sur la plus faible. Jadis le mot d'esprit, le calembour, la satire brocardaient les penseurs, les chercheurs, les savants. Aujourd'hui la culture savante mord chaque jour un peu plus sur la culture littéraire et de divertissement. Il ne viendrait plus à l'idée de personne de ridiculiser la science : on se ridiculiserait soi-même. La science, au contraire, investit tout de l'homme, y compris ses rêves, ses folies, ses retraites, ses jeux. Encore deux ou trois exemples sur lesquels on mettrait aisément les noms les plus précis : la psychanalyse s'empare de Mme de Ségur et de l'almanach Vermot, la linguistique des *Contes* de Perrault, la combinatoire, la topologie et la logique formelle d'Hector Malot, de la mercuriale des halles et de n'importe quoi. C'est M. Le Trouhadec saisi par les sciences de l'homme.

Si nous nous demandions maintenant ce qu'est enfin cette science omnipotente, ce qu'elle découvre sur vous et moi, quelles sont ses relations avec nous, alors surgiraient devant nos yeux éblouis les grands thèmes et les grands dragons : l'avènement du langage, la disparition du sujet et peut-être de l'homme, la fin de l'histoire, le règne des structures… Les vedettes du *Scientific Show* entreraient en dansant sur la scène. On les connaît toutes, on se les montre du doigt. La salle siffle, trépigne, croule sous les applaudissements. Le rideau se lève : Ah !... Ce sont les Six Jours vus par Paul Morand. C'est Bartali et Coppi, Anquetil et Poulidor, ce sont les frères Camberabero, ce sont les Pieds Nickelés, ce sont les quatre fils Aymon, ce sont les Trois Mousquetaires, c'est la bande à Bonnot, c'est Cléo de Mérode, Émilienne d'Alençon et Liane de Pougy, complices et rivales, dans l'allée des Acacias, en calèche, à midi, sous de gracieuses ombrelles, au tournant du siècle. Elles s'appellent (leurs saints noms soient bénis !) Claude Lévi-Strauss en coryphée, Jacques Lacan, Michel Foucault et Louis Althusser dans le rôle plein de gaieté du talmudiste-marxiste à la poursuite de la scientificité. Et d'autres seigneurs les suivent, en rangs serrés, de fière mine également, mais de moindre lignage : voici Roland Barthes, Edgar Morin, Jacques Derrida, Michel Serres, Alain Badiou… Nous en reparlerons une autre fois.

Le Figaro littéraire, 19-25 février 1968

PARLEZ-MOI D'AMOUR

Le grand amour, l'amour-passion, le coup de foudre qui dure toujours est, avec la gloire éternelle et la quête d'un bonheur à l'abri des vicissitudes, un des mythes les plus forts, les plus consolants et peut-être, hélas, les plus trompeurs de l'Occident moderne. Je ne crois pas que les temps reculés et les autres civilisations l'aient cultivé autant que nous. Nous savons désormais que l'amour tel que nous le présentent nos romans, nos films, nos magazines est une invention de Moyen Âge chrétien. L'Antiquité nous propose bien l'image de Philémon et Baucis. Mais c'est une exception, une bizarrerie de l'histoire. Le grand amour commence avec Tristan et Iseult, avec Roméo et Juliette.

Tout de suite éclatent deux caractéristiques fondamentales de cet amour-passion en Occident auquel reste attaché le nom de Denis de Rougemont qui l'a étudié avec plus de subtilité et de science que personne : il est partagé et traversé. L'amour, selon une définition célèbre, c'est ce qui se passe entre deux êtres qui s'aiment. Il n'est pas question de rapt, de domination, d'atteinte à la liberté : Tristan aime Iseult et Iseult aime Tristan, Roméo aime Juliette et Juliette aime Roméo. Tout va bien.

Tout va mal : la société, l'histoire, la vie quotidienne s'opposent à l'accomplissement de l'amour. Il y a toujours quelque part un roi Marc, des Montaigu, des Capulet, toute la lignée inépuisable des Don Diègue et des père Duval pour se mettre en travers du bonheur des amants. Cet obstacle est une composante obligatoire du grand amour. Il n'y a pas d'amour heureux – pas de grand amour heureux, en tout cas. Ou du moins ces amours-là nous restent obscures et inconnues : les gens heureux n'ont pas d'histoire. Il faut, pour créer le mythe, pour que la légende prenne son envol, des drames, des guerres civiles, des appartenances à des clans opposés, des tensions, des distances. Au fur et à mesure que les obstacles sociaux s'évanouissent, on en inventera d'autres. On finira, avec *Chéri* ou *Le Diable au corps*, dans la différence d'âge rédhibitoire, dans l'inceste avec *Les Enfants terribles* ou *Le Souffle au cœur*, et même dans l'impuissance, obstacle définitif, avec *Le soleil se lève aussi* ou *La Comtesse aux pieds nus*.

Au-delà de l'amour partagé et pourtant impossible, le justifiant, le condamnant aussi d'avance, il y a le désir fou d'arrêter le temps, ou de le faire durer toujours, ce qui revient au même – de s'opposer en tout cas à son passage perpétuel. Le temps a deux grandes propriétés qui se confondent et s'opposent : il dure et il passe. Don Juan est tout entier du côté du temps qui passe ; le grand amour tout entier du côté du temps qui dure. C'est pourquoi Don Juan est le maître de l'oubli alors que le grand amour est fondé sur la promesse et sur la fidélité qui sont une tentative désespérée et superbe d'empêcher le temps de couler. Tâche presque impossible. C'est pour leur éviter, non pas tant de vieillir, mais de s'oublier et de se trahir que Tristan et Iseult, que Roméo et Juliette meurent dans la fleur de l'âge. L'espoir de mourir dans les bras l'un de l'autre est la hantise des amants. Plus le temps passe, plus cette heureuse issue risque d'apparaître improbable, ou du moins trompeuse, souillée par la vie, vidée de son contenu de passion et d'absolu. Alors, on tâche de mourir avant la trahison et l'oubli, l'image de l'autre dans le cœur et son nom sur les lèvres. On meurt d'amour. On se fait tuer. On se tue.

Rien de gai dans le grand amour, dans la passion. C'est le séducteur qui est charmant. L'amoureux fou est triste et sombre, tourmenté et pessimiste. Vous l'avez déjà reconnu : c'est le héros romantique.

Mais le pire n'est pas toujours sûr. Il n'est pas vrai que la vie soit uniformément sinistre. La trahison, l'oubli, la haine, l'indifférence la traversent en rafale. De temps en temps, pourtant, surgissent au fil de l'histoire des images d'une passion à la fois ardente, durable et à peu près heureuse : Juliette Drouet auprès d'Hugo, Chateaubriand et Juliette Récamier, tel ou tel couple anonyme qui vieillit sereinement dans l'amour partagé. Incapables de survivre à celui qui s'en va, les deux époux, les deux amants mourront presque ensemble, dans les bras l'un de l'autre. Ce sont eux qui justifient l'éternel mythe du grand amour. C'est à eux que pensait Françoise Sagan quand elle avouait que le plus beau de tous les rêves possibles était, loin des jeux pervers de la séduction et de la jalousie, un grand amour unique qui traverse toute une vie. C'était pour eux que Chateaubriand, grand séducteur devant l'Éternel, écrivait cette phrase foudroyante : « Il ne manque à l'amour que la durée pour être à la fois l'Éden avant la chute et l'hosanna sans fin. Faites que la beauté reste, que la jeunesse demeure, que le cœur ne puisse se lasser – et vous reproduirez le ciel. » C'est la grâce que je vous souhaite pour votre propre bonheur. Et pour l'honneur de l'amour.

Madame Figaro, 29 octobre 1982

L'amour est devenu trop facile

Nous vivons dans un monde où les gens se déplacent facilement, où un nombre croissant d'individus s'assurent, de gré ou de force, contre les risques de l'existence et où interdits et tabous battent en retraite devant les ravages de l'esprit critique. Tout cela n'est pas bon pour les passions de l'amour.

Commençons par la sécurité. On m'objectera, bien sûr, que la science moderne est le symbole même, au contraire, de l'insécurité. Disons que la vérité est un peu plus complexe : la science a accru la sécurité à brève échéance et la menace à longue échéance. Tout se passe comme si nous avions remplacé une insécurité chronique et quotidienne par un immense abcès de fixation situé dans un hypothétique avenir et comme si tous les mythes et toutes les barrières de l'existence, balayées par le progrès, avaient laissé la place à un seul formidable obstacle, à un mythe unique, à la fois politique, scientifique et eschatologique : la Bombe. Il faudra bien étudier un jour les rapports de cette bombe future et de la vie la plus quotidienne. *Hiroshima, mon amour* a déjà dégagé un certain statut de la passion à l'époque atomique et dépeint les couleurs d'un amour hypothéqué par une possible fin du monde.

Au prix de cette horreur dernière, les choses sont plus aisées et plus sûres dans l'existence de chaque jour. Si la comparaison éculée des progrès de la science et du pacte avec le diable peut avoir encore un sens, c'est celui-ci : les commodités du temps qui s'écoule sont achetées au prix d'une catastrophe dans l'avenir. Il reste qu'aujourd'hui tout se passe – sauf l'angoisse – avec pas mal d'agréments et avec beaucoup de commodités. La bombe est pour la semaine ou pour l'année prochaine ; le crédit, la Vespa, la Côte d'Azur l'été, sont pour aujourd'hui ou pour demain. On se ruine encore, bien sûr, on se suicide, on va même jusqu'à risquer de souffrir : mais en Occident au moins, les naufrages individuels et subits le cèdent de plus en plus à l'image floue et lointaine (il est permis d'ailleurs de détourner les yeux) d'un naufrage collectif, universel et à peine certain.

Tout l'effort de l'âge moderne consiste peut-être en une acceptation de ce suicide futur en échange d'une évacuation au jour le jour du risque individuel, du hasard et même du temps qui dure et de l'espace qui sépare. La vitesse, en ce sens, n'est, comme l'assurance et la Sécurité sociale, qu'un aspect de la lutte contre la part du hasard dans la condition humaine.

Plus vite, plus loin, à moins de frais, avec moins de danger : l'action de la technique, c'est de compenser les limitations infligées à l'homme par l'endroit où il est né, par le temps qu'il fait, par l'eau et par le feu, par l'accident. La naissance aux Pays-Bas et en Italie, dès le XIVe siècle, de la notion d'assurance en matière de commerce maritime est un des événements essentiels des temps modernes. Elle marque le début d'une époque d'uniformisation des destins individuels qu'accentue à notre époque le développement des moyens de communication. L'assurance, l'avion à réaction et le socialisme sont des étapes vers ce que la science appelle une *entropie maxima*, c'est-à-dire, en gros, vers le nivellement des fortunes, des succès, des malheurs et des amours.

Dans ce monde assuré et unifié, les risques ne se prennent plus volontiers. L'amour est un plaisir peut-être (naturellement, je n'en crois rien), la passion en tout cas est une aventure. Elle vient rompre des rythmes qui sont solidement réglés et adoptés par tous uniformément. Tout le monde est assez riche aujourd'hui pour ne pas crever de faim, personne ne l'est plus assez pour ne pas dépendre d'un bureau, d'un métier, d'un gagne-pain, d'un horaire. La vie est facile, mais elle est effroyablement prévue ; on va n'importe où, mais pendant quinze jours de vacances seulement, et il faut retenir un an à l'avance ; Tahiti, aujourd'hui, est un moindre dépaysement que la vallée de Chevreuse il y a à peine un siècle. Dans cet univers où on ne peut plus fuir, où tout est prévu par des textes, où tout est remboursé, où on vous paye s'il pleut, la passion qui bouleverse n'est pas chez elle. Tout est trop sûr, tout va trop vite, tout est trop près.

« L'amour, écrit Proust, en une formule éblouissante, c'est l'espace et le temps rendus sensibles au cœur. » Je ne connais pas plus belle définition de la passion. Elle montre jusqu'à l'évidence ce que les Jets et les Boeings ont fait (on s'en doutait) de Tristan et d'Iseult, d'Héloïse et Abélard, en les emmenant, par la route des pôles, faire le tour du monde à une vitesse *mach* 2 ou 3, en quelques heures ou en quelques minutes. Ces allures et ces latitudes-là ne valent rien pour la passion. M. de Norpois, dans *La Recherche du temps perdu*, surprend tout le monde et devient presque sympathique quand on apprend que, pendant plusieurs années, il est allé une ou deux fois par mois à Rome voir une femme qu'il aimait. Les distances, aujourd'hui, ne mettent plus aucun obstacle aux amours les plus médiocres. Comment ne pas sourire quand, dans *Les Liaisons dangereuses* de Vadim, Gérard Philipe, pour faire tomber « la Présidente », annonce son départ pour les pays lointains ? Bah ! la belle affaire ! Le truc sent le XVIIIe. Il ne vaut plus rien aujourd'hui où l'idée de faire voyager les jeunes filles pour leur permettre d'oublier néglige, bien à tort, le remplacement de la virginité par les moteurs à réaction.

Distances physiques, distances sociales. Dans un cas comme dans l'autre, la violence de la passion est directement proportionnelle aux distances qu'il s'agit de franchir. Denis de Rougemont a très bien indiqué dans *L'Amour et l'Occident* deux traits fondamentaux de la passion dans nos pays : l'amour doit être partagé et il doit être malheureux. Si l'obstacle n'est pas physique (la distance, les murs de la prison, l'Hellespont pour Léandre et Héro), eh bien, il sera moral : elle ou lui sera prêtre ou religieuse ; leurs familles se haïront (Roméo et Juliette) ; les conditions sociales des amants seront très différentes : par exemple, cas béni du roman (anti)conformiste depuis les débuts du machinisme, lui sera ouvrier et, elle, sera une bourgeoise, à moins que lui ne soit bourgeois et elle la fille d'un duc comme dans *Le Maître de Forges*. Il faut à chaque passion la gifle, le sang, le fossé qui séparent Chimène de l'assassin de son père. Que reste-t-il de tout cela aux jours où nous vivons ? Les photographes mondains, les mariages en Écosse, les magazines à grand tirage, la beauté des cover-girls et la ruine des vieilles familles ont lessivé toutes ces chaînes, ont rasé toutes ces murailles. Ce que l'avion supersonique a fait aux distances réelles, l'évolution des mœurs l'a fait aux distances sociales. On s'est pâmé sur les droits de l'amour, sur les ravages de la passion. Ce qui fait qu'il n'y a plus de passion du tout. On a brisé les obstacles pour sauver la passion et on a perdu la passion. Les Anglais diraient qu'on a jeté le bébé en voulant jeter l'eau du bain.

Là encore, le cinéma est instructif. Le beau film de Bresson *Les Dames du bois de Boulogne*, tiré d'un récit de Diderot, frappait par un certain décalage : les dates, les vêtements étaient transposés, mais les sentiments ne l'étaient pas. D'où un certain étonnement devant ces gens en veston qui avaient des réactions que nous ne comprenons plus. Ce qui pouvait paraître choquant au XVIIIe siècle nous semble aujourd'hui aller de soi. Ce qui provoquait des bouleversements – donc des passions – ne pose plus de nos jours que des problèmes matériels. Tous les obstacles à la passion ont perdu de leur poids. Merveille de la dialectique des sentiments : la passion elle-même en est devenue plus légère.

La vérité, c'est que l'amour moderne mène une vie trop commode dans un monde rapetissé avec des étiquettes partout et des garanties de tous les côtés. L'amour dans le monde contemporain est devenu facile. En Amérique il n'y a même plus de problème du tout : on divorce à chaque nouvel amant. Et chacun sait que la passion conjugale n'est qu'une question d'organisation. Dans le roman de Mme de Lafayette, la princesse de Clèves aime M. de Nemours, elle en est aimée et son mari meurt juste à point nommé. Non, elle ne l'a pas empoisonné, M. de Nemours ne l'a pas poignardé, il ne s'est même pas suicidé et elle ne l'a même pas trompé. Mais, en un sens, peut-être un peu plus complexe, à en croire Michel Butor et son *Répertoire*, qu'on ne le penserait à première vue, l'amour de la princesse de Clèves et de M. de Nemours est responsable de cette mort. Et en voilà assez pour que les deux amants – au sens racinien du terme – que rien ne sépare, ni leur rang, ni leur situation, ni même les convenances du monde, ne parviennent jamais à se réunir et ne le souhaitent même pas.

Oui, la passion est inversement proportionnelle à la facilité qu'elle a de s'assouvir et au nombre d'exutoires qu'elle se trouve. Oscar Wilde disait de la tentation que le seul moyen de s'en débarrasser c'est d'y céder. Et nous, à force de céder à nos passions, nous nous en sommes aussi parfaitement débarrassés. À force de défendre, dans notre littérature, dans nos films, dans notre vie privée, la sublime grandeur des triomphes de la passion, nous en avons fait une toute petite chose si quotidienne qu'elle ne nous frappe plus et qui n'entraîne pas beaucoup de risques : ni le déshonneur, ni la mutilation, ni la mort. Nous en avons fait un caprice.

Cet amour rendu trop facile, je le vois déteindre sur la passion en haut et puis aussi, paradoxalement, tout en bas, sur la prostitution. Cette florissante industrie dont le chiffre d'affaires atteint chaque année en France, d'après des estimations modestes, la somme respectable de 150 milliards, je la crains menacée, moins par les tracasseries juridiques ou administratives qui n'iront jamais très loin (mille liens subtils et forts se tissent entre l'ordre et son instrument, la police d'une part, les maquereaux et les putains de l'autre qui en sont, en un sens, les plus précieux auxiliaires) que par la facilité avec laquelle s'assouvissent aujourd'hui les désirs amoureux. Je ne dis pas, bien entendu, qu'on couche toujours avec qui on voudrait. C'est même souvent parce qu'on aime un être qu'on ne couche pas avec lui, à moins que ce ne soit parce qu'on ne couche pas avec lui qu'on l'aime ; telle est notre dernière cartouche pour laisser encore un peu de dignité à l'amour. Mais quant à payer une fille pour se l'envoyer platement, mon Dieu, je veux bien y voir une espèce de vice qui peut être fort plaisant, mais une nécessité, sûrement pas, et pour personne. À n'importe qui, beau ou laid, riche ou pauvre, malin ou sot, mille occasions s'offrent sans cesse de passer ses caprices. Le problème se poserait plutôt, j'imagine, à nos malheureuses compagnes qui sont si nombreuses, me dit-on, à rester parfois très isolées. Une prostitution masculine serait peut-être une bonne idée à creuser ? En attendant cet intéressant renversement, il y a fort à parier que l'immense majorité des clients des prostituées sont, pour le moment, des anormaux ou des amateurs spécialisés. Loin de moi l'idée de les traiter avec mépris ; tous les goûts sont dans la nature et celui-là me déplaît fort peu ; constatons seulement que l'amour vénal est au sommet – ou à un des sommets – de sa brillante carrière et qu'il risque de répondre de moins en moins à une évolution actuelle des mœurs. Les femmes du meilleur monde font, aujourd'hui, à celles du demi-monde d'hier et aux dames du trottoir une farouche concurrence.

Je mets cependant très fort en doute la disparition de la courtisane. C'est, depuis les origines des temps, un beau métier de femme, comme la guerre est un beau métier d'homme. On me dira, il est vrai, que l'homme de guerre est en voie de disparition. Je ne suis tout de même pas sûr, en dépit de ce moralisme sublime mis à la mode par Mme de Beauvoir, que la femme renonce à se vendre. Il y a eu, au cours de l'histoire, d'autres périodes de relâchement des mœurs et la fille à acheter leur a toujours survécu. J'imagine plus volontiers, pour redonner du prix, selon les vieilles règles méprisées de l'offre et de la demande, à une marchandise dévaluée, que l'évolution des mœurs n'a pas dit son dernier mot. J'imagine très bien une réaction violente qui rendrait sa valeur et à l'amour vénal et aux passions comprimées. Je ne crois pas impossible, à travers les détours et les ruses de l'histoire, un retour, peut-être brutal, à une pureté primitive des mœurs, à une valorisation de la chasteté, à une restauration de la continence. Quand toutes nos petites filles de seize ans se seront vautrées dans Sade et auront roulé de cave en cave, j'ai bien peur que la vie ne leur paraisse un peu terne. Elles s'apercevront peut-être alors que l'amour physique n'est pas loin d'être une mode comme les autres et qu'on en parlerait beaucoup moins si on n'en parlait pas tant. Et leur propre expérience les amènera peut-être, à l'égard des générations qui leur succéderont, à un renversement complet des perspectives. Alors, les temps seront proches où la passion retrouvera sa valeur, où des obstacles seront de nouveau élevés entre ceux qui oseront s'aimer en dépit des risques et des difficultés. Ah, donnez-nous des chaînes, des croyances, des œillères, des martyrs pour nous rendre nos passions !

Et puis, aveuglez-nous. L'amour était jadis un enfant avec un bandeau sur les yeux. Savant, vieilli, curieux, blasé, il regarde aujourd'hui impitoyablement. Trop de lectures, trop de films, trop d'analyses psychologiques, trop d'expériences, trop de sagesse des nations : on lui a trop raconté d'histoires qui, pour ne pas finir mal, devaient finir très vite. Chacun sait aujourd'hui que l'amour passe et qu'il disparaît, que Roméo n'a pas tort de vouloir mourir jeune puisque, de toute façon, il aurait trompé Juliette, que Tristan et Iseult se seraient sûrement oubliés. Je me demande tout à coup si je ne devrais pas renverser tout ce que je viens d'écrire : je soutenais qu'il n'y a plus de passion parce que nous couchons trop ensemble ; peut-être, au contraire, ne faisons-nous tous l'amour que parce que nous savons désormais que les passions s'évanouissent et que nous voulons l'oublier. La clé de notre époque c'est un romantisme de la passion malheureuse, tempéré par le cynisme qui est la forme moderne de la lucidité. Nous croyons à l'amour, mais nous savons qu'il passe. Alors, tout est permis.

À une époque où les jeunes gens se présentent volontiers comme déséquilibrés et presque comme un peu fous, ils me paraissent au contraire d'une accablante sagesse, d'une sagesse accablée. Ils ne sont rien, sinon lucides. La tendresse, le sérieux, le sens des responsabilités : jamais le mariage n'a été plus raisonnable. Ironie des mots : parce que les mariages de raison n'appartiennent plus qu'au passé, ce sont les mariages d'amour qui sont devenus raisonnables. Les passions s'assouvissent au hasard des rencontres, mais nos jeunes gens en colère prennent en vérité à tout bout de champ des assurances sur la vie. Ils sont le plus souvent horriblement sérieux et ces malheureux qu'on va traiter d'inconscients ne souffrent que d'une chose, c'est d'une hyperconscience que la passion vient troubler : ils s'arrangent alors pour la faire avorter dans le cynisme et la facilité. Ils savent de toute façon que tout ça ne durera pas. Ils seront d'excellents maris parce qu'ils ont le sens social et le caractère le plus sérieux et une certaine tendresse au fond du cœur et que l'esprit de l'époque leur a appris les responsabilités. Tricheurs et bons citoyens, *beatniks* et pères de famille soucieux de leur devoir, ce qu'ils ont d'abord en commun, c'est la clairvoyance. Et ce qu'ils auront connu de passion aura été étouffé dans des chambres d'hôtel, sous des draps pas très propres, des boissons bon marché ou alors hors de prix, des relents de jazz et une écrasante lucidité. La passion nous quitte parce qu'elle est trop facile. Et nous la quittons parce que nous y voyons trop clair. Ah ! petits Éros de marbre, ridicules Amours avec vos flèches et vos carquois, venez nous bander les yeux pour que nous puissions enfin ne plus rien savoir et que nous puissions encore aimer.

Arts, 8-14 mars 1961

De l'hypocrisie à la mystification

Le monde moderne est un monde indiscret. Tout conspire à le rendre transparent, ses vertus comme ses vices. Un des points sur lesquels s'opposaient le plus violemment notre jeunesse d'après-guerre et les générations qui l'avaient précédée, c'était ce que les uns appelaient décence et les autres hypocrisie. L'âge victorien et le conformisme bourgeois savaient couvrir d'une discrétion exemplaire les écarts les plus violents. La littérature et le théâtre nous offrent mille exemples de ces voiles pudiquement jetés sur des torrents de boue. Des *Thibault* aux *Grandes Familles*, le roman social a été pratiquement inséparable de ces apparences d'ordre qui couvraient le désordre. Ceux qui les dénonçaient réprouvaient peut-être le désordre, mais plus encore le mensonge. Ceux, en revanche, qui s'abritaient derrière elles voyaient dans la dissimulation non une seconde faute pire que la première, mais au contraire un correctif, un souci de moralité et presque enfin une vertu. Ils s'appuyaient volontiers sur le texte évangélique qui condamne le scandale, se refusaient d'abord à jouer le rôle de ceux par qui il arrive et, tout en admettant sans doute la faute, rejetaient obstinément sa révélation scandaleuse. Le théâtre comique présentait les mêmes thèmes. Le personnage sympathique et cascadeur acceptait allègrement de tromper son épouse, mais à la condition formelle qu'elle ne l'apprît jamais.

Rien n'est plus éloigné de l'éthique d'aujourd'hui. À la dénonciation d'hypocrisie adressée aux mœurs d'hier par une certaine rigueur contemporaine répond celle de cynisme lancée par les censeurs d'hier aux jeunes gens d'aujourd'hui. Pas mal de choses sont désormais permises à condition de ne jamais rien cacher. Gide, dans *Paludes*, faisait déjà le procès de ceux qui se refusent à regarder en face les réalités de la vie : « Tu me rappelles ceux qui traduisent "*numero deus impare gaudet*" par "le nombre deux se réjouit d'être impair" et qui trouvent qu'il a bien raison. » La morale, c'est être lucide, savoir, ne pas fermer les yeux. Cacher, dissimuler, voilà la faute. À la limite, l'honnêteté est dans le scandale et la bassesse consiste à vouloir l'étouffer et même à le réparer.

Ce souci de savoir et de mettre en lumière, ce n'est pas dans les mœurs privées seulement que l'observateur le trouve. Notre récente et déjà lointaine après-guerre a dénoncé à tue-tête le mystère et la dissimulation de la politique traditionnelle. La diplomatie secrète était vouée au mépris. Les choses, dans ce domaine, ont sans doute déjà beaucoup évolué depuis lors. On est revenu aux colloques confidentiels, aux rencontres en tête à tête. La politique intérieure elle-même, dans un grand nombre de pays, se débat moins sur la place publique qu'à la belle époque de la démocratie parlementaire. Il reste que l'orientation générale du monde associe de plus en plus les masses aux grandes options politiques et sociales, rend plus difficiles sinon les manœuvres de clans restreints, du moins le secret de leurs opérations, et fait de la république la chose de chacun en révélant ce qui était jadis caché. La presse, la radio, la télévision jouent bien évidemment dans cette évolution un rôle essentiel.

La télévision montre la vie des vedettes, permet d'entrer dans l'intimité des grands, révèle sinon les secrets d'État du moins leur cadre et leurs protagonistes ; elle détruit le mystère, elle rompt le charme de l'inaccessible pour établir le charme du contact. Elle nous fait pénétrer dans un monde proche, ouvert, transparent. Ce sont toutes les formes du sacré qui subissent ainsi les plus profondes mutations : le spectacle les fait passer du sacré de respect au sacré de fascination.

La vie privée, la souffrance, la mort, voilà trois thèmes, au hasard, dont chacun peut constater quotidiennement le traitement modifié. Les amours des starlettes, leurs délices et leurs fruits, les généraux abattus dans des torrents de sang, l'homme privé qui souffre et qui vomit de douleur, ce sont spectacles de choix pour des millions de nos compatriotes. La société bourgeoise ne parlait ni d'adultère, ni d'homosexualité, ni de tuberculose, ni de maladies vénériennes. Ce qui était dissimulé était censé ne pas exister. Notre âge moderne est celui de la révélation. On ne se cache plus guère pour faire l'amour, pour mourir, pour avoir mal. La vie est devenue publique pour tous au point qu'à côté du problème posé à certains par le souci de se faire connaître naît maintenant l'angoisse d'une publicité dévorante qui ne laisse plus rien dans l'ombre.

Mais il est intéressant de constater que, par une espèce de loi de compensation, l'esprit s'obstine à réintroduire dans ce monde de cristal et de lucidité les éléments de mystère dont il semble ne pas pouvoir se passer. Au fur et à mesure que les moyens modernes d'information révèlent le monde entier à tous, la mystification se glisse subrepticement mais violemment dans cet univers technique. L'âge de la télévision est en même temps celui des guérisseurs, de l'astrologie élevée à la hauteur d'une science, et d'un certain charlatanisme, tantôt hindou, tantôt martien, tantôt télépathique, qui trouve dans les moyens d'information du monde moderne moins un ennemi qu'un support. Le développement à notre époque de ce magma informe, qui, loin de s'affirmer comme franchement hostile à l'esprit scientifique, se présente, au contraire, comme sa suprême réalisation, cumulant ainsi les avantages des prestiges de la science et de ceux du mystère, est un phénomène considérable et surprenant.

Profitant du succès d'un livre redoutable et habile, *Le Matin des magiciens*, une revue qui joue sur cet attrait ambigu du mystère de la science et d'une science mystérieuse draine des esprits curieux qu'elle détourne de chemins plus féconds. Et la récente et fameuse émission de télévision qui montrait une opération sans anesthésie ne se contentait pas d'infliger une sérieuse épreuve à la sensibilité du spectateur – ce qui me paraît fort défendable et même légitime –, mais présentait une pseudo-expérience d'hypnotisme dont le caractère dérisoire peut, à bon droit, terrifier. Quand on pense à la vertu exemplaire de la télévision et à sa force de contagion, on imagine volontiers que le courage apparaîtra désormais à plusieurs sous la forme d'une opération sans anesthésie, ce qui, à notre époque, est un non-sens pour beaucoup de raisons qui ne relèvent pas seulement de la sensibilité mais encore de la technique ; car, contrairement à ce qu'on s'imagine trop souvent, l'anesthésie ne sert pas seulement à rendre indolores un certain nombre d'opérations, elle sert tout simplement à les rendre possibles. C'est précisément ce qui confère son importance exceptionnelle à cette découverte capitale qui peut être sans doute négligée par un excès de courage, mais qui ne peut certes, à aucun prix, jamais, dans aucune circonstance, dans aucune condition, jamais être remplacée par une voix susurrante débitant des pauvretés.

Ce qui me paraît grave, très grave, peut-être dramatique, dans cet ensemble de faits dont je n'ai donné que quelques exemples, c'est la confusion de valeurs dont ils témoignent. À notre époque où tout réclame à bon droit un élargissement des disciplines traditionnelles, une synthèse hardie, une ouverture des sciences vers des perspectives nouvelles, les prétentions abusives et absurdes des pseudo-sciences exploitent, de façon illégitime et lamentable, sous couvert de voyance ou d'ouvertures surnaturelles, l'impatience sécrétée par un univers devenu trop transparent.

Sous prétexte qu'un Bachelard, un Jung, un Teilhard de Chardin et quelques autres ont brillamment ouvert la voie à un nouvel esprit scientifique, on nous fait assister chaque jour à des tentatives de remplacement du cartésianisme par à peu près n'importe quoi. Et on nous fait ainsi un devoir et un honneur de nous en tenir très strictement à des rigueurs classiques qui sont peut-être dépassées mais dont les succédanés affligeants ne peuvent que servir la gloire. Car enfin, si nous avons à briser les cadres de la science traditionnelle, ces recherches originales ne peuvent tout de même pas se réclamer d'un pur et simple charlatanisme. Pour reprendre et compléter la formule que j'employais tout à l'heure, dans l'univers où nous vivons, ouvert, public, étalé, transparent et pourtant encore et toujours mythologique et anxieux, il est à craindre que le sacré de respect ne le cède à un sacré de fascination doublé, hélas ! pour faire bon poids, d'un sacré de mystification.

Arts, 14 février 1963

FIN DE L'HUMANISME ?

De l'affaire Jésus à l'affaire Calas, de l'affaire Socrate à l'affaire Dreyfus, voilà longtemps déjà que l'homme se porte tout à fait mal. On l'a beaucoup crucifié, beaucoup brûlé, beaucoup pendu – et trop souvent injustement. L'Ancien Testament est plein d'horreurs, les temps modernes aussi. Pour ne parler que de belles âmes spécialisées dans l'humanisme, le roi David était une canaille, les Grecs de Périclès torturaient leurs esclaves et Jean-Jacques Rousseau abandonnait ses enfants. Tout au long de l'histoire, ce ne sont que crimes et dénis de justice, carnages et réfugiés, bûchers et camps de concentration. Le plus difficile est de distinguer les bourreaux des victimes : la plupart du temps, ce sont les mêmes.

Toutes les étapes de l'histoire du monde – l'Empire romain, Byzance, la Chine, l'Église catholique, la monarchie légitime, le nationalisme, le socialisme – ont largement leur lot d'abominations et d'iniquités : elles n'ont franchement pas grand-chose à s'envier les unes aux autres. Et pourtant il y a quelque chose qui n'a pas cessé de briller doucement dans cette longue nuit : c'est une certaine idée de l'homme, de ses droits, de sa dignité. Il y a eu l'Inquisition, mais il y avait le Christ. Il y a eu Néron et Caligula, mais il y avait Marc Aurèle. Il y a eu Staline, mais il y avait Marx. Il y a eu les dragonnades et la Saint-Barthélemy, mais il y avait Saint Louis et saint Vincent de Paul. Ce qu'il y avait surtout, c'était un espoir en l'homme : tout n'était pas parfait, mais tout pouvait l'être, tout allait l'être – demain. C'est un peu pour cela qu'on faisait des révolutions et il y avait toujours des humanistes pour s'agiter dans leur coin et pour lever les bras au ciel dans des poses à la fois un peu ridicules et très admirables.

Ce qui se passe aujourd'hui, ce n'est pas que l'homme se porte mal : il ne s'est jamais porté bien. C'est qu'il ne se porte plus du tout – au sens où l'on dit, par exemple, que la redingote ne se porte plus. Il est passé de mode. L'intelligence ou du moins ses fonctionnaires sont incroyablement sensibles à la mode. Une des découvertes de notre âge, c'est qu'il y a un snobisme de la culture. L'homme fait terriblement vieux jeu : il date. Et rien n'est plus propre que l'humanisme à éveiller aujourd'hui chez nos intellectuels patentés un rire philosophique et à peine silencieux.

Dès 1917, dans *Une difficulté de la psychanalyse*, Freud se vante « d'avoir infligé à l'amour-propre humain sa troisième grande humiliation depuis Copernic et Darwin ». Depuis Ptolémée, en effet, l'homme était le centre du monde. Avec Copernic et Galilée, il se met à flotter et à dériver dans un univers qui ne tourne plus autour de lui : l'homme pourra bien explorer et conquérir les planètes, elles ne lui appartiennent plus de droit. À la pointe de la science et du pouvoir humain, l'astronomie porte un premier coup à l'anthropocentrisme.

Après l'espace, le temps : l'étendue n'est pas construite autour de l'homme, l'histoire non plus. Darwin met une fin brutale à cinq ou six mille ans de tête-à-tête entre l'homme et son Dieu et les remplace par une espèce de généalogie interminable et honteuse qui fait de l'homme un primate et le petit-cousin du singe. La psychanalyse enfin ne se contente plus d'interdire à l'homme de régner sur l'espace et le temps, elle lui conteste le pouvoir absolu qu'il s'imaginait naïvement exercer sur lui-même. 1917, l'année de la double révolution de Février et d'Octobre, restera peut-être en outre, dans l'histoire de l'humanité, l'année non de Carporetto ou du Chemin des Dames, mais de ce bulletin de victoire, signé d'un prophète juif, sur la suffisance de l'homme.

Une des clés de cette humiliation, c'est le refus de reconnaître à l'homme la libre initiative et la responsabilité de sa pensée. Sa grandeur avait longtemps résidé dans sa liberté. Maître de lui comme de l'univers, il était d'abord une source, une origine, un jaillissement. L'homme restait au moins le centre du monde métaphysique. Ses avatars successifs en font désormais un accident, une résultante, un épiphénomène. Vous imaginez que c'est vous qui pensez, vous qui parlez, vous qui choisissez, vous qui décidez ? Pure illusion ! L'homme est la proie de forces ou de structures qui le dépassent.

Sommes-nous donc ramenés à d'Holbach, à Helvétius, à Taine, à une espèce de positivisme ? L'élément nouveau dans la pensée d'aujourd'hui, c'est une dialectique bien plus subtile qui fait que c'est de lui-même et de ses propres œuvres que l'homme est prisonnier.

Il est prisonnier de son histoire, de son langage et, par un admirable paradoxe, de sa liberté même. Toute la seconde après-guerre a été dominée, sous le règne, désormais clos, de l'existentialisme, par l'idée de liberté. Mais cette liberté-là rappelait cruellement l'anecdote du soûlaud en train de tourner en rond autour d'une de ces grilles qui entouraient jadis certains arbres de Paris et de s'écrier tout à coup : « Ah ! les salauds ! Ils m'ont enfermé dehors ! » C'est ce qu'exprimait très bien et en termes un peu plus académiques Jean Beaufret quand il écrivait à propos de la liberté chez Heidegger, il y a quelque vingt ans déjà : « Liberté qui est nôtre sans doute, mais dont il faut dire peut-être qu'elle nous possède plus que nous la possédons. »

Jusque dans la liberté, jusque dans son surgissement le plus intime, l'homme est la proie de quelque chose. Il ne s'appartient plus. Son fondement est ailleurs qu'en lui-même. Et qu'on n'aille pas chercher du côté des plats mécanismes d'un déterminisme dépassé. Ce dont l'homme est la proie, ce n'est pas de la matière ou des esprits animaux, oh ! non, c'est, bien plus noblement, de l'Être, de la liberté, du langage – et il faudrait semer des majuscules un peu partout. Il n'en est plus la source ni le maître. Il en est tout au plus le point d'intersection, le dépositaire, le gestionnaire révocable, le fonctionnaire transitoire. On finit par se demander si c'était bien la peine de se débarrasser de Dieu.

Ainsi se révèle un des traits essentiels de l'image de l'homme aujourd'hui : il est dominé par des puissances qui sont en même temps des puissances cachées. Rien de plus éloigné de nos fameuses « sciences humaines » qu'un scientisme du bon sens et de l'évidence à la mode du XVIIIe siècle. Toute pensée contemporaine est une pensée des fondements cachés, une philosophie des dessous qu'il s'agit de mettre au jour.

La psychanalyse, le marxisme, le structuralisme illustrent à qui mieux mieux cette philosophie des dessous où l'homme est commandé par des réseaux souterrains : classes sociales, rapports de forces économiques, infrastructures, rêves, actes manqués, tics, mots d'esprit, refoulements, dispositions épistémologiques, structures du savoir, c'est toujours une réalité profonde, invisible au premier coup d'œil – sans doute d'ailleurs parce qu'elle est trop essentielle – et rigoureusement contraignante qu'il importe de dégager par l'analyse, par la prise de conscience, par une archéologie.

Tout ce travail de mise au jour n'a de sens que par une autre notion clé de notre époque prétendue ivre de liberté : celle de système. Héritage peut-être de Hegel, tout le savoir d'aujourd'hui a la passion du système. Le propre de chacun de ces systèmes qui s'affrontent sous nos yeux à la manière des royaumes combattants, des seigneurs de la guerre dans la Chine féodale, c'est de prétendre régner sur l'ensemble de la pensée, sur toutes les manifestations de la culture.

Ce sont à proprement parler des totalitarismes, quand ce ne sont pas des terrorismes en train de coincer et d'étouffer l'homme : totalitarisme, le marxisme ; totalitarisme, l'existentialisme ; totalitarisme, la psychanalyse ; totalitarisme, le structuralisme. Rien n'échappe à leur influence : nous avons vu des mathématiques, une biologie, une peinture marxistes, des romans – et des boîtes de nuit ! – existentialistes, la psychanalyse s'attaque à l'art et à la politique et il est sans doute inutile de s'attarder sur la prodigieuse fortune et les excès récents de la mode du structuralisme. Après les grandes et belles illusions de dada et du surréalisme, l'esprit de système triomphe sans retenue. « L'absence de système, écrivait Tzara, est encore un système, mais le plus sympathique. » Hélas ! L'homme s'écroule sous les systèmes – et pas toujours sous les plus sympathiques.

Philosophie des dessous, totalitarisme des systèmes : une troisième composante de la culture d'aujourd'hui serait à chercher dans le prestige des formalismes. Qu'est-ce que le formalisme ? Disons seulement, un peu grossièrement, que le formalisme donne le pas à l'organisation des éléments sur la signification du message. Son idéal est évidemment une mathématique où, selon une formule célèbre, on ne sait jamais de quoi on parle – pommes ou poires, robinets déchaînés, trains qui se rattrapent dans le vide, grand-mères imaginaires qui partent sur des boulets de canon pour revenir plus jeunes que leurs petits-enfants… – ni si ce qu'on dit est vrai.

Tout l'effort des sciences humaines, fascinées par la mathématique, tend à établir un langage qui constituerait enfin une espèce de logique abstraite. Roland Barthes s'exprime là-dessus très clairement quand il écrit : « La littérature n'est bien qu'un langage, c'est-à-dire un système de signes : son être n'est pas dans son message, mais dans ce système. » Wittgenstein, l'un des maîtres de la philosophie du langage contemporaine, déclarait déjà : « *Don't ask for the meaning, ask for the use.* » Ce qui compte, c'est l'organisation des signifiants, beaucoup plus que la découverte du signifié, c'est la cohérence et non la vérité.

Coucou ! Ce que nous retrouvons ici, c'est le bout de l'oreille de notre littérature scientifique, pleine de mépris pour l'histoire racontée, pour l'anecdote, pour la misérable thématique, pleine d'admiration pour le langage et où ce langage ne consiste surtout plus à dire quelque chose du monde et de l'homme, mais se suffit à lui-même et ne renvoie qu'à lui-même dans une espèce de vertige dont un film récent – *L'homme qui ment*, de Robbe-Grillet –, dont la peinture moderne, dont les romans de Sollers peuvent, par exemple et pêle-mêle, donner une idée.

Cette fin de l'œuvre en soi refuse toute référence à la réalité : elle ne permet, elle ne souhaite que des références à elle-même et à d'autres œuvres. C'est ce qui explique cet univers de la culture de plus en plus semblable à un mandarinat, de plus en plus fermé sur lui-même, de plus en plus opaque aux préoccupations quotidiennes, de mieux en mieux défendu par un vocabulaire et une syntaxe hélas inexpugnables. C'est ce qui explique aussi en partie que tel ou tel tableau de Picasso ne rappelle plus rien du monde qui nous entoure, de ses chaises, de ses guitares, de ses taureaux, de ses femmes, mais qu'il se rattache pourtant explicitement à tel tableau de Manet ou aux *Ménines* de Vélasquez.

La culture ne reflète plus la nature, elle ne reflète qu'elle-même. À la limite, selon le mot fameux d'Oscar Wilde qui trouvait dans le ciel des reflets de Corot, c'est la nature qui imite l'art. Tout le malheur, c'est que l'homme n'est pas seulement culture, mais nature. Fruits de l'homme, joyaux de l'homme, voilà que la littérature, l'art, la science, la culture se moquent pas mal de l'homme : ils ne travaillent plus guère qu'à la mise à l'écart du sens de sa vie et à sa dissolution. Et à s'agiter comme un cabri en criant : « L'homme ! L'homme ! », on risque de se situer d'emblée hors de la culture de notre temps. Prendre place dans la culture d'une époque est diablement difficile. Ce n'est pas ce qui est bon, ni beau, ni vrai qui compte, c'est ce qui colle à l'époque. Je parlais tout à l'heure de mode. Ce n'est pas assez dire : ce qu'il faut évoquer ici, c'est ce que les Allemands appellent *Zeitgeist*, ou *Weltanschauung*, le génie du temps, la totalité culturelle. On n'y échappe guère. Le romantisme a eu ses excès, mais le classicisme ne pouvait plus compter en 1830. Le romantisme avait ses beautés, mais il était mort en 1880.

Faire rentrer l'homme dans la culture de notre temps sera une rude tâche. Je crois pourtant qu'il y rentrera, mais par des voies si détournées qu'on ne saurait les prévoir. Ce qui me paraît sûr, en tout cas, c'est qu'il ne sera pas sauvé par les bons sentiments, par l'indignation vertueuse, par l'appel aux grands principes ni aux traditions d'un humanisme de papa qui avait de fâcheuses manies pour un si grand ami de l'homme : celle, par exemple – parmi bien d'autres –, d'envoyer les enfants dans les mines de charbon et les adultes dans les mines de sel. Il vaudrait mieux éviter de faire de grands gestes et de se tordre les mains. J'imagine, plus simplement, qu'il s'agira de rire plus fort que les autres. Le ridicule et un certain odieux propres à tous les systèmes pourraient peut-être y aider.

Plusieurs philosophes d'aujourd'hui rattachent, à l'exemple de Foucault dans *Les Mots et les Choses*, la mort de l'homme à la mort de Dieu. L'homme a tué Dieu : voici venir à son tour le temps de la fin de l'assassin déjà entré en agonie – au profit sans doute du langage qui guette le dernier soupir et qui suppute l'héritage. Qu'on me permette, pour rire un peu – une fois n'est pas coutume –, de raconter ici une petite histoire. Une âme pieuse lit avec horreur, tracée à la craie sur un mur, la formule fameuse : « Dieu est mort », signée : Nietzsche. Elle l'efface et elle inscrit à la place : « Nietzsche est mort », signé : Dieu. L'homme a peut-être la vie encore plus dure que Dieu. On peut lui faire beaucoup de mal, mais le dissoudre et le tuer ne doit pas être commode : c'est un petit animal très fragile et très résistant. Il n'a été tué ni par Dieu ni par les fléaux de Dieu, ni par les mystiques ni par les tyrans, ni par le Déluge ni par la peste, ni par Hitler ni par Staline. Il résistera bien encore à la science, à sa bombe, à ses systèmes, à ses machines, à Malthus, au progrès, à Nietzsche et à son surhomme.

J'imagine parfois que les structuralistes, dont j'admire infiniment le talent, et les autres prophètes de la fin de l'homme auront des réveils assez rudes. Aussi rudes que ceux qu'ils infligent pour l'instant, sous nos yeux, aux vieux humanistes de service, accourus des horizons les plus opposés, dans une paradoxale fraternité, au chevet du vieil homme malade. On les reconnaît tous, éperdus, moins assoupis qu'on ne pourrait le craindre, bon pied, bon œil, serrés les uns contre les autres en d'interminables et un peu hypocrites embrassades, nées d'une commune horreur du structuralisme assassin : voici François Mauriac, arrière-petit-fils ingrat de l'Inquisition, voici Roger Garaudy, fils oublieux de Staline, voici Jean-Paul Sartre, un peu découragé mais toujours moraliste qui, las peut-être de traîner dans les boues de l'existence et de la liberté ces vieux salauds d'humanistes, se souvient enfin qu'il est lui-même humaniste et prend très dignement place, en philosophe de l'histoire, un chrétien derrière lui, dans la terrible galerie des portraits de famille – avec une mention spéciale, qui lui fait grand honneur : « Humaniste-en-chef : a refusé le prix Nobel par amour de l'humanité. »

Le Figaro littéraire, 11 août 1968

Missiles et philosophie

« Quand je lis *Le Monde*, je rigole. » Ce mot prêté naguère au général de Gaulle dans une conversation avec M. Beuve-Méry, j'y pensais l'autre soir en lisant tous ces journaux pleins de rampes de lancement, de fusées porteuses de mort et de promesses de catastrophes. Ce n'est pas que la mort des autres – ni même la mienne – m'incite à une saine gaieté. Souffrir n'est pas drôle, mourir non plus, et les images et les souvenirs que venaient de nous apporter, au moment même où rôdait de nouveau parmi nous le spectre de la guerre, les plages normandes et les falaises abruptes du *Jour le plus long* ne prêtent vraiment pas à rire. Mais s'il faut mourir, tâchons de ne pas mourir idiots, dans une terreur abjecte et dans l'abrutissement. Giraudoux disait jadis que la fatalité était le vrai climat du calembour. Modeste et conformiste, je ne réclame, en attendant la bombe, ni rigolade ni mot d'esprit. J'aimerais seulement jusqu'au bout m'amuser de ce monde qui finira par nous tuer.

Il y a eu beaucoup de choses drôles dans les journaux, parfois tragiques, de cette semaine un peu sinistre. Pour qui garde l'esprit libre, le référendum et Cuba offrent plusieurs bonnes occasions de rire des hommes et des ruses de l'histoire. Un détail parmi beaucoup d'autres m'a paru digne d'attention : Nikita Khrouchtchev, qui, pour des observateurs superficiels, aurait eu d'autres chats à fouetter, a trouvé le temps, entre un montage et un démontage de missiles atomiques, de griffonner quelques lignes à un vieux lord anglais, philosophe et nonagénaire, qui a des idées, dans son château du pays de Galles, sur le mariage et sur l'histoire de la philosophie occidentale. Cette lettre du successeur de Lénine à Bertrand Russell, ce n'est pas sur moi seulement qu'elle a fait impression. *Paris-Presse* et *France-Soir* nous apprennent – je rigole, je rigole – que sa publication a fait grimper de 19,68 la Bourse de New York, que je n'imaginais pas si sensible à la correspondance philosophique.

Tout me paraît plaisant dans cet apologue interprété par un communiste rond et jovial, par un vieillard britannique, par un vilain barbu qui fait peur au mari d'une des jeunes femmes les mieux habillées du monde, et par quelques individus besogneux, appelés, je crois, *brokers*, et dont le métier bizarre consiste à acheter de l'argent et à le revendre plus cher. Tout, jusqu'à la précision des chiffres, poussés jusqu'à la deuxième décimale, m'a paru relever d'un univers fantastique où la distinction des genres n'est pas très bien observée entre le comique et le tragique, entre la Bourse et la philosophie, entre ce qui est sérieux et ce qui ne l'est pas. Mais sans qu'on puisse jamais savoir où est le sérieux et où est ce qui ne l'est pas : cet univers-là, c'est le nôtre.

J'imagine ce que le cinéma pourrait faire de la lettre de Moscou, du vieux lord philosophe, dans son manoir gallois, du courrier qui lui est remis avec sa tasse de thé par son *butler* ou sa femme de ménage, des 19,68 points gagnés à la Bourse de New York parce qu'un jeune homme très excité vient de crier tout à coup : « Khrouchtchev a écrit à Russell ! » La chose était si surprenante que je me suis pris à penser que ce ne pouvait pas être cette lettre qui avait agi sur New York. Il devait y avoir autre chose, plus conforme aux préoccupations habituelles de l'argent et du pouvoir : des négociations politiques, des révélations militaires. Mais non. Toutes les informations concordaient. C'était bien la lettre divulguée qui avait fait monter le pétrole, l'aluminium, le cacao. Quelle gloire enfin pour l'esprit ! Quel honneur enfin pour l'argent ! Platon voulait déjà que les princes fussent philosophes. Voilà les requins d'affaires, les magnats de la finance intéressés exclusivement, non à des rapports de force, à des chiffres de tonnages, à des manifestations de masse, mais à la correspondance privée d'un vieux lord philosophe à qui aucun d'entre eux ne confierait cent sous.

« Cette République est badine ! » disait un personnage de Flers et Caillavet. La Bourse aussi, cette Bourse qui traite de la seule valeur vraiment sérieuse de l'univers bourgeois :

l'argent. Il y a longtemps que les explications données chaque jour des hauts et des bas de ces morceaux de papier appelés « actions » me paraissent très comiques. Les cardiogrammes du général Eisenhower ont été souvent d'un grand secours pour éclairer des fluctuations auxquelles on imagine que les experts et les commentateurs devaient à tout prix trouver des causes et des justifications. La vérité est que, dans le monde moderne, la chaîne des causes et des effets s'est à tel point étendue, en même temps que s'abrégeaient les temps de réaction, que chaque événement, si menu soit-il, surgi en un point du globe, entraîne, dans un univers unifié et rétréci, une infinité imprévisible de conséquences. Valéry écrivait déjà fort subtilement dans *Regards sur le monde actuel*: « Toute action désormais fait retentir une quantité d'intérêts imprévus de toutes parts, elle engendre un train d'événements immédiats, un ensemble de résonances dans une enceinte fermée. » Il est assez beau que dans le train d'événements déclenchés par un avocat barbu dans les maquis cubains, dans le désordre de résonances surgi de Kant et de Hegel, de Marx et de Lénine et des progrès de la science atomique, il est assez beau que dans le désordre d'événements ce soit la correspondance privée d'un vieux professeur de philosophie et d'anticonformisme qui fasse grimper la cote.

Je me garderai bien ici de sonder les reins et les cœurs, d'évaluer les gâtismes, de dénicher l'idéalisme, de mesurer la bonne ou mauvaise foi.

Je voulais seulement me réjouir avec vous de voir les hommes d'argent s'intéresser enfin activement à la *philosophia perennis*.

Je n'imagine plus guère de gros affairistes avides en train de parler avec mépris, le cigare à la bouche, des spéculations d'intellectuels.

Ils sauront désormais que ces spéculations-là sont sérieuses.

Arts, 31 octobre 1962

Du scandale à tout prix

Je cherche depuis longtemps déjà le texte exact d'une citation. Je serais bien reconnaissant à qui pourrait me la rappeler. Mais je ne me souviens même plus si elle est de Julien Green ou de Graham Greene. Elle dit à peu près qu'il n'y a pas de littérature sans scandale et que la vocation de l'art est d'être essentiellement scandaleux. Je crois beaucoup à cette allure inconfortable et un peu diabolique de la littérature qui consiste d'abord à réveiller les gens de leur sommeil complaisant et à choquer le monde. Si la religion est l'opium du peuple, l'art et la littérature en sont les alcools, les excitants et les aphrodisiaques. Il n'y a pas tant de moyens de faire bouger les choses et avancer l'histoire. L'argent, les mythes, les religions, et même les snobismes, ont joué ce rôle avec des succès divers. Mais le temps fait glisser dans la routine les audaces les plus folles. Le capitalisme et le christianisme ont été des aventures fabuleuses avant de s'enfoncer dans les assurances contre les risques de ce monde et de l'autre. Le destin de la littérature et de l'art est de renouveler sans trêve la fraîcheur de la provocation. L'histoire de la poésie et de la peinture depuis les maudits du XIXe siècle n'est que l'illustration du mot célèbre de Cocteau à Diaghilev : « Étonnez-nous. »

À l'âge de la publicité et des moyens de communication, la force d'explosion du scandale est sans aucune peine décuplée et centuplée. Le bouche-à-oreille des Landerneau des siècles passés, le voilà transformé, par la presse, par la radio, par la télévision, par les ineffables *mass media* et les moyens audiovisuels qui sont en passe de devenir la tarte à la crème de notre époque, en de monstrueux cancans à la puissance électronique, quelque chose comme des potins de la commère à l'échelle de la planète. Mais cette prolifération cancéreuse porte en elle-même son échec. La multiplication de la force explosive, l'espèce d'accélération de l'histoire dans la consommation des chocs publicitaires émoussent continuellement la sensibilité du public et obligent tout naturellement les acteurs et les metteurs en scène à accroître et à renouveler sans cesse les effets de surprise appelés à émouvoir un public de plus en plus blasé. On ne sait plus comment surprendre. Les uns vont de plus en plus loin ; les autres essaient au contraire de reculer pour mieux attirer l'attention par des bégaiements arriérés. La litote, l'*understatement*, la naïveté feinte, le borborygme ne sont que des formes raffinées de surenchère. Le difficile, à une époque de pléthore, c'est d'attirer l'attention. Bernard Shaw proposait cette version moderne de *Phèdre* : un collégien couche avec sa mère. Scandale et gloire. Il apprend qu'elle est seulement sa belle-mère. Honte et désespoir. Il se tue. L'horreur, la grossièreté, la sottise, le raffinement : nous avons atteint toutes les bornes. Comment les dépasser pour prendre enfin une place entre la dernière vedette, la dernière arme absolue, le dernier massacre, la dernière connerie monstrueuse qui décourage de faire mieux ? Il nous faut du nouveau, n'en fût-il plus au monde. La stupeur, l'indignation et le scandale prennent ainsi l'allure du quotidien. Par une dialectique admirable dont chacun de nous est complice, nous sommes désormais entrés dans la routine du scandale.

À notre âge de progrès, la découverte et le succès sont impuissants à frapper. C'est que tout ce qui suppose un lent effort et la patience du génie est disqualifié d'avance. L'échec et la catastrophe ont encore quelque effet, à condition d'être suffisamment massifs pour pouvoir passer pour exemplaires. Les vrais savants restent toujours aussi obscurs. Les charlatans, en revanche, ont de bonnes chances d'attirer sur eux les feux de scène du scandale, à condition de parler haut et de viser loin. Mais foin des communications savantes et des travaux de cabinet ! On mobilisera les masses comme pour des augmentations de salaires. À quand des manifestations en faveur des soucoupes volantes, des meetings pour la reconnaissance officielle de la lecture de pensée, des bagarres pour la défense de la quatrième dimension ?

C'est qu'on a du mal à trouver des Rimbaud, des Olympia, des *Fleurs du mal*, des marquis de Sade, des affaires Dreyfus. Faute de belles causes, le scandale en embrasse de mauvaises, de cruelles, de ridicules. Voilà un minotaure qui consomme beaucoup de monde. Cela est un peu triste. On a le droit d'être chagrin de voir s'user pour rien, pour remplir les feuilles et le petit écran, tant de capacité d'indignation. Mais ce qui m'inquiète encore plus que ce gâchis, c'est le précédent de ce petit berger – appelé Guillot, je crois, ou Guyot, ou Guillaume, selon les « leçons », comme disait Péguy – qui criait trop souvent au loup et que le loup dévora. Le jour où il nous faudra un scandale, un vrai, un bon, qui donc y croira encore et qui voudra s'indigner ? Nous finirons un beau jour par nous lasser même du scandale. Qui donc et quoi donc alors réveillera les foules de leur mortelle léthargie ? Chacun sait que dans toutes les inflations la mauvaise monnaie chasse la bonne. Lançons donc une campagne pour l'épargne de l'indignation et pour le bon usage du scandale. Si je vous dis ça, c'est que je l'aime bien. Gardons-le pour les bonnes causes – s'il en reste encore.

Arts, février 1964

Fanfreluches

Figurent dans ce chapitre quelques textes qui tournent autour d'un phénomène social dont l'importance – peut-être surtout en France depuis La Bruyère et Chamfort, mais aussi, tout au long de l'histoire, en Angleterre, en Autriche-Hongrie, en Chine et un peu partout – ne saurait être négligée : le snobisme. Et notamment sous sa forme la plus virulente : le snobisme intellectuel.

A été jointe à ces essais une lettre adressée au journal Le Monde *il y a soixante et un ans par un jeune normalien en train de quitter la rue d'Ulm après avoir passé le concours de l'agrégation de philosophie. Un peu forcée, contradictoire, assez inutile, oscillant précisément entre snobisme et dandysme, la lettre n'est pas fameuse. Elle figure surtout dans ce volume à titre documentaire : c'est, plutôt raté, le premier exemplaire d'une série qui s'étendra jusqu'à aujourd'hui.*

Les snobs d'aujourd'hui

La mode et le snobisme sont des tyrannies qu'on ne dénonce vraiment bien qu'après leur défaite et leur chute. C'est ce qui fait qu'il est toujours tellement plus facile de parler du snobisme d'hier que du snobisme d'aujourd'hui. Et si le snobisme est invisible, c'est qu'il est toute fascination.

Quelle est donc aujourd'hui l'évidence invisible ? Où est aujourd'hui la fascination ? Poser la question, c'est la résoudre : la fascination est naturellement du côté de l'évolution économique, de la science, de la machine, des fameuses sciences humaines, de la non moins fameuse culture. C'est donc là qu'est le snobisme.

Ce nouveau snobisme reprend à peu près les mêmes règles que le snobisme social classique, mais avec plus d'expérience et de subtilité. Chacun sait que le snobisme social était une pure forme vide, qui pouvait s'appliquer indifféremment et successivement aux contenus les plus divers et même les plus opposés : ce n'est pas la matière qui compte, c'est la démarche. Le snob qui parlait affecté et fréquentait les salons s'était mis, vers 1925, à employer des termes orduriers et à se ruer exclusivement dans les bals populaires de la rue de Lappe et de la Bastille. Le nouveau snobisme suit des cycles analogues, mais considérablement accélérés.

Dans le domaine du snobisme technique, il n'a fallu que quelques années pour passer du snobisme du bolide monstrueux, type Bugatti ou Hispano-Suiza, prolongé par la Jaguar E, au snobisme nouveau de la Peugeot ou de la 2 CV, « qui ne sert qu'à me transporter ». Il n'est pas certain que le snobisme, aidé par la lutte contre la société de consommation et contre les pollutions, ne soit pas en train de loucher du côté du piéton et de la marche à pied. Il est déjà, en tout cas, définitivement axé sur les charmes irrésistibles et l'incomparable virilité de la moto.

L'exemple le plus frappant du retournement du snobisme technique est fourni par l'attitude à l'égard de la télévision. Le snobisme la portait aux nues il y a vingt-cinq ans, quand personne ne l'avait. Il la vomissait, il y a trois ou quatre ans, quand elle était en train de se répandre ; il commence aujourd'hui à la redécouvrir avec beaucoup de fraîcheur.

Des remarques parallèles pourraient être faites à propos d'à peu près tous les instruments de l'univers technique qui nous entoure. Il faut souligner naturellement que le snobisme ne s'exerce qu'à partir du moment où la fonction ou un goût profond ne sont plus en cause. Un coureur automobile n'a jamais été snob à l'égard des automobiles. Un psychanalyste n'est pas snob, ni un structuraliste, ni évidemment un marxiste révolutionnaire. Les snobs ne sont jamais ceux qui inventent, ce sont toujours ceux qui suivent, souvent contre leurs préférences et parfois contre leurs intérêts : on voit par là la force prodigieuse du snobisme.

On le devine déjà par tout ce qui précède : le terrain rêvé de la fascination du snobisme, c'est le domaine de la culture. On peut se demander si tous les snobismes sociaux ne se sont pas contentés de servir de bancs d'essai au snobisme culturel et intellectuel. Il est exprimé tout entier dans l'admirable formule de la dame à qui l'on demande, après une représentation, son avis sur la pièce : « Je ne sais pas, répond-elle, je n'ai encore vu personne. » Il y a là tous les caractères essentiels du snobisme le plus authentique : soumission des préférences personnelles à un système donné de références ; insertion, entre l'individu et sa propre opinion, d'une réalité étrangère ; tyrannie extérieure ; abdication de la pensée et du goût.

Dans tous les champs de la culture et de l'art, ce nouveau snobisme a fait de terribles ravages. On peut le résumer d'un mot : il consiste à faire semblant d'aimer ce qu'on n'aime pas et à ne pas aimer ce qu'on aime. Il est extrêmement amusant et extrêmement triste, très réconfortant en tout cas, de voir au fil des années les nouveaux snobs se détourner de leurs nouveaux snobismes, devenus d'anciens snobismes, puisqu'ils sont percés à jour. Le fameux jugement de la postérité n'est pas autre chose, en réalité, que la fin du snobisme qui marque tout et gauchit tout. On va découvrir ainsi peu à peu, et très vite, qu'Antonioni ou Pasolini ont fait des chefs-d'œuvre, mais aussi des navets, que les *Écrits* de Lacan ne suffiront pas à faire disparaître dans le néant

L'Orme du mail ou *Les dieux ont soif*, et qu'Arrabal ou *Hair* seront très vite plus ennuyeux que le théâtre, moribond depuis soixante-dix ans, mais toujours vivant, du vieil Alfred de Musset.

Il faudra se méfier alors de toutes les inévitables inversions du nouveau snobisme. Le snobisme d'aujourd'hui – ou peut-être déjà d'hier ? – est un snobisme de la technique, de la culture difficile et abstraite, de la révolution dans tous les genres. Mais puisqu'on le discerne obscurément, peut-être est-il déjà mort ? Il faudra se garder pour aujourd'hui, pour demain, de toutes les manifestations du novissime snobisme dont nous ne savons encore rien puisque nous sommes plongés en lui. Ce ne sera que demain que nous pourrons enfin parler des nouveaux snobismes d'aujourd'hui.

1969

Le dandy condamné à l'austérité

Il est permis de se demander ce qui peut bien pousser les hommes à agir. La liste de leurs mobiles n'est pas indéfiniment extensible. En partant d'une espèce d'état neutre de repos absolu – à la limite le sommeil et à la rigueur la paresse –, ce qui les met en mouvement c'est évidemment d'abord l'argent et l'amour : voilà deux bons motifs pour travailler, pour s'agiter, pour se lever le matin, pour se donner beaucoup de peine et pour tuer.

Voir dans l'argent le plus formidable des excitants risque d'attirer le reproche de cynisme. Je me demande bien pourtant ce qui remplit les mines, les grands magasins, les bureaux et le métro, si ce n'est le souci de s'acheter des souliers et de quoi manger deux fois par jour. L'amour est déjà moins nécessaire à la vie quotidienne. Ce qui fait cependant son succès, c'est cet aspect de fatalité inéluctable dont il se pare volontiers. Il n'est pas tout à fait exclu que l'amour se révèle finalement artificiel, construit de toutes pièces et inventé par la société. La Rochefoucauld écrivait déjà qu'on ne s'occuperait pas tant de l'amour si on n'en parlait pas tout le temps. Mais enfin il s'impose comme s'il était le visage même de la nécessité. Même s'il est forgé de rien, il est bientôt irrésistible. Le crime passionnel est de toute évidence ce qu'il y a de plus fou et de plus naturel : il est dû à une rencontre de hasard qui devient le sens même de la vie.

L'art, la curiosité scientifique et la religion fournissent aussi, bien sûr, de bons motifs de s'exciter. Je ne suis pas loin de penser que tout le reste est dû à la pression sociale. Et quand je dis tout le reste, je suis déjà généreux, puisque le rôle de l'opinion des autres dans l'accumulation de l'argent, dans la vanité amoureuse, dans les conceptions esthétiques et dans les convictions religieuses n'est certainement pas négligeable.

Là où la pression sociale s'exerce le plus évidemment, c'est dans tout cet immense domaine de la gloire, de l'apparence, de la recherche des honneurs et de la vanité. Du plus superficiel des snobismes à l'appétit de puissance le plus redoutable, peu de choses sont plus importantes dans la vie que de nous faire reconnaître par les autres. Une bonne partie de l'existence de chacun se passe ainsi à « grimper », comme on dit, dans l'échelle sociale, à tâcher de commander aux autres, à les épater et à s'en faire admirer. Être beau, être intelligent, être élégante, être puissant, c'est l'être aux yeux des autres.

Autour de ce thème central s'établit toute une dialectique qui peut prendre les aspects les plus divers et parfois les plus opposés. On distinguera, en gros, un double mouvement d'intégration et de ségrégation. Il s'agit d'un côté de faire partie d'un groupe, d'un clan, d'un ensemble, d'un syndicat, à la limite d'une famille, d'une patrie, d'une église ; de l'autre, de s'en dégager de quelque façon, de ne pas se laisser noyer dans la masse, d'être un individu déterminé et, par quelque aspect, remarquable. On reconnaîtra dans le premier mouvement tout un ensemble de démarches qui vont du snobisme le plus élémentaire jusqu'à la solidarité sociale, dans le second toutes les nuances de l'individualisme, de l'ambition, du dandysme. Les deux mouvements s'interpénètrent, bien entendu, jusqu'à se confondre : il s'agit de ne pas être seul pour être finalement quelqu'un ; il s'agit d'aller vers les autres pour s'en distinguer.

Le dandy n'est pas très différent, à cet égard, du héros de Corneille. L'un et l'autre cherchent la gloire et à se distinguer du commun. Mais alors que le héros va dans le sens des valeurs d'une époque, en les poussant simplement à l'extrême, le dandy, lui, tente de se faire remarquer en choquant.

Il travaille dans la frivolité, dans l'élégance, dans l'insignifiance qu'il essaie de rendre sublime. Le dandy ne va pas tout à fait contre les valeurs ; il se situe en marge d'elles. Ce n'est pas un héros noir. C'est un arlequin rose et noir avec du jaune et du violet.

Il est bien clair que la pression sociale à laquelle aura affaire le dandy doit, dès lors, être très soigneusement calculée. La marge qui lui est laissée est nécessairement très étroite. Une société à structure très forte ne lui laisse aucun champ. Toute infraction y est incontinent sanctionnée d'une façon rigoureuse qui ne permet guère au dandy de déployer ses fascinations. Mais une société à structure lâche ne lui est guère plus favorable. C'est dans une société où les valeurs sont déjà assez faibles pour pouvoir être défiées, mais encore assez fortes pour valoir de l'être, que le dandy est véritablement à son aise. C'est dire que notre époque, où les impératifs sociaux sont battus en brèche avec succès, n'offre guère d'attrait pour qui veut la braver. Roger Vailland, dans le domaine du libertinage, parvient à des conclusions analogues quand il exprime ses regrets de voir les mœurs faciles ne plus offrir de résistance aux entreprises des séducteurs. À une époque où les héros de roman ou de film, suivant la pente de l'admiration conformiste, se situent eux-mêmes dans la jouissance et dans le plaisir, le souci de se situer en marge des valeurs naguère reconnues, à rebrousse-poil de l'éthique en vigueur, nécessairement à la recherche d'un certain scandale, ne semble plus pouvoir se satisfaire de transgresser des lois et des us et coutumes dont le mépris est devenu la règle quotidienne. Où trouver alors ce risque, ce goût d'interdit, ces terrains isolés où se faire admirer en frisant la réprobation, mais en suscitant la fascination ? Le temps me semble venu où l'orientation de la pression sociale risque de faire naître un dandysme de l'austérité, une affectation de vertu, un certain goût maniéré de la rigueur et du refus.

En un temps où tout est permis, il y aurait quelque insolence à rétablir, arbitrairement, pour rien, pour le plaisir, quelques barrières absurdes et quelques règles inutiles. En un temps où tout est à prendre, l'argent, le corps des filles, le plaisir, il y aurait, me semble-t-il, une suffisance satisfaite à refuser de rien prendre. La jeunesse du Cid s'étant ainsi peu à peu transmuée en celle des personnages incarnés par Jean-Paul Belmondo, il ne serait que justice de retrouver un beau matin les Alcibiade déguisés en Caton et les Roger Vailland en parangon de vertu – quelque part entre Saint-Just et le Grand Inquisiteur. La vertu aussi est matière à scandale. L'amorce d'une telle démarche se révélerait aisément chez un Montherlant, par exemple, dont *Le Maître de Santiago* suscite, avec quelque joie sombre, l'admiration choquée que lui mérite sa vertu. Quand la facilité n'est plus rare, il ne reste plus, aux âmes un peu délicates, que de jouir avec la multitude ou de rester toutes seules avec ce que les autres ont peur d'aller chercher : c'était jadis le plaisir. Il se peut que, demain, ce soit le refus et même les vertus. Les dandys s'amuseront moins. Mais ils s'arrangeront encore pour être seuls, entre le ridicule et l'audace.

Arts, 13 mars 1963

Ce que je pense des Parisiennes

Ce que je pense des Parisiennes ? Voilà, ma parole, qu'on me prend pour un Proust au rabais, affolé de duchesses moqueuses, ou encore pour un Truman Capote d'occasion, toujours prêt à jongler, entre un crime crapuleux et une chaise électrique, avec ses Agnelli et consorts. Moi, franchement, je n'y connais rien. Mes secrétaires sont roumaines, n'en parlons plus, Madame ma mère ne sort guère, je n'ai pas de jeune sœur, et ma fille Héloïse n'a pas d'idée sur la question : elle a six ans. Je connais bien deux ou trois maîtresses de maison admirables : malheureusement, ce sont des hommes…

Il me semble que la Parisienne d'aujourd'hui est restée très classiquement sud-américaine. Il s'y mêle souvent, et assez bizarrement, quelque chose de suisse : je ne parle pas bien sûr, du compte à Lausanne, mais souvent aussi d'un professeur de ski à Zermatt, d'un salon de coiffure à Bâle, d'un chalet dans les Grisons, d'une clinique à Genève. Un mélange d'Alpes et d'Andes, c'est ce qui se fait. On trouverait aussi, bien sûr, des Autrichiennes (comtesses), des Bohémiennes, des Libanaises et des Canadiennes. Les Italiennes et les Anglaises commencent à bien faire… L'essentiel pour une Parisienne reste en tout cas de ne pas être née à Paris ; à l'extrême rigueur, un accent emprunté, des sympathies cubaines, des mœurs grecques pourront faire l'affaire : beaucoup d'étrangères sont d'excellentes Parisiennes pour la simple raison que toutes les Parisiennes sont des Étrangères.

Ce n'est pas assez de dire que la Parisienne est devenue cultivée ; elle est simplement affolée de culture. L'idéal est de la savoir diplômée des langues orientales ou de Polytechnique féminine. Les boléros de serpent (peau sur peau), les déshabillés très simples, une croix entre les seins, ne sont vraiment à leur place que sur des licenciées de russe ou de physique et chimie. Les mannequins sont des jeunes filles du monde et les jeunes filles du monde sont défaillantes de connaissances.

Mais l'essentiel est de dévorer la vie à belles dents. Ah ! qu'on est gaies, qu'on est folles, on court sur les plages, on symbolise la joie de vivre, on saute d'un avion pour la Camargue dans un yacht au large d'Antigua. Israël ?... Israël, bien sûr. Leningrad ? Oh ! oui, Leningrad. Le Cachemire ? Ah ! le Cachemire !... mais encore bien plutôt l'Afghanistan et les cavaliers de Kessel et le Sikkim, si secret, si secret, si proche déjà de la Chine de Mao, si proche encore de toute la vie intérieure de l'Inde...

Plus de valets de pied en culotte à la française, plus de lustres de Venise, plus d'escaliers d'honneur, ni d'enfilades de salons : du blanc et du noir, beaucoup de rationnel, mais avec de l'imagination partout et des touches personnelles..., des œufs peints, des gadgets en acier, un mélange d'érotisme et de confort suédois. Ah ! mon Dieu ! Encore une chose : est-ce qu'elle reçoit, la Parisienne ? Où reçoit-elle ses amis ? Mais au bistrot, voyons ! N'importe où, dans un coin drôle, amusant, un peu insolite. Bofinger, peut-être ? En col roulé, n'importe comment. Et le soir, on s'habille avec quelque chose d'imprévu, avec un rien pour se montrer un peu, rue

Princesse, ou à une première de Losey, de Lelouch ou de Pasolini.

La menace, évidemment, c'est que Paris, un jour, aille s'installer à Londres. Mais quelle idée ! Jamais à Londres une Brésilienne ne pourra devenir une Parisienne.

Vogue, juillet 1969

QU'EST-CE QU'UN BOURGEOIS ?

Nous avons reçu la lettre suivante :

Monsieur le directeur,

Votre collaborateur Georges Hourdin note spirituellement dans son intéressante chronique « Qu'est-ce qu'un bourgeois ? » la valeur affective que prend le terme de bourgeois dans ses différentes acceptions. Il montre que pour le militaire le bourgeois c'est le civil, pour l'artiste c'est le philistin, pour le concierge son locataire. Cette remarque me semble si juste qu'il me paraît inutile d'insister encore sur cet aspect purement subjectif – et qui n'a que la valeur d'un point de vue – que prend à notre époque le mot de bourgeois. Ne peut-on imaginer en effet un fils prodigue au sein de cette famille de locataires que le concierge englobe avec mépris dans la catégorie des bourgeois pour qui le concierge, à son tour, symboliserait le bourgeois ? L'usage et l'abus, à des fins diverses, du mot de bourgeois en ont obscurci le sens jusqu'à ne plus en faire que l'équivalent d'une injure qu'applique à tel mode de vie tel mode de vie différent. Le fondement objectif de la signification des mots est soumis aujourd'hui, lui aussi, à une espèce de dévaluation ; il y a une inflation de mots et d'idées qui n'en facilite pas le maniement.

La définition d'André Siegfried, d'après laquelle le bourgeois est un homme qui a des réserves, pourrait peut-être jeter quelque clarté dans cette obscurité savamment entretenue. Elle me semble pourtant critiquable. Il y a, ou il y avait, une catégorie de bourgeois actifs, entreprenants, peut-être même hasardeux – des bourgeois de choc, si l'on veut –, qui savaient engager leurs réserves et les risquer quand il fallait. L'image d'une certaine bourgeoisie marchande et navigatrice qui n'hésitait pas à confier sa fortune à la mer illustrerait cette idée.

L'idée de réserves ne recouvre en outre qu'imparfaitement cette notion de capital intellectuel et social que rappelle si justement votre collaborateur. Le baccalauréat, les relations, le milieu, la première communion sont des notions aussi essentielles au concept de bourgeois que la fortune et le capital.

La notion qu'une étude plus approfondie me semblerait pouvoir dégager au cœur du concept de bourgeois, c'est finalement ce que l'on pourrait appeler la notion de sécurité. Le bourgeois est un monsieur qui ne se met jamais en jeu tout entier, même quand il semble brûler ses réserves. Il est toujours soutenu par quelqu'un, par quelque chose : par un oncle, par des amis, par une grosse fortune ou une foi solide.

Il ne se lance pas à corps perdu dans des entreprises folles, dans des aventures sans issue, dans de dangereuses utopies (remarquons, au passage, ces expressions toutes bourgeoises) ; il a une famille, des traditions, un honneur qui le retiennent par les basques. Notre bourgeois navigateur de tout à l'heure peut bien perdre tous ses bateaux, toute sa fortune, toutes ses « réserves », il lui restera quand même un nom honorable et sans tache, une renommée intacte, et toujours, même si c'est un escroc, le sentiment du devoir accompli. Emmanuel Berl note quelque part que la famille bourgeoise pardonne bien des choses, sauf l'inscription d'un rejeton au parti communiste : c'est parce qu'il rompt alors avec la sécurité qu'il refuse les garde-fous et qu'il se jette au feu en éloignant les pompiers. Il semble d'ailleurs que d'une manière générale le bourgeois accepte ce qui n'engage pas définitivement l'avenir ; il sait que la société bourgeoise exerce jusqu'aux limites du possible cette action de sécurité qui fait que le bourgeois est toujours sûr de quelque chose – de son bon droit, de lui-même, de sa famille, de son avenir – et, en fin de compte, qu'il est bourgeois.

Agréez, Monsieur le directeur, etc.

Le Monde, 22 octobre 1948

Horizons

Longtemps, mon domaine d'élection a été la Méditerranée.
Mon royaume s'étendait de l'Andalousie au Dodécanèse,
de Dubrovnik à Corfou, de Florence, de Venise, de Rome,
d'Amalfi, de Lecce et des Pouilles à Delphes, à Mycènes,
à Folegandros ou à Rhodes.

Voilà que les rejoignent dans ce paradis terrestre
que j'aurai tant aimé les splendeurs d'Udaipur, d'Hampi,
de Maduraï, de Mahabalipuram, de Karnak,
d'Abou-Simbel, de Kom Ombo ou d'Edfou.

De la montagne, aussi, et de la neige sous le soleil,
toujours semblables à elles-mêmes et toujours enchanteresses.

Et de ces autres mondes, à la désolation magnifique,
qui sont l'avenir du nôtre.

L'Inde est depuis toujours une anarchie qui fonctionne

Chindia! L'axe du monde, chacun le sait, est en train de se déplacer sous nos yeux d'un Occident dominé par les États-Unis vers une Asie partagée entre deux géants : la Chine et l'Inde. À eux deux, la Chine et l'Inde représentent une masse de deux milliards et demi d'habitants. Sur trois enfants en train de naître, un au moins est chinois ou indien. Et la croissance de chacun des deux pays fait rêver les Européens qui luttent contre leur destin.

Il n'est pas très risqué de parier que le siècle où nous sommes entrés verra l'affrontement entre l'Inde et la Chine. La Chine a l'avantage d'une langue unique et d'une industrie lourde puissante. L'Inde règne sur les services et sur l'électronique. Avec son Parti communiste implacable à la tête d'une économie de marché, la Chine mène la course en tête. Démocratique, désordonnée, inventive, morcelée entre des langues multiples et riche d'un passé exubérant, l'Inde oppose ses couleurs éclatantes à la grisaille chinoise. Elle est depuis toujours une anarchie qui fonctionne. Et, depuis toujours, l'Inde divisée a nourri avec passion des rêves d'empires successifs. Rassembler des millions d'hommes originaires d'horizons différents –Aryens et Dravidiens– et partagés entre des dialectes innombrables et des croyances rivales –bouddhistes, jaïns, hindouistes, musulmans...– a été une tâche infinie. Venus d'un peu partout, de Chine, d'Espagne, du Portugal, des Pays-Bas, d'Angleterre ou de France, les voyageurs n'ont jamais cessé d'être fascinés par les ruines des empires qui ont marqué tour à tour l'histoire de ce continent grand comme six fois la France.

Dominé par le fameux empereur Ashoka, dont la conversion au bouddhisme est un événement considérable, le premier empire indien, au lendemain des conquêtes d'Alexandre, c'est l'empire Maurya. Un demi-millénaire plus tard, dans le nord de l'Inde, l'empire Gupta succède à l'empire Maurya.

Dans le Sud, toute une série de dynasties, dont les plus importantes sont les Chalukya, les Pallava, les Chola et les Hoysala, font peu à peu triompher l'hindouisme sur un bouddhisme déjà en recul et en voie de disparition dans le sous-continent où il était né mille ans plus tôt. Mais, dès le VIIIe siècle, une troisième religion fait son apparition en Inde : l'islam. À partir du XIIIe siècle, le sultanat de Delhi annonce déjà, de loin, le grand empire Moghol –de Babur, le fondateur, d'Humayun, d'Akbar surtout, à Jahangir, à Shah Jahan et à Aurangzeb.

Toutes ces civilisations sont bien connues. Nombreux sont les voyageurs qui ont parcouru, au nord, le Rajasthan ou l'Uttar Pradesh, de Jaipur, de Jodhpur, d'Udaipur à Jaisalmer et de Fatehpur Sikri à Agra, ou qui ont découvert, au sud, les temples hindouistes de Mahabalipuram, de Kanchipuram, de Chidambaram, de Tanjore ou de Madurai.

Entre le Nord et le Sud, à peu près à mi-chemin entre Mysore et Bangalore au sud et Hyderabad au nord, autour du village perdu de Hampi, se déploient pourtant les ruines d'un immense empire presque totalement oublié : Vijayanagar – « la ville de la Victoire ».

Vijayanagar est un ensemble architectural de quelque quatre cents temples dispersés dans un décor hallucinant de collines tropicales et de rochers de granit. La richesse et la beauté archéologiques du site ne peuvent se comparer qu'à Angkor ou à Louxor. Relativement récent à l'aune des vieilles civilisations indiennes, l'empire Vijayanagar, qui finit par dominer tout le sud de l'Inde, de la mer d'Oman au golfe du Bengale, et jusqu'à l'océan Indien, fut fondé par des princes télougou en avril 1336 et atteignit son apogée au XVIe siècle avant d'être détruit subitement par une confédération des sultanats islamiques du Deccan. Juste avant le développement du grand empire Moghol d'Akbar dans le Rajasthan, il a constitué le dernier grand empire hindou avant la conquête britannique.

En 1565, la défaite de Talikota, à quelques kilomètres de Hampi, vit l'effondrement d'une armée de cent mille hommes et la mort du dernier roi hindou de Vijayanagar, Rama Raya, tué au combat et décapité après avoir sauté de son éléphant blessé par une flèche. Le désastre entraîna le sac de la ville qui fut pillée et rasée au sol par les musulmans

coalisés. L'empire Vijayanagar, qui avait été si puissant et si riche, s'effaça de l'histoire.
Son souvenir ne ressurgit qu'au XIXe siècle, quand un Anglais se hasarda parmi les ruines et en fit un relevé. Il faudra encore attendre un siècle avant qu'un archéologue français, Pierre Filliozat – fils de Jean Filliozat, le grand indianiste –, et son épouse indienne Vasundhara révèlent au monde savant les merveilles oubliées de Hampi. Inscrit par l'Unesco, il y a vingt ans, sur sa liste du patrimoine mondial, Vijayanagar est encore ignoré du tourisme de masse. Mais la rumeur se met à courir que des trésors inouïs, chantés jadis par des commerçants portugais venus de Goa ou par des ambassadeurs éblouis par le faste du roi Krishna Deva Raya au début du XVIe siècle et qui vont jusqu'à comparer Hampi à Rome et aux grandes capitales européennes, sont accumulés, sur quelques kilomètres carrés, dans un paysage incomparable.

Hampi, aujourd'hui, est (encore) un de ces lieux magiques où nature et culture rivalisent d'enchantement. Éparpillés sur les collines rocheuses, la plupart des monuments ont été élevés au début du XVIe siècle. Ils se partagent entre la ville sacrée et la ville royale.

Au centre de la ville sacrée, le grand temple de Virupaksha est encore en activité derrière sa tour d'entrée traditionnelle, un monumental gopuram d'une éblouissante blancheur. Les singes, les lampes à huile, l'encens, la foi profonde des fidèles, les bas-reliefs sur les murs, un éléphant de temps en temps, tout conspire à une sorte d'envoûtement qu'on retrouve dans le temple de Krishna, devant des lingams immergés dans les eaux d'un bassin ou devant des statues de Ganesh, le dieu-éléphant, fils de Shiva et de Parvati.

La ville royale est peut-être plus séduisante encore. Le Zenana était le quartier des femmes du roi, le harem. Un mur cyclopéen l'entoure. Dans l'enceinte même, le monument le plus gracieux et le mieux conservé est sans doute le pavillon du Lotus Mahal, construit dans un style dit indo-sarascène qui associe des éléments hindous et des éléments islamiques. Le Bain de la reine est un bassin entouré de balcons où s'installaient chanteurs et musiciens. Un peu plus loin, les onze écuries pour éléphants sont irrésistibles. Partout, de grandes citernes et les fondements d'édifices gigantesques et disparus dont ne restent que quelques bas-reliefs de chevaux, de chameaux, d'éléphants, de scènes de chasse.

À quelques kilomètres au nord de la ville sacrée et de la ville royale s'élève l'édifice le plus raffiné et le plus spectaculaire du site : le temple de Vitthala. Dans la vaste cour entourée de galeries à portiques, un char de pierre de toute beauté dont les quatre roues étaient capables de tourner est dédié à l'aigle Garuda, la monture de Vishnou.

Vous pouvez vous promener pendant des heures, pendant des jours entiers, sur le site inépuisable de Hampi. Et quand, fatigué de tant d'histoire et de tant de splendeur, vous cherchez un endroit où vous reposer un peu, il n'est pas interdit de vous rendre au Mango Tree. C'est un restaurant en terrasse, au-dessus de la rivière Tungabhadra, à l'ombre d'un grand manguier. En bas, vêtues de rose, de vert, d'orange, des femmes lavent leur linge à grand bruit. Passent des singes, des buffles, de temps en temps un éléphant. Vous restez là, tranquille, à rêver au sort des empires disparus.

Le Figaro, 23 février 2008

Une terre de paradoxes

Le voyageur qui revient du Rajasthan puis de l'Inde du Sud garde le souvenir ébloui d'une terre aux contrastes violents.

Au nord, non loin des sommets enneigés de l'Himalaya, les plaines désertiques conquises par les Grands Moghols et parsemées de mosquées et de forteresses à couper le souffle : Jaipur, Udaipur, Jaisalmer, Agra… Au sud, un pays de jungles tropicales, d'épices, de plantations de thé, où les dynasties successives des Pallava, des Chola, des Pandya, de tant d'autres ont édifié, plusieurs centaines d'années avant le Taj Mahal, des temples prodigieux en l'honneur de Shiva, de Vishnou, de Ganesh ou de Parvati : Mahabalipuram aux bas-reliefs gigantesques creusés à même la roche ou Madurai où le coucher de la statue de Shiva offre un spectacle inoubliable d'exaltation religieuse. Le Nord est jaune et ocre, parfois blanc. Le Sud est vert, rouge et noir.

Voilà que, rentré chez lui, notre voyageur est accueilli par un ouvrage de Shashi Tharoor, haut fonctionnaire international et romancier : *L'Inde d'un millénaire à l'autre*, qui souligne les paradoxes de cette terre mythique, trois ou quatre fois millénaire.

Paradoxe géographique. Non seulement le pays tire son nom du fleuve Indus qui, du fait de la partition de 1947, coule hors de ses frontières, au Pakistan, mais l'Inde a longtemps abrité davantage de musulmans que le Pakistan, créé expressément pour servir de terre aux musulmans indiens.

Paradoxe linguistique. Peuplé aujourd'hui d'un milliard cent millions d'habitants qui appartiennent à tous les groupes ethniques, l'Inde compte dix-neuf langues officielles, trente-cinq langues parlées chacune par plus d'un million de personnes et quelque vingt-deux mille dialectes distincts. C'est le seul pays au monde à posséder une langue nationale – l'hindi – que la moitié de la population ne comprend pas. En 1996, le Premier ministre de l'époque, un Indien du Karnataka, État du sud de l'Inde, s'adressa à la nation, selon la tradition, en hindi, langue dont il ignorait le premier mot. Le texte de son discours avait été transcrit phonétiquement dans son écriture natale, le kannada.

Paradoxe religieux. Né en Inde il y a deux millénaires et demi, le bouddhisme vient désormais loin derrière l'hindouisme, derrière l'islam, et même derrière les chrétiens et les sikhs. En mai 2004, une femme d'origine catholique, Sonia Gandhi, laissa le poste de Premier ministre à un sikh qui prêta serment à un président musulman. Du point de vue linguistique et religieux, l'Inde n'est faite que de minorités.

Ces minorités forment une démocratie très puissante. L'Inde est la nation la plus peuplée de la planète après la Chine, qu'elle dépassera dans les années qui viennent. Elle connaît un taux de croissance annuel avoisinant 6 %, avec une projection de 7 à 8 % pour les cinq prochaines années. Bangalore est la vitrine brillante de la « Silicon Valley » indienne. Et Bollywood produit quatre fois plus de films que les États-Unis. Mais 40 % des habitants n'ont toujours pas accès à l'eau potable et le prix d'une bouteille de champagne dans un hôtel de luxe représente une fois et demie le revenu annuel moyen. Sans parler d'une corruption endémique et d'un système de castes encore écrasant malgré les réformes.

Le Figaro littéraire, 8 mars 2007

UN LONG JARDIN DANS LE DÉSERT ÉGYPTIEN

Ma petite-fille a treize ans. Elle s'appelle Marie-Sarah. Je l'ai emmenée sur le Nil, entre Louxor et Assouan. Dans un paysage de débuts du monde, nous avons remonté sur quelque deux cents kilomètres le fleuve le plus chargé d'histoire de toute notre planète. Étroit ruban vert au milieu de tant de sable, l'Égypte, au cœur du désert, est un jardin déployé par le Nil. Hérodote, il y a deux mille cinq cents ans, le disait déjà mieux et sans aucun de ces adjectifs ennemis de l'écrivain : « L'Égypte est un don du Nil. »

Il y a moins de siècles entre Hérodote et nous qu'entre les débuts de la civilisation égyptienne et l'époque d'Hérodote. Le vertige du temps, la longue durée, la lutte contre l'éphémère : voilà peut-être l'essentiel de cette Égypte ancienne où tout commence pour nous. À Sumer, à Mari, à Akkad, ailleurs encore, des traces de civilisations plus anciennes ont été retrouvées. En Égypte s'ouvre une histoire qui, à travers invasions, bouleversements politiques, révolutions religieuses, va durer cinq mille ans le long des rives du Nil avant de mener jusqu'à nous.

Tout le monde sait que l'histoire de l'Égypte ancienne est divisée en Ancien Empire, Moyen Empire, Nouvel Empire, avec trois périodes intermédiaires et une époque gréco-romaine. Satisfaisante et commode, cette construction est récente. Elle remonte à un prêtre égyptien du nom de Manéthon qui rédigea en grec, au temps des Ptolémée, une histoire de son pays rythmée par une trentaine de dynasties jusqu'à la dernière qui est grecque : elle est fondée par Ptolémée, ancien général d'Alexandre et ancêtre de Cléopâtre, maîtresse de Jules César et de Marc Antoine, victime d'Octave qui deviendra Auguste. L'alternance et la classification des empires et des périodes intermédiaires n'apparaissent que vers le milieu de notre XIXe siècle. Elles permettent aux ignorants – et je me compte parmi eux – d'y voir à peu près clair dans le labyrinthe d'une histoire aussi fascinante et aussi pleine de mystère que ce Nil dont elle sort et dont Hérodote avouait : « Sur le régime de ce fleuve, je n'ai rien pu apprendre, ni des prêtres ni de personne. »

Ce qui frappe d'abord dans cette civilisation égyptienne qui a tourné la tête de tant de voyageurs grecs, d'empereurs romains, d'écrivains venus de France, d'Angleterre, d'Italie, d'un peu partout, c'est sa continuité sur un même territoire : trois mille ans, entre l'extrême fin du néolithique et la conquête romaine, puis byzantine, puis arabe. Au sein de cette continuité, se succèdent quelques-uns des règnes les plus longs de l'histoire. Bâtisseur et guerrier, Thoutmès ou Thoutmosis III règne trente-deux ans. Ramsès II, le plus grand peut-être des pharaons, le conquérant, le vainqueur – de justesse – de la bataille de Qadesh, sur l'Oronte, en Syrie, contre les Hittites, le contemporain – ou à peu près… – de Moïse et de la guerre de Troie, soixante-sept ans. Un des derniers pharaons de l'Ancien Empire, Pépi II, détient sans doute un record : monté sur le trône à six ans – une lettre de l'enfant-roi est gravée sur la tombe de son gouverneur –, il règne pendant près de cent ans.

La durée de la construction des grands temples est plus impressionnante encore que la longévité de quelques-uns des pharaons. On dirait que le temps n'existe pas ou qu'il est vaincu par l'art et par la religion. À Edfou, le temple le mieux préservé de la vallée du Nil, les travaux durent deux siècles. À Kom Ombo, perché sur une boucle du fleuve, près de quatre siècles. Dédié à Amon, le temple gigantesque de Karnak est en chantier pendant deux mille ans. Tout se passe comme si nos cathédrales gothiques étaient encore en train d'être remaniées de nos jours, comme si l'Acropole d'Athènes avait été en travaux jusqu'à la fin de la Renaissance. Pour les Grecs, une œuvre d'art était quelque chose de rond, d'achevé, de définitif, dont aucun élément ne pouvait être modifié parce que chaque détail s'harmonisait avec le tout. Pour les Égyptiens, les temples du culte royal auxquels ils donnaient le nom de « châteaux des millions d'années » étaient des organismes en perpétuel développement.

Dans l'histoire de l'Égypte, dans sa religion, dans son art – intimement liés l'un à l'autre, art et religion sont presque synonymes dans une Égypte où l'art pour l'art tient une place très restreinte –, les ruptures ne manquent pas. Un exemple éclatant de rupture politique et religieuse est fourni par le célèbre Aménophis IV. Époux de la belle Néfertiti, apôtre au visage émacié, défenseur d'un culte solaire qui tend vers l'exclusivité, il délaisse, dès le début de son règne, le dieu Amon pour le dieu Aton, prend le nom d'Akhenaton, affronte le clergé traditionnel et quitte cette Thèbes aux Cent Portes dont parlera Homère pour Tell el-Amarna, à mi-chemin de Louxor et du Caire. Akhenaton règne dix-sept ans. Mais, dès sa disparition, son nom, son œuvre, son influence sont méthodiquement gommés par le clergé d'Amon. Toutankhaton, le nouveau pharaon, refait le chemin inverse, change son nom en Toutankhamon, abandonne Tell el-Amarna et rétablit l'ancienne religion avant de laisser derrière lui, vouée à l'oubli pendant près de vingt siècles, une des plus belles tombes de la Vallée des Rois.

Le 26 novembre 1922, sur la rive gauche du Nil, en face de Louxor et de Karnak, deux passionnés d'égyptologie sont la proie d'une vive excitation : Howard Carter et lord Carnavon. Ils se tiennent sur la première marche d'un escalier que Carter, sur le point d'abandonner ses fouilles, vient de dégager, presque par hasard, sous un tas de gravats. Ils descendent lentement l'escalier. Une bougie à la main, Carter se glisse le premier à l'intérieur du tombeau. Derrière lui, Carnavon lui demande : « Voyez-vous quelque chose ? » « Oui ! s'écrie Carter. Des merveilles ! » Ils venaient de retrouver la momie de Toutankhamon qui allait constituer pour le monde entier le symbole de la gloire de l'art égyptien.

Le martelage du nom du pharaon défunt par son successeur était pratique courante dans l'Égypte ancienne. Le voyageur en trouve souvent des traces sur les colonnes ou les parois des temples. De sa sœur-épouse, Thoutmès Ier a une fille, la fameuse Hatchepsout, et, d'une épouse secondaire, un fils, le futur Thoutmès II. Comme c'est commode ! Thoutmès II épouse sa demi-sœur Hatchepsout. Son règne est bref, mais, d'une autre épouse, il laisse un fils, le futur Thoutmès III, tout jeune à la mort de son père. Toute-puissante reine d'Égypte, pharaon femme représenté avec la barbe traditionnelle des souverains, Hatchepsout exerce d'une main de fer, à la place de son neveu, une longue régence au cours de laquelle elle fait construire, entre autres, toujours sur la rive ouest du Nil, le grand temple aux trois terrasses de Deir el-Bahari. À la mort de sa tante et belle-mère, le grand Thoutmès III, pharaon à son tour, fait marteler un peu partout le nom illustre d'Hatchepsout. L'ordre, après les ruptures, ne cesse jamais de se remettre de lui-même autour des hommes et de leurs œuvres. Les Égyptiens semblent avoir découvert bien avant Visconti et le prince de Lampedusa l'irrésistible formule du *Guépard* : « Il faut que tout change toujours pour que rien ne change jamais. »

Durant trois millénaires, tout au long du Nil, tout bouge toujours, rien ne change jamais. Quand les Ptolémée grecs de la dernière dynastie font édifier les temples d'Edfou, de Kom Ombo, de Philae, ils s'inscrivent inlassablement dans la tradition égyptienne. À Edfou, une pierre venue d'un monument immémorial depuis longtemps détruit est remployée dans le temple nouveau : elle porte le nom d'Imhotep qui fut, deux mille cinq cents ans plus tôt, à Saqqarah, près de Memphis, l'architecte légendaire du pharaon Djeser de la IIIe dynastie.

Deux fils rouges qui n'en font qu'un courent à travers toute l'histoire de l'art religieux égyptien : l'immensité dans le temps, l'immensité dans l'espace. À la continuité temporelle de la tradition répond le gigantisme mystique des édifices du culte. Les Pyramides, Karnak, Edfou, Medinet Habou, Abou-Simbel sont des miracles de durée et des miracles d'énormité dont les spécialistes n'en finissent pas de se demander comment ils ont pu être édifiés. On soutiendrait volontiers que cette double immensité se poursuit jusqu'à notre temps.

Menacés par la construction du haut barrage d'Assouan, Abou-Simbel et Philae ont été sauvés des eaux par des réalisations pharaoniques de visionnaires et d'architectes contemporains. Déjà ému par une montée des eaux antérieure, Pierre Loti avait été le premier à lancer un cri d'alarme dans un texte célèbre : « Mort de Philae ». Christiane Desroches-Noblecourt, André Malraux, l'Unesco, tant d'autres, égyptiens ou étrangers, qu'il n'est pas possible de nommer ici, et des milliers d'ouvriers anonymes ont pris le relais, démonté, déplacé, remonté des masses de pierre incroyables et sauvé Abou-Simbel et Philae au prix d'efforts inouïs : ils sont les derniers artisans de cette lutte gigantesque contre le temps et l'espace menée pendant trente siècles par les pharaons.

En écrivant ces lignes, bourrées sans doute d'erreurs aux yeux de ceux qui savent, je vois le soleil se coucher sur le Nil, derrière les hauteurs du désert libyque. On dirait que, vainqueurs de l'espace, vainqueurs surtout du temps, les dieux de cette terre sacrée sont toujours vivants. Qu'ils reçoivent ces mots de misère comme une dernière et humble offrande après tant de splendeurs.

Le Figaro, 6 mars 2008

IVRESSE DU SKI

Le ski est un dieu aux multiples visages. Je lui prête d'abord celui de la nature même, de la montagne, de la neige et du soleil. On a bien pu monter des pistes de ski au cœur de nos embouteillages, de nos zones bleues, de nos soucis d'argent et de nos combinaisons politiques, sur de la neige chimique, avec des haut-parleurs, des mannequins déguisés et des distributeurs automatiques de chewing-gums et de Coca-Cola, le ski c'est avant tout un mot très court, tout simple, un petit verbe de rien du tout : partir. Partir ! Quitter la ville, la fumée âcre, les papiers imprimés, la Sécurité sociale, les dîners de famille, le bureau ; prendre le train du soir – 20 heures ou 23 h 20 – à la gare de Lyon, battue de pluie et de taxis comme le navire par les flots, et se réveiller le matin à Bourg-Saint-Maurice, à Moustiers ou à Saint-Gervais, à Coire ou à Saint-Anton, dans la petite brume du matin étalée sur la vallée et qui se déchire lentement, au fur et à mesure de la montée vers les sommets, sur un ciel éclatant. L'avion mène aujourd'hui plus vite vers les montagnes et les champs de ski, mais c'est encore dans le train, pourtant plus lent, que la transition est la plus brutale entre la ville pluvieuse et l'exaltation de la neige.

Mon père me parlait souvent des grands souvenirs qui avaient marqué son existence : c'étaient des bals éblouissants, des salons d'un goût exquis, des conversations étincelantes, des dames spirituelles et des hommes politiques… Quand je regarde en arrière, ce que je vois briller dans ma vie ce sont des départs le soir, des arrivées le matin dans des ports endormis ou dans la neige sous le soleil. La blancheur de cette neige, la chaleur de ce soleil à travers l'air glacial, toute cette beauté à couper le souffle et l'allégresse du petit matin font du ski bien autre chose qu'une habitude, une hygiène, une technique, une distraction ou un sport. C'est une passion.

J'imagine bien volontiers beaucoup d'autres sens au mot ski. Faire du ski veut dire glisser très vite sur la neige, sous un soleil brûlant, mais aussi dîner dans des palaces suisses, se montrer en fuseau, poursuivre sur la neige la vie des chasses ou des croisières… Rien de tout cela n'est absolument négligeable et chacun peut, à des titres divers, trouver de l'agrément à ces différentes acceptions. Il serait même très inexact de passer sous silence cet aspect de fête de la neige et du ski. Comme les vacances d'été, les vacances d'hiver tiennent dans nos civilisations urbaines et réglées la place des anciennes saturnales où tout devenait soudain permis. La neige et la mer jouent dans nos sociétés bourgeoises un curieux rôle mixte d'aphrodisiaque et d'alibi largement exploité par la littérature et le cinéma. Brigitte Bardot dans *La Bride sur le cou*, Vadim dans *Les Liaisons dangereuses*, pour ne citer qu'eux parmi des centaines d'autres, se sont servis de la neige et du ski pour y situer leurs personnages. Selon une litote de Vadim : « On se lie vite, à la neige… »

Les citadins qui arrivent à la montagne découvrent sur place le personnage mythologique qui sait apporter, comme ces marins de Norvège ou de Sicile, tout le souffle des grands espaces aux plaisirs de la ville un peu usés par l'habitude et par le renfermé. Le professeur de ski, pas très grand mais si fort, les yeux bleus, la peau tannée, est une espèce de play-boy de la blancheur et de l'azur, paré de tous les prestiges de la vitesse et du grand air. C'est l'irruption, souvent violente, de la santé et du sport dans l'univers vicié des blasés de ce monde. Le ski n'est pas seulement un sport, c'est aussi une forme du salut pour beaucoup de beautés malheureuses. C'est l'aspect le moins ridicule d'un certain élan vers l'équilibre et la pureté. Voyons ainsi dans le ski le lien privilégié entre la poursuite de tous les plaisirs et – imprévu, inattendu, surprenant, plus fort que la volupté – le goût et l'ivresse de l'effort violent.

C'est que, dans un monde devenu facile, où les ennuis ont remplacé le danger, le ski représente la recherche volontaire de la fatigue et du danger. Loin des vallées et des « stations de sports d'hiver » chères aux acteurs et aux mondains, le vrai ski se pratique très haut, plus haut que les dernières stations de téléphériques et de funiculaires, là où les peaux de phoque prennent plus d'importance que les fuseaux et les pull-overs. Dormir dans les refuges, déjeuner d'un œuf dur, partir à l'aube, monter pendant huit heures pour descendre pendant vingtminutes, voilà le ski. Quand avec quelques amis qui nous sont chers, seuls sur la neige vierge, entourés de montagnes libres de tout poteau et de toute trace, sous le soleil haut dans le ciel, nous dégringolons – plus ou moins mal, plus ou moins vite – les pentes raides qui s'ouvrent sous nous, les mots de liberté et de bonheur prennent leur sens le plus pur. Ah ! ces journées glorieuses où nous nous attendions les uns les autres sur les petites éminences glacées, au seuil des forêts noires, au détour des chemins où la plus blonde et la plus belle avait toujours un peu peur ! Ah ! cette neige qui volait autour de nous, comme une écume frappée et où naissaient tout à coup d'éphémères arcs-en-ciel ! Voilà le bonheur. À l'arrêt, comme les chasseurs après la chasse, comme les soldats après la guerre, nous parlions de la neige, du temps, des fixations, des farts, des semelles en plastique, des bosses du terrain, de la difficulté du parcours ; nous essayions de prolonger encore la joie de la vitesse, de l'air qu'on fend, de l'équilibre préservé, de la force déployée, du corps à l'aise dans la nature défiée.

Il y a des sports amusants, des sports dangereux, des sports sains, des sports idiots. Le ski, lui, est un sport grisant. Ce qu'il donne à ceux qui l'aiment, c'est un vertige de bonheur, une irremplaçable ivresse. Rien de surprenant à son prodigieux succès dans notre monde un peu gris de bureaucrates et d'assurances. Au cours des dix dernières années il s'est développé dans tous les sens : dans l'espace, dans le temps, dans les dimensions du social. Des stations de ski se sont édifiées un peu partout, des téléphériques montent de plus en plus haut, une véritable industrie du ski s'est développée : le ski ne se pratique plus seulement de Noël à Pâques mais toute l'année et les mots mêmes de « sports d'hiver » ont perdu toute signification ; enfin des couches de population de plus en plus larges sont venues au ski qui n'est plus aujourd'hui un sport de privilégiés, mais un des plus populaires des sports de masse.

Pour ceux qui cherchent dans la nature et dans le sport une solitude qui les dégage de la foule, cet afflux présente un avantage : il force l'amateur à aller plus haut, plus fort, plus vite que la masse des pratiquants. La pression des skieurs moyens pousse ainsi chacun à se dépasser et à rêver sur les destins prodigieux de ces vedettes du monde moderne dont Paul Morand, parmi les premiers de nos contemporains, avait jadis pressenti l'importance : les champions. À travers les écoles et les méthodes successives, un seul but à tant d'efforts, tant de risques, tant d'argent, tant d'heures et tant de mois, tant d'espoirs et de combats, un seul but, dérisoire et sublime, à travers les sillages de neige et le sifflement du vent, un seul but : plus vite. Plus vite, plus vite, plus vite. Dans notre monde où le sens de la technique est d'aller plus vite, où beaucoup des meilleurs se tuent parce qu'ils aiment des machines qui vont vite, où tout va vite : la natalité, l'ascension sociale, l'oubli, l'histoire même, les hommes aussi veulent aller vite. Tout seuls. Sans machine. Presque sans rien. Avec de minces planches au pied. Tout ce qui se fait successivement, un peu comme ces modes féminines qui changent d'année en année, l'élégance, le style, le pas de patineur, la conversion même, le pur aval, le bâton piqué, l'élévation, le vissage, l'angulation, la position en œuf, le slalom, la godille, tout cela n'a qu'un but: aller plus vite. L'épreuve reine reste la descente-hommes, celle où finalement le vainqueur est l'être du monde à skier le plus vite. Cette lutte qui se poursuit non seulement entre concurrents d'une même course mais, comme les hommes des générations successives évoqués par Pascal, entre coureurs de toutes les époques, a quelque chose de gigantesque et de sublime. Les progrès accomplis depuis les origines historiques du ski sont stupéfiants. Le moindre des juniors d'aujourd'hui rivaliserait avec succès avec les champions de jadis. La vraie dignité de l'homme se révèle ainsi dans ce double mouvement de fraternité et de combat qui l'unit et l'oppose à la fois aux autres et à la nature – à la nature sous toutes ses formes: la neige, le soleil, la montagne, l'immensité blanche, l'espace et le temps.

Dans ce monde où sont à faire beaucoup de choses amusantes, beaucoup de choses grandes et belles, l'une des plus amusantes, l'une des plus belles et des plus grandes me paraît être de descendre plus vite qu'un autre sur des lattes de bois ou de métal appelées skis une pente raide couverte de neige. C'est inutile, dira-t-on. Oui, c'est inutile comme la vie. Et c'est grisant comme elle.

Adam, décembre 1962

Un grand bond pour l'humanité

Lune, en notre mémoire,
De tes belles amours

L'histoire
T'embellira toujours.

T'aimera le vieux pâtre,
Seul, tandis qu'à ton front
D'albâtre
Ses dogues aboieront.

T'aimera le pilote
Dans son grand bâtiment
Qui flotte
Sous le clair firmament!

C'est bien d'amour et de futile poésie qu'il s'agit, ce mercredi 16 juillet 1969, il y a quarante ans, à cap Canaveral, au centre spatial Kennedy, sur la côte Est de la Floride! Un peu avant 7h30, heure de Houston, trois hommes, trois Américains – Neil Armstrong, Buzz Aldrin, Michael Collins –, s'installent dans le module de commande, baptisé « Columbia », du vaisseau spatial qui va les emporter vers la Lune. À 9h32, devant un million de spectateurs, le cœur serré, la fusée Saturne 5 – 111 mètres de hauteur, 155 millions de chevaux – les arrache à la Terre. Deux minutes trente après le décollage, la fusée est à 62 km du sol et vole à 8 600 km à l'heure. Quelques minutes plus tard, à 170 km d'altitude, moteur éteint, la fusée est en orbite autour de la Terre. Elle file à 20000 km à l'heure. Le moteur est rallumé, pour arracher cette fois les trois hommes à l'attraction terrestre. Ils sont alors emportés à 11 km par seconde, soit 40000 km à l'heure. Et puis, portés par leur élan, ils partent dans le vide vers la Lune. La mission Apollo 11 est en route. De la Terre à la Lune – un peu moins de 400 000 km –, le voyage durera trois jours.

Apollo 11 est la réalisation du rêve le plus fou et le plus long de l'histoire. Dès notre IIe siècle, le Grec Lucien de Samosate imagine un fantastique voyage dans la Lune. Il sera suivi par l'Arioste, par Cyrano de Bergerac avec son ouvrage sur *Les État et Empire de la Lune*, par Voltaire avec son *Micromegas*, par le baron de Münchhausen – ou baron de Crac – qui s'envole vers la Lune assis sur un boulet qui se propulse en se tirant par les cheveux, par Edgar Poe, par Jules Verne avec *De la Terre à la Lune*, par Alexandre Dumas, par H. G. Wells – *Les Premiers Hommes dans la Lune* – et par Hergé avec son *Tintin*.

Cette fois, avec Apollo 11, la guerre froide et chaude, la politique, la science, la technique, la religion, les médias sont au rendez-vous. C'est la plus formidable et la plus risquée des aventures de tous les temps.

La course à la Lune prend la forme d'une compétition entre les grands empires rivaux du milieu du siècle dernier. Le coup d'envoi est donné en 1942, dans l'Allemagne hitlérienne, par un jeune ingénieur de génie qui met au point la fusée V2 destinée à bombarder les villes anglaises et dont le nom sera inséparable de la conquête de la Lune : Wernher von Braun.

Le relais est pris par la Russie soviétique qui enchaîne les succès sous la direction d'un personnage étonnant, Sergueï

Pavlovitch Kozolev : après le lancement dans l'espace du premier Spoutnik, la chienne Laïka est le premier être vivant à être envoyé dans l'espace (qui la tuera en quelques heures) en 1957 ; en 1961, un tourneur-ajusteur d'un mètre cinquante-six, Iouri Gagarine, est le premier homme à voir, de l'espace, la Terre se lever dans un halo bleu.

Le flambeau passe aux mains des Américains avec l'élection à la Maison-Blanche de John Fitzgerald Kennedy. Il déclare avec audace : « Nous avons décidé d'aller sur la Lune dans le courant de cette décennie » et il ajoute : « Ce ne sera pas un homme qui ira sur la Lune mais toute une nation. »

C'est le tour d'Alan Shepard, envoyé dans l'espace avec le pauvre singe Ham qui reviendra sur Terre dans un état de folie furieuse ; de John Glenn envoyé en orbite autour de la Terre ; de Frank Bosman et de ses compagnons envoyés en orbite autour de la Lune. Et, le 21 juillet 1969 – le 20 juillet, heure de Houston –, c'est le triomphe d'Apollo 11, les fameuses paroles de Neil Armstrong – « *That's one small step for a man, one giant leap for mankind* » – et la bannière étoilée plantée dans le sol de la Mer de la Tranquillité.

La conquête spatiale et la rivalité entre l'URSS et les États-Unis donnent un coup de fouet prodigieux à la recherche scientifique et au progrès technique. Après les premiers succès russes, la presse américaine s'était déchaînée. « Un second Pearl Harbor », avait titré le *New York Herald Tribune*. Dès 1958, le président Dwight Eisenhower – qui n'était pas convaincu de la nécessité d'aller sur la Lune – est contraint à pousser les feux : il crée une National Aeronautics and Space Administration, la célèbre NASA, et il la confie à Wernher von Braun qui a porté l'uniforme SS et qui deviendra le héros de la nouvelle frontière américaine.

Quelle que fût la perfection de la technique américaine, les risques courus par Apollo 11 étaient énormes. Armstrong et ses compagnons les connaissaient. Les derniers sacrements leur avaient été administrés avant le départ et, en cas de catastrophe, il était prévu de transférer les liaisons radio dans un endroit retiré et équipé à l'avance où les familles auraient pu échanger quelques derniers mots et leurs adieux avec les astronautes en perdition. Le courage accompagnait la technique et ses risques.

Les convictions philosophiques ou religieuses jouèrent un grand rôle dans la formidable aventure. Après son vol dans l'espace, Iouri Gagarine avait déclaré : « Dieu n'existe pas. Je ne l'ai pas rencontré. » La nuit de Noël 1968, dans leur capsule spatiale qui tourne autour de la Lune à près de 400 000 km de la Terre, Frank Borman et ses compagnons lisent à haute voix le début de la Genèse : « Au commencement, Dieu créa le ciel et la terre. Il dit : Que la lumière soit ! Et la lumière fut. »

Au moment de l'alunissage du module d'exploration Eagle, l'illustre LM de l'opération Apollo 11, Buzz Aldrin tire de ses effets personnels un petit tabernacle portatif. D'une minuscule bouteille, il verse, comme il le peut dans le décor lunaire, du vin consacré par un prêtre et il communie en lisant un passage de l'Évangile de saint Jean.

Le retentissement de la conquête de la Lune par Apollo 11 est énorme dans le monde entier. Plus de six cents millions d'êtres humains, peut-être près d'un milliard, dans tous les coins de la planète, sont vissés à leur écran de télévision. Des attroupements se forment dans la rue devant les terrasses des cafés où apparaissent les images d'Armstrong et de son ML sur la surface de la Lune. Avec la fin de la Seconde Guerre mondiale, la chute du mur de Berlin, l'élection de Barack Obama et la mort de Michael Jackson, c'est le plus formidable événement médiatique de notre temps.

Le coût de l'entreprise est aussi astronomique que son retentissement médiatique : une centaine de milliards de dollars de l'époque. Et l'aventure n'est pas finie. En attendant la Chine, le budget de la NASA approchera en 2010 vingt milliards de dollars. C'est que le programme Apollo n'a pas seulement assuré, dans le cadre de la guerre froide, la prééminence des États-Unis sur l'Union soviétique, il a aussi enclenché un monde nouveau et contribué puissamment à la constitution de ce village global qu'est aujourd'hui la planète.

Politique et scientifique, l'aventure d'Apollo ouvre d'immenses perspectives. Un jour, peut-être, des colonies de Terriens s'installeront dans l'espace. Le rêve se poursuit. Tous ne l'acceptent pas. Une minorité s'interroge sur l'utilité de ces dépenses énormes qui pourraient servir à lutter sur la Terre contre la pauvreté. Quelques-uns vont jusqu'à mettre en doute la réalité de la conquête de la Lune. On raconte l'histoire d'un vieux berger d'une contrée reculée qui a toujours soutenu qu'Armstrong n'avait jamais mis les pieds sur la

Lune et que toute l'affaire était une imposture montée de toutes pièces. Un argument décisif était assené par le sceptique : il n'y avait pas de Lune dans le ciel le soir de la prétendue conquête.

Lune, quel esprit sombre
Promène au bout d'un fil,
Dans l'ombre,
Ta face et ton profil?

Le Figaro, 20 juillet 2009

Remerciements

Je m'en voudrais de ne pas exprimer ma reconnaissance aux différentes publications où ont paru ces chroniques – et plus particulièrement au Figaro *et au* Figaro Magazine, *à leurs dirigeants et à leurs collaborateurs.*

Je remercie toute l'équipe des éditions Héloïse d'Ormesson qui m'a apporté le concours le plus précieux et le plus efficace.

Dominique Arnouil et Anne-Marie Charlot savent ma gratitude et mon affection.

Table des matières

Malaise dans la culture 15
La crise du roman 19
Il y a encore de bons livres 23
Journalisme et littérature 28
Livre et télévision 30
N'étouffez pas la culture 32
« The Glory that was France » 35
Déclin de la France ? 41

Le tourbillon du monde 49
Fin de la tour d'ivoire 53
Les fourmis de Sélinonte 58

Loués soient nos seigneurs, hier… 63
Ronsard 67
Connaissez-vous Nicolas Fromaget ? 69
Chateaubriand : un style pour l'éternité 72
Correspondances vers l'outre-tombe 76
Le poète et l'empereur sous les yeux du savant 82
Astolphe de Custine, le devin marquis 89
Pierre Louÿs : ombres et lumières d'un poète libertin 95

Montherlant, un chevalier pour toujours 100
Une belle étrangère, Victoria Ocampo 103
La rue Maipù : Borges 107
François Mauriac, la grâce et la passion 113

... ET AUJOURD'HUI 121
François Nourissier : le triomphe de la mort 125
Jean-François Deniau : de quoi rire et de quoi rêver 129
L'homme aux sept vies 131
Michel Mohrt : histoire d'un soldat perdu 133
Combescot entre Saint-Simon et Dumas 137
Hommage à Maurice Rheims 140
Henri Bellaunay, un poète 143

DES REPÈRES ÉBLOUISSANTS 145
Soljenitsyne, un rebelle conservateur 149
Sadate, le courage de la paix 152
Simone Veil, la grande dame du Quai Conti 155
Raymond Aron 159
De Gaulle vu par Jean Mauriac 162
Pour un esprit de beauté et de joie : Marc Fumaroli 167
Tombeau d'Édith Piaf 173

LE CABINET DES ANTIQUES 179
Le retour des antiques : Plutarque 183
Julien dit l'Apostat 191

VAGABONDAGES LITTÉRAIRES 197
Tout poème est un miracle 201

Une robinsonnade 205
À nous deux, Lupin ! 210
Minute, Papillon ! 215
Portrait de Proust sous la Coupole, en ami de Bergson et avec une santé de fer 223
Un exemple d'histoire-fiction 228

L'ÉCUME DES JOURS 231
Cinéma et littérature 235
Vers un impérialisme de la science 237
Parlez-moi d'amour 248
L'amour est devenu trop facile 251
De l'hypocrisie à la mystification 261
Fin de l'humanisme ? 266
Missiles et philosophie 275
Du scandale à tout prix 279

FANFRELUCHES 283
Les snobs d'aujourd'hui 287
Le dandy condamné à l'austérité 290
Ce que je pense des Parisiennes 295
Qu'est-ce qu'un bourgeois ? 297

HORIZONS 301
L'Inde est depuis toujours une anarchie qui fonctionne 305
Une terre de paradoxes 310
Un long jardin dans le désert égyptien 312
Ivresse du ski 318
Un grand bond pour l'humanité 323

Du même auteur (suite)

Aux Éditions J.-C. Lattès

Mon dernier rêve sera pour vous,
biographie sentimentale de Chateaubriand, 1982.
Jean qui grogne et Jean qui rit, 1984.
Le Vent du soir, 1985.
Tous les hommes en sont fous, 1986.
Le Bonheur à San Miniato, 1987.

Aux Éditions Nil

Une autre histoire de la littérature française (t. 1), 1997.
Une autre histoire de la littérature française (t. 2), 1998.

Aux Éditions Julliard

L'amour est un plaisir, 1956, épuisé.
Les Illusions de la mer, 1968, épuisé.

Aux Éditions Grasset

Tant que vous penserez à moi,
entretiens avec Emmanuel Berl, 1992.

Aux Éditions Héloïse d'Ormesson

Odeur du temps, 2007. Pocket, 2008.
L'enfant qui attendait un train, 2009.

Achevé d'imprimer
sur Roto-Page
par l'Imprimerie Floch
à Mayenne, en septembre 2009.
Dépôt légal : octobre 2009.
Numéro d'imprimeur : 74237

Imprimé en France.